KB096402

又吉栄喜
豚の報い
•
돼지의 보복

창 비 세 계 문 학

67

•

돼지의 보복

•

마따요시 에이끼
곽형덕 옮김

창비

차례

•

일러두기
1. 이 책은 又吉栄喜 『豚の報い』(文藝春秋 1999)를 번역저본으로 삼았다.
2. 본문 중의 각주는 옮긴이의 것이다.
3. 외국어는 되도록 현지 발음에 가깝게 표기하되, 우리말 표기가 굳어진 것은 관용을 따랐다.

돼지의 보복
豚の報い

1

스낵바 '달빛 해변'에 돼지가 갑자기 난입하는 사건이 벌어져 쇼오끼찌쭈吉는 여자 셋을 데리고 마지야섬眞謝島으로 가는 중이다. 네 사람은 지금 나룻배를 기다리고 있다. 돼지가 불러온 액운을 떨치기 위한 마지야섬행이 결정되기 사흘 전인 수요일부터 쇼오끼찌는 자기磁氣 파스를 목에 두장 붙이고 있다. 하지만 목은 아직도 뻣뻣하다. 스낵바 '달빛 해변'의 마담인 미요ミヨ, 호스티스인 와까꼬和歌子와 요오꼬暢子는 마지야섬 놀잇배 조합 간판이라든가 오리온 맥주 대리점 간판 등이 있는 매표소에 모여서 빨간색 또는 보라색

으로 칠한 입술을 크게 벌리고서 웃고 있다. 와까꼬와 요오꼬는 썬글라스를 끼고 차양이 넓은 모자를 썼는데, 요오꼬는 붉은 숄더백을, 와까꼬는 작은 여행가방을 지니고 있다. 매점에서 일하는 중년 여자도, 자전거를 끌고 가는 소년도, 초로의 남자도 여자 셋을 유심히 보다가 류우뀨우琉球大学 대학 신입생인 쇼오끼찌에게로 시선을 옮긴다. 쇼오끼찌는 사람들의 시선을 피하려는 듯이 그 자리에 주저앉아 무수한 유리 파편에 빛이 반사되고 있는 듯한 해수면을 바라보았다.

와까꼬와 요오꼬가 군고구마를 사러 검은 굴뚝이 붙어 있는 소형 자동차로 가는 사이에 미요가 바닐라 아이스크림을 먹으면서 빠른 걸음으로 쇼오끼찌에게 다가왔다. 하얀 바닐라 아이스크림에 립스틱 자국이 묻어 있었다. 미요의 조금 도톰한 입술은 색이 바래서 묘하게 애잔한 마음이 들었다. 미요는 검정색 롱스커트를 다리 사이에 끼우고서 쇼오끼찌의 정면에 쭈그리고 앉았다.

"나 이번에 이웃에 사는 친구의 장례식에 갔다 왔어."

미요가 눈을 치뜨면서 쇼오끼찌를 보며 말했다. "거짓말하면 공덕을 못 쌓는 걸까?"

"예, 아마도……"

"아마도 뭐야?"

"……그렇겠죠."

"쇼오끼찌, 이거 팁이야."

미요는 만 엔이 들어 있는 작은 봉투를 당황하는 쇼오끼찌의 하안 노타이셔츠 주머니에 집어넣고서 일어섰다. "괜찮아. 신경쓰지마. 다른 사람에게는 비밀이야."

미요는 잰걸음으로 매표소로 돌아갔다.

"쇼오끼찌, 군고구마 샀는데 배 위에서 같이 먹자."

자리로 돌아온 와까꼬가 소리 지르며 큰 동작으로 종이봉투를 들어올렸다.

오끼나와沖縄 본섬 중부의 가늘고 긴 반도 끝에 아담하게 자리한 카쯔렌勝連 마을의 작은 항구에는 어선도 보트와 요트도 매여 있지 않았다. 쇼오끼찌는 건너편 기슭 마지야섬으로 하루 세번 왕복하는 배가 정말로 올지 의심스러웠다. 그러는 사이에 융기 산호초 바위로 파고들듯 하며 판다누스와 소철蘇鐵이 자라고 있는 곳의 그늘에서 배가 나타났다. 기관 소리가 크게 들렸다. 러닝셔츠 차림에 차양이 짧은 선원 모자를 쓴 얼굴 까만 남자가 조타실에 있는 게 보였다. 여자들이 매표소 건물 그늘에서 떠들면서 나왔다. 와까꼬는 흰색 슬랙스 차림이었는데, 짙은 연두색 티셔츠 밖으로 나온 홀쭉한 흰 목에 염주처럼 생긴 목걸이를 하고 있었다. 붉은색 스커트를 입은 요오꼬는 껌을 씹고 있었다. 쏟아지는 흰빛 속에서 붉고 선명하게 드러난 입술이 마치 다른 생명체처럼 움직였다. 미요는 노란색과 흰색 줄무늬가 들어간 양산을 쓰고 있었다.

여자 셋의 웃음소리가 더이상 들리지 않았다. 검은색 원피스를 입은 노파 두명이 선실에서 나왔다. 뒤따라 나온 노인 세명도 약간 큰 검은색 신사복에 검은색 넥타이를 하고 있었다. 검은 옷을 입은 노파를 양쪽에서 부축하고 있는 중년 여자 두명도 검은색 원피스를 입고 있었다.

"장례식에 다녀오는 걸까? 이제부터 가는 걸까?"

와까꼬가 말했다.

"다녀오는 길이라면 한숨을 돌리고 있을 거야. 그런데 표정이⋯⋯"

여섯살 연상인 요오꼬가 키가 큰 와까꼬를 올려다보며 말했다. 지금으로부터 십삼년 전인 여섯살 때 마지야섬을 떠난 쇼오끼찌에게 낯익은 얼굴은 없었다. 그 일행은 말없이 갑판에서 선창으로 건너갔고 시야에서 천천히 사라졌다. 하이힐이나 구두 소리만이 이상할 정도로 선명히 들려왔다.

쇼오끼찌 일행과 초로의 남자 그리고 자전거를 가진 소년이 배에 탔다. 뱃사공과 매점 주인은 탄산음료 상자와 일용잡화 골판지 상자를 계속 배에 싣고 있었다. 18톤 철제 배가 흔들거렸다. 쇼오끼찌는 배 그림자가 드리워져 있는 수면을 바라보았다. 투명한 물에는 더러워진 해파리처럼 보이는 몇장의 비닐봉지가 떠올랐다 가라앉았다 하면서 표류하고 있다. 쇼오끼찌는 괜스레 오기가 났다. 4, 5미터 정도 가라앉아 있는 주스 캔에 새겨진 글자를 읽으려고 눈을 모아 똑바로 바라보았다. 물속은 출렁대고 있었다. 쇼오끼찌는 기분이 나빠졌다. 하지만 인내심을 가지고 글자를 읽어냈다.

쇼오끼찌는 물이 뒤쪽으로 움직이고 있는 듯한 착각이 들었다. 배가 물을 가르며 움직이기 시작했다. 쇼오끼찌는 양쪽에서 일고 있는 하얀 파도가 자신을 덮칠 듯한 느낌을 받았다. 위가 꿈실거리더니 가슴에서 목구멍으로 무언가가 치밀어올라왔다. 우웩 하면서 자신의 소리 같지 않은 소리가 입 밖으로 새어나왔다.

"장난치는 거야?"

요오꼬가 쪼그리고 앉아 쇼오끼찌의 얼굴을 자세히 살펴보면서 말했다.

"얼굴이 창백하잖아. 장난이 아니야." 와까꼬가 이렇게 말하더니 쇼오끼찌의 등을 세게 문질렀다. "뱃멀미예요, 마마."

"술에는 잘 취하지도 않으면서 별일이네."

"임무가 막중해서 그런 거야. 긴장 풀어."

요오꼬가 쇼오끼찌의 어깨를 두드리며 말했다.

"난 사흘 내내 배를 타도 뱃멀미는 안해." 와까꼬가 말했다. "쇼오끼찌, 힘내."

"뱃멀미라는 말 좀 그만해. 뱃멀미라는 말만 들어도 뱃멀미가 날 거야."

미요가 목소리를 높였다. 쇼오끼찌는 귀까지 아파오기 시작했다. 계속 침이 나왔다. 셋 다 어딘가에 갔다가 왔으면 하고 속으로 외쳤다.

"매실장아찌 가져온 사람 아무도 없어?" 미요가 말했다. "레몬도 괜찮아."

"레몬스퀴시 먹다 남은 게 있는데, 한번 마셔보라고 할까, 마마?"

쇼오끼찌는 미요가 고개를 끄덕인 걸 알았다. 와까꼬가 자리에

서 일어났다. 쇼오끼찌는 구역질을 참으면서 자세를 고쳐앉고서
가슴을 폈다.

"이제 괜찮아. 좀 조용히 있고 싶어……"

"괜찮니?"

미요가 쇼오끼찌의 얼굴을 말뚱말뚱 바라보았다. 와까꼬가 미요
의 손을 끌어당겼다.

"마마, 저쪽으로 가요. 남자가 괴로워하는 모습을 그렇게 빤히
바라보면 안돼요."

산호초 지역을 벗어나 난바다로 진입한 배는 능숙하게 파도를
타면서 일정한 방향으로 흔들거렸다. 쇼오끼찌는 몸에 힘을 빼고
등을 배의 벽에 기댔다. 그리고 세운 두 무릎에 손을 놓고 배의 흔
들림에 몸을 맡긴 채 수평선을 멍하니 바라보았다. 갑판 중앙 벤치
에 앉은 여자 셋은 어깨를 서로 기댄 채 계속 웃으면서 배에서 나는
엔진 소리나 바닷물 소리에 질세라 떠들썩하게 이야기를 나누고
있었다.

쇼오끼찌의 눈에 멀리서부터 또렷이 보이던 마지야섬은 배가
다가갈수록 백사장과 선창에 빛이 난반사돼 부옇게 잘 보이지 않
았다.

쇼오끼찌가 태어난 마지야섬은 우따끼御嶽라는 영적인 장소가
여기저기에 있어 흔히 '신의 섬'으로 불린다. 이제는 드문 일이지
만 오끼나와에서는 풍장을 하기도 한다. 현재 풍장을 하는 관습은
사라졌지만 쇼오끼찌 아버지의 유골은 여태까지 풍장된 상태 그대

로 남아 있다.

쇼오끼찌 발밑의 푸르스름한 암청색 물이 묵직하게 넘실거리고 있었다. 배가 그 물결을 가르며 나아가자 미묘하게 푸른색을 띠고 있던 흰 파도가 기세 좋게 일어섰다. 여자들이 자리에서 일어나 마지야섬을 본다. 보기 흉한 모습을 드러내고 말았군. 쇼오끼찌는 약간 혀를 찼다. 우간御願[1] 순례를 안내하는 사람은 언제든 태연자약한 모습을 취해야 한다. 쇼오끼찌는 자리에서 일어났다. 하지만 구역질이 또 치밀어오를 것 같았다. 어쩔 수 없이 조용히 다시 자리에 앉고 말았다.

배가 환초環礁로 들어섰다. 파란 수면에 빛의 둥근 테가 조용히 흔들리고 있었다. 여자들이 손가락으로 가리키며 떠들어댔다. "예쁜 산호 좀 봐. 자홍색이야." "나는 황록색 산호초가 좋아." "말미잘이 보여. 불가사리도 있는데 엄청 많아." "열대어도 많이 있네." "해삼은 왠지 기분 나쁘게 생겼어."

쇼오끼찌의 머릿속은 여전히 멍한 상태였다. 여자들을 무사히 우따끼로 안내할 수 있을지 불안한 마음이 갑자기 들었다. 여자들이 소리 높여 떠드는 말이 바닷바람에 휘감겨 배에 가득 찼다.

쇼오끼찌는 아버지의 유골을 수습하러 조용히 혼자 마지야섬에 올걸 그랬다고 생각했다. 쇼오끼찌는 스낵바 '달빛 해변'과 자신이 사는 아파트가 있는 우라소에시浦添市에서 동쪽으로 사십분 정도 차

1 오끼나와에서 성소 참배를 일컫는 말.

를 타고 카쯔렌 마을의 작은 항구에 이르러 흔들리는 배에 몸을 맡기고서 다시 동쪽으로 삼십분 정도 가면 이 섬에 도착할 수 있고, 이 섬이 당일치기 왕복을 할 수 있는 가까운 거리에 있다는 것을 새삼 깨닫고서 후회가 되었다. 아버지의 유골을 수습해야 하는 것만으로도 마음이 무거웠는데, 돼지가 난입했을 때 마지야섬에 우간을 하러 가면 돼지의 재앙을 피할 수 있다고 엉겁결에 말을 하는 바람에 여자 셋을 안내해야 해서 더욱더 마음이 무거웠다.

2

처음에 쇼오끼찌는 스낵바 '달빛 해변'의 열린 문으로 짐이 굴러들어왔다고 생각했다. 카운터에 앉아 있던 쇼오끼찌의 다리를 무언가가 들이받았다. 발밑을 보니 60킬로그램은 족히 됨직한 흰돼지였다. 쇼오끼찌는 깜짝 놀랐고, 의자가 기울어져 뒤집어지는 바람에 소파 모퉁이에 머리를 박고 말았다. 카운터 안쪽에 있던 여자들은 비명을 내질렀다. 그러자 돼지는 더욱더 정신없이 날뛰며 돌아다녔다. 여자들이 "쇼오끼찌, 내쫓아" "어서, 어서" 하고 떠들어대자 돼지는 점점 더 미쳐 날뛰었다. 쇼오끼찌는 양손을 펴고 발로 바닥을 쿵쿵 구르며 뒤뒤뒤 하는 소리를 내면서 돼지를 몰아붙였다. 돼지는 쇼오끼찌의 발밑에 있다가 카운터 안쪽으로 들어갔다. "어머머!" "뭐야!" 하는 소리를 크게 내지르면서 여자들은 도망치려고 우왕좌왕했다. 미요는 카운터 밖으로 재빨리 나왔고, 요오꼬는 카운터 위로 뛰어올라갔다. 와까꼬는 카운터 구석에 몸을 웅크리고 쭈그려앉았다. 돼지는 거친 콧김을 내뿜으면서 커다란 코를 비벼대듯 하며 와까꼬의 체취를 맡았다. 와까꼬는 소리가 나지 않는 비명을 지르며 손발을 격렬하게 움직였다. 쇼오끼찌는 작고 둥근 의자를 들고서 돼지를 위협했다. 하지만 돼지는 마치 와까꼬가 마음에 들기라도 한 듯 그녀 위에 올라타려고 했다. 쇼오끼찌는 돼지 등에다 의자를 내리찍었다. 그러자 돼지는 쇼오끼찌를 향해 미워 죽겠다는 듯이 보기 흉한 이빨을 드러냈고, 카운터 밖으로 뛰쳐나오면서 관엽식물이 자라고 있는 화분 네개를 잇따라 쓰러뜨렸다. 쇼오끼찌는 고함을 지르며 의자를 휘두르면서 필사적으로 돼지를 내쫓았다. 돼지는 좌석을 가볍게 뛰어넘더니 코를 더욱 격렬하게 킁킁거리면서 벽과 바닥 냄새를 맡으며 돌아다니다가 문밖으로 나갔다. 쇼오끼찌는 즉시 문을 닫아버렸다. 요오꼬가 그에게 다가왔다.

"······쇼오끼찌, 돼지는 이제 간 거야?"

쇼오끼찌는 문을 조금 연 뒤 얼굴을 내밀고 밖을 내다보았다. 밖은 이상할 정도로 술렁대고 있었지만 돼지의 자취는 없었다.

"문 열지 마." 요오꼬가 말했다. "와까꼬가 넋을 떨어뜨렸어."[2]

---

2 오끼나와에서는 사람이 갑자기 놀라거나 이상한 행동을 하는 것을 보고 '넋을 떨어뜨리다(魂落)'라는 뜻인 '마부이오또스'라고 한다. 그리고 아이가 넋이 나간 것 같으면 무당인 유따가 굿을 해서 넋을 다시 들여야 하는데, 그러지 않으면 넋을 잃은 채 살게 된다고 한다.

쇼오끼찌는 주위를 둘러보았다.

"여기야."

미요가 카운터 안쪽에서 손을 흔들었다. 와까꼬는 태아처럼 몸을 웅크린 채 가늘게 떨고 있었다. 얼굴은 붉은빛을 받고 있는데도 이상하게 창백했다. 눈을 부릅뜨고 있었고, 입술은 색이 빠진 것처럼 흐릿했다. 쇼오끼찌는 다리가 떨렸다. 평소 야무지던 요오꼬와 침착하던 미요는 와까꼬의 몸에 손도 대지 못하면서 큰 소리로 와까꼬의 이름만 불러댈 뿐이었다. 얼굴에 핏기가 사라진 쇼오끼찌는 제정신이 아니었다. 이름을 부르면서 와까꼬의 어깨를 흔들었다.

점차 와까꼬의 어깨에서 힘이 빠지더니 눈을 깜박이기 시작했다. 얼굴에도 붉은 기운이 어렴풋이 되돌아왔다. 고개를 들어 쇼오끼찌를 바라보는 그녀의 눈에는 공포심과 부끄러움이 뒤섞여 있었다. 와까꼬는 축 늘어지면서 쇼오끼찌에게 매달렸다. 쇼오끼찌는 그녀를 꽉 껴안았다. 미요는 와까꼬의 등 여기저기를 손바닥으로 어루만졌고, 요오꼬는 머리카락을 쓰다듬었다. 와까꼬는 애잔하게 웃다가 고개를 기울여 쇼오끼찌를 바라보았다.

"……쇼오끼찌, 나 넋을 떨어뜨렸어. 다시 넣어줄 거지?"

무엇을 어떻게 하면 좋을까. 쇼오끼찌는 열심히 생각했다. 소학교 4학년 때 겪었던 일이 떠올랐다. 어느 여름날, 소에게 미역을 감겨주러 연못에 갔던 친구가 미끄러져 물에 빠지고 말았다. 쇼오끼찌는 아무 말 없이 고구마를 캐고 있던 노부부의 손을 잡아끌고서 연못으로 데리고 갔다. 약간 무당 기가 있던 할머니가 친구의 작은 음경을 붙잡고서 새된 목소리로 무언가를 계속 외치며 몇번이나 그것을 잡아당겼다. 쇼오끼찌는 친구의 음경이 커졌다 작아졌다 하는 것을 보고 자신이 꿈속에 있는 것처럼 느껴졌다. 친구는 이윽고 넋이 돌아와 의식을 되찾았지만, 쇼오끼찌는 와까꼬에게 그런 흉내를 낼 수는 없을 거라고 생각했다.

손님 세명이 들어왔다.

"어서 오세요."

요오꼬가 카운터 밖으로 나갔다. 와까꼬도 자리에서 일어났다.

"쇼오끼찌." 미요가 속삭이듯 말했다. "넋을 꼭 다시 집어넣어 줘. 12시가 되면 가게 문을 닫으니 좀 기다려줘. 이거 내가 주는 서비스야."

미요는 카운터에 아와모리泡盛3 한병을 놓았다. 그리고 손님에게 손을 흔들었다.

"······고마워, 쇼오끼찌."

와까꼬도 가냘프게 말하고는 손님이 있는 자리로 갔다.

오끼나와에서 넋을 집어넣는 것은 '유따'라 불리는 영적 능력을 가진 사람의 일로, 쇼오끼찌는 평소부터 유따에 대해 깊은 관심을 가지고 있었다. 유따는 신이 들린 상태로 점을 치거나 질병을 치료하며 게다가 인생 상담까지 해주니 편리하다면 편리한 존재이다. 쇼오끼찌는 대학 강의도 빼먹고 대학 도서관에 들어박혀 유따

---

3 오끼나와의 전통술로 좁쌀 또는 쌀로 담근 독한 소주.

를 취재한 자료집, 넋을 집어넣은 실제 사례가 담긴 책 등을 탐독한 적이 있다. 하지만 지금 무엇을 어떻게 하면 좋을지 쇼오끼찌는 전혀 알 수가 없었다. 유따가 하는 말은 요점이 없어서 간결함과는 거리가 있고 스토리도 지리멸렬한 듯한 느낌이 있었다. 쇼오끼찌는 도저히 그것을 흉내 낼 수가 없었다.

쇼오끼찌는 화장실에 가는 척하며 여자들에게 들키지 않고 문 밖으로 나갔다. 하지만 냇가의 술집 거리를 걷다가 와까꼬가 오늘밤 공포에 떨지도 모르겠다는 생각이 들자 마음에 걸려서 길을 되돌아갔다.

쇼오끼찌는 카운터 의자에 앉았다. 손님이 늘어나 있었다. 자리에 앉아 있던 와까꼬가 일어서는 모습이 싸이드보드의 유리에 비쳤다.

"어디 갔다 왔어? 걱정했잖아."

와까꼬는 쇼오끼찌의 술잔에 아와모리를 따르며 말했다.

"괜찮아?"

"쇼오끼찌 덕분이야. 그 돼지는 식육가공 공장으로 향하던 도중이었대. 트럭 바퀴가 펑크 나는 바람에 돼지들이 한곳에 몰려 있다가 울타리가 부서져서 몇마리가 굴러떨어졌다고 해……"

"도망치려고 술집 거리를 갈팡질팡했던 거구나."

"그러다가 문이 열린 곳에 들어간 거지. 토마스에는 두마리가 들어갔대. 그래도 거기선 아무도 넋을 떨어뜨리지 않았다고 하더라."

"와까꼬는 괜찮아질 거야."

"그래도 넋을 넣어줘."

미요가 자리에서 와까꼬를 불렀다.

"조금만 기다려. 금방 끝날 테니까."

여자들은 무의식중에 무언가로부터 도망치고 싶어한다. 돼지가 난입했을 때 쇼오끼찌는 동요해서 와까꼬의 어깨를 그저 격하게 흔들어댔을 뿐인데도, 여자들은 "쇼오끼찌에게는 놀라운 힘이 있는 것 같아" 하면서 반쯤은 쇼오끼찌를 과대평가했고, 반쯤은 치켜세웠다.

12시에 손님이 모두 돌아가자 미요는 가게 문을 닫았다. 쇼오끼찌는 아까 돼지가 핥던 위치에 와까꼬를 앉히고 무언가 말을 하듯 끊임없이 입술을 움직이며 바닥과 와까꼬의 이마에 소금과 술을 번갈아 세번씩 발라 문질렀다.

"끝났어."

쇼오끼찌가 자리에서 일어나며 말했다. "넋이 그렇게 많이 떨어진 것은 아니니 이걸로 충분해."

와까꼬가 쇼오끼찌를 올려다봤다. 눈에 눈물이 고여서 묘하게 글썽거렸다. 카운터에 자리한 쇼오끼찌의 양 옆에 와까꼬와 요오꼬가 앉았고, 미요는 카운터 안쪽에서 쇼오끼찌를 마주 보았다.

"낯선 돼지가 집에 들어오는 것은 좋은 일이 아니야."

쇼오끼찌가 말했다.

"……누가 죽을까?"

와까꼬가 주뼛주뼛하면서 물었다.

"······돼지는 안고 해. 하지만 돼지에게 물어볼 수는 없잖아."

"쇼오끼찌, 어쩌지?"

미요가 금방이라도 울 것 같은 소리를 했다. 그 순간 쇼오끼찌의 뇌리에 마지야섬의 우따끼가 떠올랐다.

"우따끼에 가서 빌면 액운이 떨어질지도 몰라."

"떨어진다고?"

요오꼬가 말했다.

"상대의 힘을 역으로 이용해서 넘어뜨리듯이, 정면으로 맞부딪치는 것이 아니라 스치듯 피하는 거지."

쇼오끼찌는 유따 할머니처럼 말하고 있는 자신의 모습을 깨닫고서 내심 놀랐다.

"죽는 일도?"

와까꼬가 말했다.

"최근 몇개월 사이에 나에게 고백한 것 중 어쩌면 하나 정도는 죄가 있을지도 모르겠어."

일단 유따무니(유따의 말)에 가까운 말투를 쓰기 시작하자 입에서 말이 저절로 나오기 시작했는데, 쇼오끼찌 자신도 이상한 느낌이 들었다.

"데려가줘, 우따끼로."

와까꼬가 쇼오끼찌에게 양손을 모아 부탁했다. 그런 다음 미요를 돌아보며 말했다. "마마도 같이 가면 좋겠다. 마마도 죄가 있죠?"

"죄? 죄라면 있고말고. 오래 살면 살수록 겹겹이 쌓이게 돼. 행복이라는 것은 겹겹이 쌓이지 않지만."

"난 모든 걸 떨쳐버리고 싶어." 요오꼬가 말했다. "행복이니 불행이니 하는 것은 난 잘 모르겠어. 아무렇게나 뒤섞여서 들러붙어 있는 듯한 느낌이 들어. 그래서 다시 맨몸으로 출발하고 싶어. 지금까지 쌓아온 것들을 다 떨쳐버리고서."

"그럼 요오꼬 언니는 오케이네. 마마, 마마도 가면 좋겠다."

"언제 가는데?"

미요가 와까꼬에게 물었다.

"쇼오끼찌, 언제 가면 좋을까?"

와까꼬는 쇼오끼찌 쪽으로 고개를 돌리며 말했다.

"빨리 가는 게 좋지." 쇼오끼찌가 말했다.

"어느 우따끼로 가는 거야? 쇼오끼찌."

미요가 물었다.

"마지야섬……"

순간적으로 쇼오끼찌는 말을 뱉었다.

"마지야섬. 그럼 약속한 거야, 쇼오끼찌." 와까꼬가 바로 못을 박듯이 말했다.

"마마, 마지야섬으로 결정했어."

"마지야섬이면 저녁때 다시 돌아올 수 있을까? 영업은 해야지."

"마마 무슨 소리를 하는 거야." 와까꼬가 곧바로 대답했다. "모처럼 모두 함께 섬으로 가는데…… 자고 와야지. 평소의 위로모임도 하고. 이번 주 토요일에 가요. 토요일과 일요일엔 어차피 가게도 쉬니까. 월요일 오후에 돌아오면 가게 문도 열 수 있고. ……쇼오끼찌, 약속한 거야."

3

돼지가 난입한 지 이틀이 지난 금요일이었다. 비 내리는 밤에 쇼오끼지의 집으로 "두부 찬뿌루(두부볶음) 먹으러 오지 않을래?"라는 와까꼬의 전화가 걸려왔다. 쇼오끼찌는 우산을 쓰고서 스낵바 '달빛 해변'으로 향했다.

여자 셋은 쇼오끼찌에게 아와모리를 권하면서 내일 마지야섬으로 우간 가는 것을 몇번이고 다짐을 받았다. 쇼오끼찌는 그저께와 똑같이 약속했다. 안심한 여자들이 자신들의 신세타령을 늘어놓기 시작했다. "……남편은 내가 오년이나 걸려서 겨우 아이를 가졌는데도 아무것도 모른 채 죽어버렸어. 맹장염으로 말이야. 즐겁고 기쁜 이야기는 거드름 피우지 말고 바로 이야기를 해야 해."

요오꼬가 말했다.

"요오꼬 언니는 죽은 남편의 동생을 잡았지."

와까꼬가 말했다.

"동생을 잡았다고?"

쇼오끼찌는 와까꼬 쪽을 보며 말했다.

"시동생을 남편으로 삼았다는 말이야."

"아이도 이제 중학생이 됐어. 딸 하나인데 천식을 지병으로 가지고 있어." 요오꼬가 와까꼬를 무시한 채 쇼오끼찌에게 말했다. "걸 핏하면 열이 나 헛소리를 하곤 해. 열이 내려도 제정신으로 돌아오지 않을 때도 종종 있어. 먹지도 마시지도 않고 훌쩍훌쩍 울기만 해. 친구와 만나더라도 울음을 그치지 않아서 결국엔 친구들도 섬뜩하다며 아무도 놀러 오지 않아. 밤이고 낮이고 계속 울기만 해. 무엇이 원인일까?"

"……요오꼬 언니는 가짜 유따에게 걸려서 백만 엔 넘게 사기를 당했더랬어."

와까꼬가 말했다. 요오꼬는 다시 와까꼬를 무시한 채 말했다.

"원인은 남편이지 않을까?" 요오꼬는 쇼오끼찌를 쏘아보듯 바라봤다. "아무리 생각해봐도 남편 때문인 것 같아. 남편이 나를 용서하지 않는 거야."

"……신에게 용서를 받으면 되지 않을까요?"

우따끼에 갈 수밖에 없게 됐다고 생각한 쇼오끼찌는 '신'에게 만사를 맡겼다. 하지만 그렇게 말한 후 스스로도 조금 창피했다.

"신은 용서해주겠지만 남편은 용서해주지 않을 거야. 그게 문제야."

"남편 문제라면 직접 해결해야죠."

"뭐, 누가?"

"자신이……"

"내가 해결하라고? 내가 해결할 수 없으니까 너한테 상담하고 있잖아."

"해결하지 못할 리가……"

쇼오끼찌는 타이르려 했지만 여자들은 시비를 걸 기세였다.

"그럼 신은 뭘 하는 거야?"

"자신이 힘껏 노력했는데도 잘 안되면 해결해주시겠죠."

쇼오끼찌는 자신이 무슨 말을 하고 있는지 충분히 알지 못했다.

"나 혼자 힘으로는 해결할 수 없어. 죽은 남편이 바로 근처에 있는 것 같은 느낌이 드는데 아무리 해도 손이 닿지 않아."

"필사적으로 해보면……"

"필사적으로 하고 있어."

"자신이 변하면 남편이 변할지도 몰라요."

"내가 더이상 뭘 어떻게 더 변하겠어."

"신에게 빌면……"

"남편이 변하게 해달라고 신에게 빌면 남편이 변할까? 신은 죽은 사람도 변하게 할 수 있는 힘이 있을까?"

"죽은 사람? 남편은 살아 있잖아요?"

"남편은 죽었어."

"둘 다?"

"둘?"

요오꼬는 희미하게 웃었다. "두번째는 팔팔하지. 하지만 죽은 사람이 내 남편이야. 지금 집에서 빈둥대는 사람은 호적에만 있는 남편일 뿐이야."

쇼오끼찌는 입을 다물고 말았다.

"……나도 짚이는 데가 있어." 와까꼬가 말했다. "언젠가 누군가에게 물어보려고 생각했던 건데…… 손님 이야기를 들어줘야 하는 일을 하다보니까…… 쇼오끼찌, 내 말 좀 들어줘. 우리 언니는 십 년 전에 죽었는데 지금도 나를 스쳐 지나가는 사람들이 '토모꼬ﾄﾓｺ' 하고 언니의 이름을 부르곤 해. 나는 무서워 잠이 오지 않아. 나와 언니는 전혀 닮지 않았는데도 그래."

"………"

"모두 죽었어, 엄마 아빠도, 언니도, 아이도. 나 혼자만 죽지 않았어."

"너, 아이가 있었니?"

요오꼬가 곁에서 끼어들며 말했다.

"있었어, 죽었지만."

와까꼬가 요오꼬를 보며 말했다. 정색을 하고 대드는 말투였다. 하지만 금방 와까꼬는 쇼오끼찌를 다시 바라보았다. 눈에 눈물이 번지고 있었다. 모두 한순간 침묵에 빠졌다. 유선방송에서 흘러나오는 류우뀨우琉球[4] 민요만이 계속 들려왔다.

"네 아이는 이제 어디에도 없겠네."

요오꼬가 나오는 대로 아무렇게나 말했다. 와까꼬가 요오꼬를 노려보며 말했다.

---

4 오끼나와에 존재했던 옛 왕국의 이름.

"어딘가에 있어."

"어디에? 어딘지 알아?"

"그건 모르지만 지금까지 있었던 아이가 사라지는 건 이상하잖아. 우리가 찾지 못할 뿐이야. 숨바꼭질하고 있어서 나오지 않는 거라고."

"왜? 왜 안 나오는데?"

"나올 수 없는 거지. 안 그래? 쇼오끼찌."

쇼오끼찌는 술잔의 술을 목구멍에 부어넣었다.

"……마마는 고백 안해? 이상하네. 모두 다 했는데. 안 그래? 와까꼬."

요오꼬는 조금 취해 있었다.

"난 신 앞에서 할 거야." 미요가 말했다. "사람한테 말하더라도 해결되지는 않아. 나는 마지야섬에 있는 신께 말씀드릴 테야."

"그래도 사람한테 말하면 마음이 편해지잖아, 마마."

와까꼬가 말했다.

"그렇지 않아, 와까꼬." 미요가 와까꼬에게 말하고는 쇼오끼찌에게로 고개를 돌렸다. "나는 남편한테 어떤 말을 했기 때문에 이렇게 고생하고 있는 거야. ……쇼오끼찌, 마지야섬에서 머물 숙소는 예약한 거지?"

쇼오끼찌는 고개를 끄덕였다. 쇼오끼찌는 마지야섬에 하나밖에 없는 민박집에 어제 아침에 전화로 예약을 해뒀다. 다만, 대학생인 자신이 여자 셋을 데리고 간다는 것은 이상하게 여겨질 것 같아 회사의 중요한 고객 세명과 자기 자신 등 합쳐서 네명이 간다고 말했다.

4

오끼나와에서는 성가신 일이 벌어지거나 집을 새로 짓거나 결혼을 하거나 여행을 떠나기 전 왠지 마음이 안정되지 않을 때, 여자들이 오끼나와 본섬이나 외딴섬에 있는 우따끼로 참배하러 가는 풍습이 있다. 그 '참배'를 '우간御願'이라고 한다. 우따끼에는 신사神社처럼 토리이鳥居5가 있는 것도 아니고, 그저 콘크리트로 만든 수십 센티의 네모진 향로만이 놓여 있을 뿐이다. 그리고 그 향로 주변을 울창한 비로야자나 가주마루6 신목神木이 에워싸고 있을 뿐이다. 조령신祖靈神, 도립신島立神은 이런 신목을 통해 하늘에서 내려온다고 전해진다.

쇼오끼찌는 미요와 와까꼬와 요오꼬로부터 액막이 참배를 이끌어달라는 부탁을 받은 순간부터 마지야섬에 있는 우따끼로 가서 이 기회에 매듭을 짓자는 생각을 했다. 마지야섬에는 비명횡사한

---

5 신사 입구에 신성한 곳을 나타내기 위해 세워지는 문으로 인간 세계와 신의 세계를 구별하는 역할을 한다.
6 열대·아열대에 분포하는 뽕나뭇과의 상록 교목인 용수(榕樹)나무를 말한다. 뿌리가 넓게 퍼져 있고 나무줄기가 밑으로 늘어져 땅에 닿으면 뿌리가 되는 특이한 식물이다. 오끼나와 각지에서 자란다.

사람은 십이년 동안 무덤에 납골하지 못하는 풍습이 있다. 쇼오끼찌 아버지의 유골은 고향인 마지야섬 해안에 풍장된 상태 그대로 있다. 하지만 십이년이 경과하기 두달 전부터 문중이라 불리는 쇼오끼찌의 부계 친척들이 끊임없이 장거리 전화를 걸고 장문의 편지를 보내 문중묘(공동묘)에 납골하라고 쇼오끼찌를 압박하기 시작했다.

여섯살에 아버지를 잃은 쇼오끼찌는 아버지와의 추억이 거의 없다. 또한 그후 십이년 동안 아버지라는 관념도 무언가 얇은 막에 에워싸인 것처럼 쇼오끼찌로부터 멀어져갔다. 쇼오끼찌의 아버지는 생전에 문중 사람들과 아무런 교류도 없었고 친하지도 않았다. 쇼오끼찌도 이번 13주기가 되기 전까지는 문중 사람들의 얼굴조차 알지 못했다. 게다가 공상하는 버릇이 심한 쇼오끼찌는 마지야섬으로 건너가 아버지의 유골을 수습하는 것이 썩 내키지 않았다. 풍장이 꼭 나쁜 것만은 아니고, 어머니와 큰누나와 작은누나는 하는 수 없이 문중묘에 들어갔으나 오히려 세 사람은 거기에서 나와 아버지와 함께 있고 싶어할 거라는 식으로 억지 생각을 갖다붙였다. 요컨대 아버지의 유골은 수습해도 좋고 하지 않아도 좋다는 그런 심경이었다.

하지만 마지야섬이나 요나구스꾸 마을与那城村에는 죽은 지 십이년이 지나면 묘에 납골해야 한다는 뿌리 깊은 관습이 여전히 있다. 그래서 요나구스꾸 마을의 문중 친척들은 날이 갈수록 쇼오끼찌를 귀찮게 재촉했다. 또한 쇼오끼찌의 할머니도 쇼오끼찌에게 부탁을 했다. 그래서 쇼오끼찌는 아버지의 유골을 수습하러 갈 수밖에 없다는 생각이 들기 시작했다. 하지만 여전히 망설이고 있었다. 마침 그때 여자들한테서 돼지 액막이 이야기가 나왔다. 마지야섬에는 우따끼가 많이 있으니 아버지의 유골을 수습하러 가는 차에 여자들을 데리고 가되 여자들 몰래 아버지의 유골을 수습하자고 쇼오끼찌는 돼지가 난입하던 당시에 순간적으로 생각했다.

쇼오끼찌는 대학생이긴 하지만 불행한 성장과정으로 인해 공상하는 버릇이 있었다. 조상이 류우뀨우 왕조의 고관이었다는 말을 전해듣고 평소에 늘 그 이야기를 반추하다가 어느새 슬며시, 그러나 아주 강렬하게 유따에 대해 관심을 갖기 시작했다. 유따가 되려면 생사의 경계를 몇번씩 떠돌거나, 몽유병에 걸려서 주위 사람에게는 보이지 않는 흰옷의 여자와 함께 각지의 우따끼를 순례하고 오거나, 죽은 사람의 혼령이 보인다는 말을 무의식중에 하거나, 예지몽을 꾸거나 해야 하지만 쇼오끼찌는 그런 체험과는 아무런 인연도 없었다.

쇼오끼찌는 마지야섬에서 태어났지만 아버지가 사망한 여섯살 무렵에 어머니와 함께 오끼나와 본섬의 요나구스꾸 마을에 있는 외할머니 집에서 살게 됐다. 그 무렵까지 마지야섬에서는 넓게 친 그물 안으로 물고기를 몰아넣어 잡는 어로 방식이 성행하고 있었다. 백중사리가 있던 여름날 밤에 남녀 모두 반쯤 오락처럼 십여척의 사바니小舟[7]를 타고서 고기잡이불 쪽으로 몰려드는 '샛줄멸'이

7 오끼나와에서 예로부터 사용되던 쪽배의 명칭으로 노를 젓거나 돛을 이용해서 앞으로 나아간다.

라고 하는 작은 물고기를 산호초의 얕은 여울로 몰아넣고서 일제히 그물을 잡아당겼다. 무수히 많은 은색 물고기가 그물 안에서 뛰어오르는 것이 먼 별빛에도 빛났다.

마지야섬과 건너편 기슭인 본섬의 카쯔렌 마을을 하루 세번 왕복하는, 카쯔렌 마을에서 운영하는 18톤 철선은 삼십분을 달려 오후 5시 반에 작은 선창에 접안했다. 선창에는 아무도 없었다. 쇼오끼찌는 뛰어내려 배의 로프를 말뚝에 맸다.

마지야섬에 도착한 넷은 야트막한 언덕길을 올라갔다. 방파제에서는 어망이 말려지고 있었다. 융기 산호초 돌을 쌓아올린 낮은 담 안쪽에는 게를 잡는 둥근 철망이 수십개나 놓여 있었다. 얇게 모래가 깔린 딱딱한 땅에는 판다누스 나무의 검은 그림자가 착 붙어 있는 것처럼 드리워져 있었다. 콘크리트로 지은 이층 건물인 민박집은 흰색 페인트로 칠해져 있었다. 일층 처마 아래의 벽에는 검은색 페인트로 '마지야섬 식당·민박'이라고 크게 씌어 있었는데 페인트가 벗겨져나가 글자가 얇았다. 쇼오끼찌는 여자들을 처마밑 그늘에서 기다리게 하고서 유리문을 열고 안으로 들어갔다. 식당의 텔레비전을 보고 있던 살찐 여주인이 의자에서 일어나 쇼오끼찌에게로 다가왔다. 여주인은 쇼오끼찌의 팔을 몇번이나 치며 과장스럽게 반가워했다. 쇼오끼찌는 말을 나누다가 이 여주인이 옛 구장의 아내라는 사실을 알게 되었다. 구장은 마지야섬 출신의 17세 소녀의 장례식에 참석하러 카쯔렌 마을에 갔다고 여주인이 말했다.

요오꼬가 유리문 너머에서 안을 들여다보며 말했다.

"쇼오끼찌, 아직 멀었어?"

"신붓감이니?" 여주인이 쇼오끼찌에게 물으며 요오꼬를 손짓으로 불렀다. "자, 어서 들어와요."

요오꼬가 안으로 들어왔다. 여주인은 테이블 아래에 있던 의자를 꺼냈다. 그러자 이번에는 와까꼬가 얼굴을 내밀었다. 여주인은 깜짝 놀라면서 말했다.

"어서 들어와요."

여주인이 또다른 의자를 돌려놓았다. 미요도 미소를 지으며 얼굴을 들이밀었다.

"어서 들어와요. 올 사람이 또 있나?"

여주인이 묘하게 들리는 말투로 물었다. 쇼오끼찌는 엉겁결에 미소를 지으며 회사의 단골 거래처 사람들이라고 거짓말을 했다.

여주인은 양쪽 난간을 붙들고서 급경사의 계단을 하나하나 올라갔다. 널빤지가 삐걱삐걱 소리를 냈다. 방 두칸이 나란히 있었다. 문은 열려 있었다. 벽에는 액자에 넣어진 채색 인물화 몇점이 걸려 있었다.

"아주머니, 신神이 많네요." 와까꼬가 인물화를 하나하나 보면서 말했다. "그리스도예요? 석가모니예요? 아직은 잘 모르겠네. 불의 신인가, 원숭이 같은 신도 있네."

"도깨비 같은 가면을 쓰고 있는데 이것도 신인가?"

요오꼬가 누구에게라고 할 것 없이 말했다.

"모두 고마운 신이지."

여주인이 상을 타따미 위에 놓으면서 말했다. 타따미 여덟장 크기의 방이었다.

"아주머니는 어떤 신을 믿나요?"

와까꼬가 물었다.

"난 모든 신을 믿어요."

"도움이 되었나요?"

"글쎄. 난 원래 벌을 받아야 했는데, 그런데도 벌을 받지 않았으니까 도움이 된 게 분명해요."

"아주머니, 우리 셋은 모두 첩이에요."

"쇼오끼찌, 그럼 네 신붓감은 어디에 있니?"

"아주머니, 쇼오끼찌는 우리 중에서 한명을 고를 거예요."

"아주머니, 저녁식사에 해산물이 나오나요?"

쇼오끼찌가 물었다.

"여자 이야기에서 바로 음식 이야기인 거야?"

요오꼬가 말했다.

"그이가 없어서 활어는 못 내놓지만 이삼일 전 것이라면 있을 거야, 쇼오끼찌. 냉동해놓았단다."

"아저씨는 장례식에 가셨다고요? 아주머니."

와까꼬가 말했다.

"음식 다음은 장례식 이야기인 거야?"

요오꼬가 양손을 벌리고 고개를 움츠렸다.

"올해에는 젊은 사람이지만 지난해에는 노인이었단다. 앞섬에 사는 할머니 알지? 쇼오끼찌. 니시하라 마을^{西原村}에 사는 장남 집에 가 있었지. 섬에서 나간 사람이 한명 한명 죽어서 정말 쓸쓸해."

"아주머니, 기운 내시고 맛있는 저녁 부탁드려요."

와까꼬가 아주머니의 어깨를 어루만지며 말했다.

"자, 내가 가서 낙지 잡아올 테니 다들 저녁을 기대하고 있어요."

5

요오꼬가 문을 열고 "저녁 먹으러 가자"라고 하며 쇼오끼찌의 손을 끌어당겼다. 가늘게 파마를 한 긴 머리카락이 젖어 있었다. 여자들이 있는 방의 상에는 아무렇게나 요리가 놓여 있었다. 요오꼬는 계속 쇼오끼찌의 손을 잡고 있었다. 쇼오끼찌가 자리에 앉으며 말했다.

"여기 섬사람들은 타지 사람들이 우간 하러 오는 것을 좋게 생각하지 않아요. 왜 자기들 신한테 빌러 오냐는 거죠. 그러니까 혹시 여기 아주머니나 누가 물어보면 관광을 하러 왔다고 대답하도록 해요."

"신이 내려준 몫을 우리가 가져간다고 생각하는 거로구나."

와까꼬가 말했다.

"와까꼬가 욕심쟁이라서 섬 안의 모든 복을 정말 가져갈 것이라고 생각하는 거 아닐까?"

요오꼬가 말했다.

"여기 신은 와까꼬가 가져가면 없어질 정도의 복밖에 가지고 있지 않는 걸까? 쇼오끼찌, 어떻게 생각해?"

미요도 맞장구를 쳤다.

"어쨌든 비밀이에요, 비밀."

쇼오끼찌는 이야기를 중단시켜야겠다고 생각하고 턱으로 음식을 가리켰다.

"나야 괜찮지만, 요오꼬 언니는 과연 괜찮을까."

"뭐? 바에서도 손님 것이든 뭐든 가리지 않고 곧바로 욕심을 부리던 사람이 누군데 그래."

요오꼬가 정색을 하고서 화를 냈다. 여주인이 무슨 말을 하면서 들어왔다. 미요가 말했다.

"이제 그만둬. 수다는 가게에 돌아가서 떨어."

여주인이 작은 접시를 내밀며 말했다.

"입에 맞을지 모르겠지만 들어요. 민박집은 여기뿐이니."

"맛있겠네요, 아주머니."

와까꼬는 젓가락을 집어들고 음식을 둘러봤다. 역시 머리카락은 젖어 있었다.

"그이가 있었더라면 더 맛난 걸 내줬을 텐데. 그런 사람이라도 있다가 없으면 아쉬운 생각이 든다니까."

"그렇지만 아주머니, 매일 필요하지는 않잖아요? 없는 편이 좋을 때도 있지 않나요?"

요오꼬는 쇼오끼찌의 옆자리에 앉으며 말했다.

"아주머니는 남편을 사랑하시는 거야. 너희들과는 달라."

미요가 말했다. 쇼오끼찌는 마담의 젖은 긴 생머리를 바라보면서 파마를 하는 편이 더 어울릴 것 같다는 생각이 들었다. 갸름한 얼굴에 주름이 꽤 있었지만, 머리카락만 새까만 것이 기묘하게 느껴졌다.

"막 잡아온 거라 맛있을 거야."

아주머니는 큰 접시에 가득 담은 스무마리 정도의 데친 주꾸미를 가리켰다.

"우와, 대단한데요. 아주머니, 잘 먹겠습니다."

와까꼬는 주꾸미의 머리를 베어 먹었다. 와까꼬는 먹다가 얼굴을 벽의 그림 쪽으로 향하며 말했다. "저기 있는 그림 중에 쇼오끼찌가 믿는 신을 그린 것은 없어?"

쇼오끼찌는 와까꼬를 바라보며 살짝 고개를 저었다.

"어떤 신일까?"

와까꼬는 중얼거리듯이 말하고서 다시 주꾸미의 머리를 베어 먹었다.

"아주머니, 절 어떻게 알아보셨어요? 옛 모습이 남아 있나요?"

"쌍꺼풀 또렷한 눈이 예전하고 똑같아. 턱이 네모지고 머리카락이 곱슬곱슬해졌지만."

"눈만 똑같다고요?"

"그래, 눈만 옛 모습 그대로야. 키는 이제 꽤 컸고, 팔에는 털이 짙게 났고, 목소리도 변했지만……"

"……아버지를 닮은 건가요?"

"별로 안 닮았어. 어릴 때는 닮은 것 같더니만."

"어떤 아이였나요?"

미요가 물었다.

"얌전한 아이였어. 곧잘 가주마루나무 아래 같은 곳에 친구들을 모아놓고 무엇인가를 열심히 듣곤 했지."

"예전부터 남의 말을 잘 들었구나."

요오꼬가 쇼오끼찌를 보며 말했다. 여주인이 계단을 내려갔다.

큰 접시에는 소라가 한가득 담겨 있었다. 미요가 소라 하나를 집어드는 순간 대여섯개의 소라가 상 위로 굴렀고 두개가 바닥에 떨어졌다. 와까꼬가 웃었다. 게는 한마리씩 접시에 올려져 있었다. 색이 붉게 변할 정도로 쪘는데도 다리를 만지니 마치 살아 움직이는 것처럼 구부러졌다.

"내가 정말 좋아하는 거야."

와까꼬는 입술을 오므려 게를 빨아들이듯 하다가 점차 입안으로 가져가 잘게 씹어 먹었다. 와삭와삭하는 소리가 났다.

여주인이 아와모리 한됫병을 들고 들어왔다. 아와모리를 네 사람의 잔에 따라줬다.

"아저씨도 술을 잘 드세요?" 하고 와까꼬가 물었다.

"우리 남편은 술에 취하면 쿠와디사[8] 나무의 뿌리에 머리를 얹고 하룻밤 자기도 해. 쿠와디사가 뭔지 모르지? 죽은 사람의 피를 빨아먹는 나무야."

"무서운 섬이네요, 아주머니."

와까꼬가 마담의 접시에 놓인 게를 입에 가져가 쪽쪽 빨아먹으면서 말했다.

6

쇼오끼찌에게는 여자들이 이렇게 술을 많이 마시는 게 뜻밖이었다. 바에서 여자들은 손님이 아무리 권하더라도 이런저런 핑계를 대며 토마토주스나 우롱차만 마셨다. 요오꼬와 미요의 농담이나 빈정거리는 말에 곧바로 웃음을 터뜨리는 와까꼬도 평소와는 달랐다. 쇼오끼찌가 보기에 현재 낡은 타따미에 앉아 있는 와까꼬는 바의 어두운 자리에 앉아 있을 때와는 완전히 다른 사람처럼 느껴졌다. 쇼오끼찌도 술을 마셨다. 쇼오끼찌는 와까꼬의 하얀 옆얼굴과 고른 치아가 희미하게 머리에 떠오르는 듯한 느낌이 들자 갑자기 한숨을 내쉬었다. 와까꼬는 자신을 향한 시선을 느꼈는지 쇼오끼찌를 돌아다봤다. 쇼오끼찌는 아와모리가 채워진 잔을 입에

---

8 사군자과의 낙엽 활엽 교목인 열대아몬드, 즉 테르미날리아 카타파(Terminalia catappa)를 가리키는 오끼나와 방언.

가져가고 있었다.

"쇼오끼찌, 이거 아아."

와까꼬가 가까이 다가오면서 말했다. 젓가락으로 집고 있던 회에 묻은 간장이 쇼오끼찌의 손등에 떨어졌다. 쇼오끼찌는 회를 받아먹고서 손등을 핥았다.

"우리 진실만을 이야기하자." 요오꼬가 말했다. 혀가 조금 꼬여 있었다. "마마, 바에서는 진실과 거짓이 섞여 있지만 여기서는 진실만 이야기하기야. 그러지 않으면 나는 비참한 기분이 들고 말 거야, 마마."

"그래 진실만을 이야기하자." 미요가 거들었다. 얼굴색은 하나도 변하지 않았지만 눈이 약간 풀려 있었다. "적어도 우리 셋은 그래야 해. 세상 모든 사람이 거짓말을 하더라도 말이야. 아, 쇼오끼찌도 있네. 넷이구나. 정정할게. 이제부터 우리 넷은 진실만을 이야기하기로 해."

"그래, 슬픈 일도 괴로운 일도 괜찮아. 나쁜 일도 상관없어."

와까꼬는 젓가락을 내려놓고 잔을 들어올리며 말했다. "나, 맹세할게."

"진실만을 이야기하는 게 어렵다고 생각했지만 사실 그리 어렵지 않은 것 같아, 마마." 요오꼬가 말했다.

"거짓말을 하는 게 더 어려워. 이야기를 만들어야 하는데다 말을 맞춰야 하잖아. 안 그래? 쇼오끼찌."

"솔직해지기로 하죠."

쇼오끼찌가 말했다.

"자, 모두들 건배!"

와까꼬의 목소리에 맞춰서 모두들 건배를 했다.

언제부턴가 요오꼬가 울고 있었다. 요오꼬가 울면서 말을 하기 시작했다.

"나, 두번째 남편한테서 배신당했어. 가게 일을 끝내고 집에 갔더니 여자랑 뒹굴고 있지 뭐야. 내가 몇번 회사에 연락했을 때 전화를 받던 여자였어. 그 여자랑 남편이 발가벗은 채 나를 비웃으면서 일어나려고도 하지 않는 거야. 화가 치밀어올라서 식칼을 잡으려고 했는데 접시가 쌓여 있는 설거지통 맨 아래 있지 뭐야. 칼을 잡을 수가 없어서 프라이팬으로 그 여자와 남편의 가슴과 엉덩이, 그리고 거기를 있는 힘껏 후려쳤어. 여자와 남편이 이리저리 도망치더군. 여자는 여기로." 요오꼬는 손가락으로 오른쪽을 가리켰다. "남편은 여기로." 그러면서 요오꼬는 왼쪽을 가리켰다. "빙빙 돌면서 도망치더군. 나는 가까이 다가오면 다시 후려쳤어. 남편은 도망치면서 팬티를 입고 내 뒤에서 나를 꼼짝 못하게 잡았어. 우린 함께 복도로 나갔지. 나는 큰 소리로 마구 아우성치며 날뛰었어. 옆방의 신혼부부가 나와 있는 것을 보고서 '이게 남의 일 같아? 댁들도 얼마 안 있어 이렇게 될 거야' 하며 비아냥거렸어. 그런데 팬티 한장만 걸치고 있는 남편과 뒤엉켜 싸우는 모습이 한심하게 여겨져서 조용히 하기로 했어. 남편은 방으로 가서 옷을 챙겨 입더니 밖으로 나가버리더군."

그 여자는 어떻게 됐느냐고 와까꼬가 물었다.

"그 여자 말이야? 턱을 들고 있었지만 나와 눈을 마주치지는 않더라. 그래서 나 역시 아무 말도 하지 않았어. 남편은 빨리 나랑 싸우고 헤어진 뒤 그 여자와 같이 살려고 일부러 그런 모습을 보여줬던 거지. 나에게도 자존심이 있어. 고집을 부려서라도 안 헤어지려고 했지만, 그렇게까지 나오니 이제 그만두자는 생각이 퍼뜩 들지 뭐야."

"젊은 여자였어? 요오꼬 언니."

"뭐 그렇지. 나보다 여섯살 정도는 어릴 거야. 너랑 비슷한 나이야. 그 남자도 결혼할 무렵에는 성실했어. 하지만 내가 나이 드니 젊은 여자한테 눈길이 가는 거지. 나보다 일곱살 연하니까 말이야. 나이를 먹지 않는 사람이 있을까나. 없잖아? 뭐, 그 여자도 나랑 똑같은 운명을 맞이하겠지."

"요오꼬, 네가 나이를 먹었다고 하면 난 뭐가 되니?" 미요가 말했다. "아이는? 누가 돌보고 있어?"

"내가. 그 여자가 키우겠다고 했지만 내가 고집을 부렸어. 그 무렵에 나하那覇에서 살았는데 야간 보육원이 없었어. 그래서 부모님이 있는 우라소에시로 오게 됐어. 그 덕에 마마와 와까꼬와 쇼오끼찌를 알게 된 거야."

"그리고 이 섬에 와서 이런 이야기를 하고 있는 거네. 신기한 일이야. 쭉 이어지는 것 같아."

와까꼬가 소라를 씹으면서 말했다.

"그런데 말이야, 쇼오끼찌. 요오꼬 언니는 결국 그 남자랑 다시 합쳤어. 쇼오끼찌, 난 한번도 바람을 피운 적이 없어. 그렇지만 아무 남자하고나 자는 헤픈 여자로 여겨지는 게 정말 싫어. 쇼오끼찌는 그렇게 생각하지 않겠지만 말이야. 내가 마음을 허락한 상대는 전문대 시절의 애인 한명뿐이야. 아기도 생겼지. 남자와 단둘이 있어본 지는 오년이나 지났어. 아무리 날 어떻게 해보려 해도 넘어가지 않았지. 그러니 남자를 거절하는 기술을 나보다 잘 아는 여자는 없을 거야. 상대방으로 하여금 우월감을 느끼게 하면서 거절하는 것이 비법이지."

"어떻게 하는데?"

요오꼬가 물었다.

"상대방이 눈앞에 없으면 말할 수가 없어. 어디에서 우월감을 느끼는지는 모두들 다르니까."

"마마는 남자를 거절하지 않지?"

요오꼬는 미요의 잔에 아와모리를 따르며 물었다.

"무슨 말이야. 매일 밤 나랑 자고 싶어서 오는 손님이 몇명인지 알기나 하니? 그런데 남자들이란 참 재밌어. 내가 매일 밤 자기들을 다소곳이 기다린다고 생각한다니까. 그래서 하루이틀쯤은 내가 자기들을 기다리지 않는다는 것을 깨닫게 해줘야 해."

마담은 토요일인 오늘과 일요일인 내일을 가리켜서 하루이틀이라고 했지만, 토요일과 일요일은 매주 가게 문을 닫는다.

"마마, 한달 정도 뼈저리게 느끼게 해주면 어떨까?"

"돈이란 것은 심장에 좋은 거야."

미요는 잔에 든 술을 마시고 와까꼬에게 잔을 내밀며 말했다.

"그런데 마마, 심장이 안 좋다면서? 술은 괜찮은 거야?"

미요는 아와모리 병을 내려놓고서 손장단을 치며 "사낀, 누미와루, 이찌까리루(술이라도 마시니까 살 수 있도다)" 하며 묘한 가락을 붙여서 노래했다. 반복해서 노래를 부르다가 입술을 닦았다. 입이 붉게 찢어진 것처럼 보였다. "마마의 입 좀 봐" 하면서 와까꼬가 까르르 웃었다.

"내일은 아침부터 강행군입니다."

쇼오끼찌는 무릎을 꿇고 단정하게 앉으며 말했다. "푹 자면서 피곤을 풀기 바랍니다. 오늘은 여기서 해산하겠습니다."

쇼오끼찌는 자리에서 일어났다. 여자들이 저마다 붙잡았지만 뿌리치듯 하며 자신의 방으로 돌아갔다.

마지야섬의 우따끼가 어디에 있는지 오기 전에 알아봤기에 내일 바로 여자들을 안내할 수 있을 것이다. 아버지의 풍장 위치는 어머니에게서 들었지만, 현재 그곳은 어떻게 변해 있을까 하고 생각하는 쇼오끼찌의 마음에는 불안감이 스쳐 지나갔다. 만약 아버지의 풍장지가 우따끼가 돼 있으면 어떻게 해야 할까? 지금 우따끼인 곳은 아주 오래전에는 마을의 매장지이기도 했다고 한다. 지금도 우따끼 내에서는 때때로 신골神骨이 발견된다고 한다. 또한 우따끼는 산에만 있는 것이 아니라 바다가 한눈에 내려다보이는 언덕에도 반드시 있다.

이는 쇼오끼찌 혼자만의 생각이었다. 몇세기 전 마을의 매장지가 더러 우따끼로 변한 것은 사실이지만, 요즘 시대에 매장지가 우따끼로 바뀔 가능성은 거의 없기 때문이다. 바다 근처에 있는 우따끼에는 항해를 수호하는 신이 자리하고 있지만, 해안에 방치돼 있는 쇼오끼찌의 아버지를 위해 우따끼를 만들었으리라는 생각은 망상에 지나지 않았다.

여자들의 방은 묘하게 조용해졌다가 다시 시끄러워졌다. 소란함 속에서 때때로 "쇼오끼찌, 쇼오끼찌" 하고 도움을 청하는 높은 소리가 쇼오끼찌의 귀에 파고들어왔다. 한번은 지나치게 이름을 계속 부르기에 쇼오끼찌는 일어나 나가보기도 했다. 하지만 열명 정도가 떠드는 것처럼 크고 날카로운 웃음소리가 나자 쇼오끼찌는 방으로 되돌아오고 말았다. 쇼오끼찌는 한쪽 귀를 베개에 붙이고 다른 한쪽 귀는 손가락으로 막고서 잠을 청했다. 갑자기 누군가가 문을 세게 두드리기 시작했다.

"쇼오끼찌, 열어줘, 열어줘. 나, 외로워서 잠이 오지 않아."

누구의 목소리인지 알 수가 없었다. 다시 큰 웃음소리가 들려왔다. 그는 문을 열어젖히고서 "조용히 좀 해. 뭘 하러 온 것 같아" 하고 마음껏 외치고 싶었다. 하지만 그럴 수 없었다. 쇼오끼찌는 문에 귀를 바짝 붙였다.

"나, 쇼오끼찌랑 자면서 즐거운 이야기를 하고 싶어. 벌써 몇년이나 그러지 못했어. 남편은 결혼하고 나서 섹스는 하면서도 이야기는 하지 않았으니까." "쇼오끼찌, 우린 달이 뜨면 좀이 쑤셔." "피가 먹고 싶어서 그래." 몇명인가가 있었다. 쇼오끼찌는 누구의 목소리인지 알 수가 없었다. "피가 아니야. 입 밖으로 내뱉을 수 있는 말이 아니야." "입에 넣고 싶은 거잖아요." 다시 크고 날카로운 소리가 났다. 어째서 이런 여자들을 여기에 데리고 온 것일까. 쇼오끼찌는 머리를 감싸쥐었다. "쇼오끼찌, 자는 거야? 외롭지 않아? 나랑 이야기하자."

쇼오끼찌는 문을 열었다. 요오꼬가 쓰러질 듯이 들어왔다. 엉겁결에 꽉 껴안았다.

"⋯⋯그래."

쇼오끼찌는 요오꼬의 손을 잡아끌고 문밖으로 나갔다. 평상시 가게에서 언제나 차분하고 능수능란하게 요오꼬를 다루던 미요도 문 옆 복도에서 어린아이처럼 칠칠치 못하게 앉아 있었다. 미요가 눈을 치뜨며 쇼오끼찌를 바라보았다. 입술을 실룩거리면서 엷은 웃음을 지었다. 쇼오끼찌는 미요의 손을 끌어당겨 일으켜세웠다.

"미안해, 쇼오끼찌, 주책없이 굴어서."

미요는 쇼오끼찌의 가슴에 뺨을 비볐다. "쇼오끼찌, 한잔할까?" 미요는 이상하게 섭섭하다는 듯이 말했다. "오늘밤에는 호스티스와 손님이 아닌 거야. 여자와 남자인 거야."

바에 있을 때와는 전혀 달랐다. 와까꼬는 자고 있는 걸가 하고 생각하면서 쇼오끼찌는 여자들 방으로 들어갔다.

어느새인가 뿌리가 난 것처럼 묵직하게 앉은 여주인이 와까꼬와 어깨동무를 하고서 잔에 따라놓은 술을 마시고 있었다. 요리는 듬성듬성 조금만 남아 있을 뿐이었다. 술 한됫병이 어느새 두병째가 되고 있었다.

"쇼오끼찌, 여기야 여기. 같이 마셔."

와까꼬가 손짓으로 불렀다. 와까꼬는 쇼오끼찌의 잔에 술을 따르자마자 여주인의 목에 손을 두르고 술을 권하더니 건배를 반복했다.

"아주머니, 젊었을 때 꽤 미인이셨죠?"

"젊었을 때니까."

"분명히 예쁘셨을 거예요. 틀림없어요."

"젊었을 때니까. 벌써 삼십년 전인걸."

아주머니는 얼굴이 빨개졌고, 젊은 시절에는 선명했을 쌍꺼풀도 축 늘어져 눈이 이상할 정도로 움직이지 않았다.

"나한테도 젊은 시절이 있었어. 아이가 없어서 나 자신의 젊은 시절의 모습을 아이들 속에서 볼 수는 없지만 말이야. 그래서 예전부터 자신을 늙은이 같다고 생각했어. 나한테도 젊은 시절이 있었어. 아가씨들 참 젊어. 나도 한때 젊었지. 이제 뭐 아무래도 상관없지만 말이야. 다시 생각해보면 젊은 시절의 얼굴이 떠오를 것도 같지만 사진 한장 없어. 나도 예뻤을까? 그때부터 남편이랑 함께 살고 있지만, 그런 이야기는 한마디도 하지 않아. 아가씨들은 정말 좋은 사람들 같아."

"난 생선요리를 하루에 한번은 꼭 먹어야 직성이 풀린다니까."

요오꼬가 게 등딱지를 쿡쿡 찌르면서 말했다. 여주인이 자리에서 일어나더니 휘청거리며 창가로 다가갔다.

"저기 봐. 달이 떴어. 뭣들 해. 자, 이쪽으로 와봐."

여자들에게 말하는 것인지 달에게 말하는 것인지 쇼오끼찌는
알 수가 없었다.

"보름달이에요?"

와까꼬가 물었다.

"여기, 어서 와봐."

여주인이 창문 밖으로 고개를 내밀면서 손짓으로 불렀다.

"아주머니, 그러다 떨어져요."

여주인이 창문 밖으로 상체를 쑥 내밀었다. 가슴과 엉덩이는 꽤
불룩하지만 다리는 가늘었다.

"달이야, 달. 커다란 달이 떴어."

여주인이 눈 깜짝할 사이에 창문 저편 어둠속으로 사라져버렸
다. 여자들이 비명을 질렀다. 쇼오끼찌는 놀라서 몸을 창문 너머로
쑥 내밀었다. 여주인은 붉은 기와 가장자리에 매달려 있다가 이상
할 정도로 천천히 발부터 미끄러져 떨어졌다. 쇼오끼찌는 계단을
뛰어내려가 우물을 돌았다. 개집 안에 있던 강아지가 일어나 무언
가 생각이라도 난 것처럼 짖어댔다. 강아지는 짖으면서 쇼오끼찌
의 뒤를 따라갔다. 여주인은 허리를 구부린 채로 서 있었다. 강아지
가 짖기를 멈췄다. 쇼오끼찌는 여주인의 등에 팔을 두르고서 알전
구가 비추고 있는 헛간 입구로 걸어갔다. 피도 나지 않았고 타박상
상처도 눈에 띄지 않았지만, 양쪽 팔에 붉은 줄이 나 있었다.

"다행이에요, 아주머니."

쇼오끼찌가 말했다. 여자들이 소란을 피우며 밖으로 나왔다. 여주인은 허리가 없어지듯 그 자리에 주저앉고 말았다.

"아주머니, 괜찮아요?"

와까꼬가 양쪽 겨드랑이에 손을 넣고서 안아올리려 했다. 여주인이 비명을 내질렀다. 와까꼬는 곧바로 양손을 뺐다. 여주인이 세게 엉덩방아를 찧었다.

"떨어지셨으니 부드럽게 대해야지."

요오꼬가 말했다.

"병원에 모시고 가야겠어."

미요가 쇼오끼찌를 보며 말했다.

"아주머니, 집에 차가 있나요?"

와까꼬가 물었다.

"있는데 열쇠가 없어."

"그럼 쇼오끼찌가 업어."

요오꼬가 쇼오끼찌의 어깨를 두드리며 말했다.

"아무 일도 아니야. 자고 일어나면 나을 거야."

여주인이 얼굴을 찡그리며 말했다.

"말을 하면서도 아프신 걸 보니 의사한테 빨리 진료를 받지 않으면 큰일 나겠어. 떨어져 다친 곳이 잘못되면 때를 놓칠 수도 있어. 초기 처치가 제일 중요해."

미요가 말했다. 몸이 휘청거렸다. 아직 반쯤은 취해 있었다.

"어서 업어, 쇼오끼찌."

요오꼬가 말했다. 쇼오끼찌는 여주인 앞에서 등을 들이대고 앉았다. 여주인의 양쪽 옆구리에 와까꼬와 요오꼬가 손을 넣었다. 여주인은 아파서 끙끙대며 쇼오끼찌의 야윈 등에 업혔다. 여자들은 자기들도 따라간다며 소란을 피웠다. 목은 쉬었지만 혀는 잘 움직였다. 하지만 와까꼬와 요오꼬는 벽에 기대고 있다가 먼저 요오꼬가 앉자 뒤따라 와까꼬도 바닥에 털썩 주저앉고 말았다. 미요는 무언가 속셈이라도 있는 것처럼 눈을 치떠 쇼오끼찌를 가만히 보았다. 쇼오끼찌는 걷기 시작했다. 미요는 발소리도 내지 않고 쇼오끼찌의 뒤를 따라갔다.

7

해안가의 외길을 남쪽으로 쭉 따라가다보면 곧 진료소가 보일 것이라고 여주인은 코를 쇼오끼찌의 목에 거의 붙인 채로 말했다. 쇼오끼찌는 멀지 않기만을 바라면서 거리를 물었다. 차로 가면 이삼분이고 걸어서는 이십분 정도라고 했다.

등에 업혀 있는 여주인은 꽤나 무거웠다. 식육가공 공장에서 아르바이트를 할 때 몇번 짊어져본 죽은 돼지의 무게와 거의 같다고 쇼오끼찌는 생각했다. 하지만 죽은 돼지에게서는 피나 지방이나 장기 냄새가 났지만, 여주인에게서는 분내가 물씬 풍겼다. 함께 섬에 온 세 여자의 외국제 향수와는 달리 냄새가 코를 찔렀다. 하지만 쇼오끼찌는 그 냄새에서 묘한 그리움을 느꼈다. 아주 오래전에 양산을 쓴 어머니에게서 맡았던 냄새와 비슷했기 때문이다.

쇼오끼찌는 양쪽으로 집 돌담이 있는 좁은 울타리 길을 돌았다. 후꾸기福木[9]의 울창한 잎에 달빛이 가려 발밑이 잘 보이지 않아서 불안했다. 여주인은 술에 취해서인지 온몸에 힘이 빠져 쇼오끼찌의 등에서 계속 미끄러져 내렸다. 쇼오끼찌의 얼굴에는 땀이 배어나고 있었다. 정신을 똑바로 차리려 했지만 다리에 술기운이 남아 있어서 갑자기 풀썩 주저앉을 것만 같았다.

후꾸기와 멀구슬나무의 잎사귀를 흔드는 밤바람 소리와 섞이듯이 쇼오끼찌의 이름을 부르는 목소리가 들려왔다. 쇼오끼찌는 뒤를 돌아봤다. 미요가 좌우로 약간 휘청거리며 빠르게 다가왔다.

"아주머니는 잠들었어?"

미요가 얼굴을 내밀고서 들여다보며 말했다. 여주인은 미동도 하지 않았다.

"잠든 게 아니라 말을 하면 아프니까."

쇼오끼찌는 어림짐작으로 그렇게 말했다.

"나 여기에 참회하러 왔어. 내일 신에게 해야겠지만 오늘밤 쇼오끼찌에게 하면 안될까?"

어두워서일까, 목소리가 쇼오끼찌에게 선명히 들렸다.

---

9 망고스틴의 일종. 일본에서 주로 방풍림으로 심는 후꾸기속의 상록 교목. 오끼나와에서는 가로수로 흔히 볼 수 있다.

"참회하려고. 참회는 누군가에게 말을 해야 하는 거잖아?"

쇼오끼찌는 대답을 하지 않고 고개를 작게 끄덕였다.

"나 혼자 가슴에 담아두고 살 수는 없어. 매일 마음속으로 몇번 씩이나 말했어. 이제 말을 입 밖으로 뱉고 싶어."

외길 앞쪽에 어렴풋이 외등이 켜져 있고 네모진 하얀 건물이 솟아 있었다. 쇼오끼찌는 미요가 무슨 내용을 참회할지 짐작되는 바가 있었다. 요오꼬와 와까꼬는 미요보다 한시간 일찍 바에 출근하는데, 둘은 카운터와 유리잔을 닦으면서 마마가 어느날 밤에 남편을 자살로 몰아넣었다는 비밀 이야기를 쇼오끼찌에게 해주었다. 하지만 미요가 바로 들어와서 쇼오끼찌는 자세한 이야기를 듣지는 못했다.

"쇼오끼찌, 언제부터인가 내게 남자 목소리가 들리기 시작했어. 사교클럽에서 만자모오万座毛[10]에 갔을 때부터였을 거야. 그때 나한테 들러붙은 것 같아. 한명이 아니야. 성인 남자랑 작은 남자 아이야. 낳을 수 없었어. 남편의 아이가 아니었거든. 그래서 지웠어. 사실은 나도 낳고 싶었어. 사내아이였거든. 간호사는 계속 생각날 것이라고 하면서 말해주지 않았지만 틀림없이 사내아이였어. 배 속에서 팔다리를 강하게 뻗대고 있었거든."

쇼오끼찌는 대답해줄 말이 없었다. 미요의 체험은 쇼오끼찌의

---

10 오끼나와의 쿠니가미군(國頭郡) 온나 마을(恩納村) 해안가에 있는 경승지. 해안 절벽에 코끼리 모양을 한 바위가 있다. 류우뀨우 왕국의 쇼오께이왕(尙敬王)이 "만명이 앉을 수 있는 넓은 들판"이라고 한 말에서 이름이 유래했다는 설이 있다.

상상을 훨씬 웃돌고 있었기 때문이다. 또 미요도 쇼오끼찌가 정말 접신하는 능력이 있다고 믿어서가 아니라 그저 고백하고 싶었을 따름이었다.

진료소 현관 앞에는 주차할 수 있는 작은 공터가 있었다. 미요는 공터로 들어가려 하지 않고 쇼오끼찌의 팔을 가볍게 만지며 "난 여기서 달을 보고 있을 게" 하고 말했다. 쇼오끼찌는 작게 고개를 끄덕였다. 미요는 대여섯걸음 뒤로 물러나 월도月桃 그늘에서 서성거렸다.

횡으로 기다란 흰 상자처럼 생긴 일층 건물이 보였다. 현관에 '카쯔렌 마을 마지야섬 진료소'라고 널빤지에 세로로 쓴 안내판이 걸려 있었다. 병원이 없는 작은 섬에는 공립 진료소가 설치된다. 그리고 의사는 주로 오끼나와 본섬이나 일본 본토 출신이며 대부분 이삼년 후에는 섬을 떠난다. 하지만 마지야섬 진료소의 의사는 희귀하게도 이 섬 출신이었다.

민박집을 출발한 지 삼십분 정도 지났다. 쇼오끼찌는 진료소 초인종을 눌렀다. 여자가 나왔다. 요리용인지 의료용인지 잘 구분이 되지 않는, 가슴과 배를 가리는 하얀 앞치마를 두르고 있었다. 여주인의 딸 정도 되는 나이였지만, 여주인에게 지지 않을 정도로 뚱뚱했다. 여자는 쇼오끼찌의 등에서 여주인을 내린 다음 가볍게 끌어안고서 하얀 시트가 깔린 침대 위에 눕혔다. 그리고 쇼오끼찌에게 무슨 일이 있었는지 물은 후 여주인의 몸을 살펴보다가 안쪽 문을 열고 안으로 들어갔다.

잠시 후 머리카락을 길게 기른 마른 남자가 나왔다. 술 냄새가 풍겼다. 남자는 여주인의 허리와 등을 눌러보며 진찰을 했다. "타박상이군요. 뼈는 멀쩡할 겁니다" 하고 남자가 말했지만 혀가 잘 돌아가지 않는 것 같았다. 쇼오끼찌에게는 뼈가 튼튼하다는 소리로 들렸다. 여주인은 묘하게 가냘픈 목소리로 감사를 표했다. 하룻밤 진료소에 있어야 한다고 남자가 말했다. 여주인은 고개를 끄덕였다. 쇼오끼찌는 의사로 보이는 이 남자에게 여주인을 맡기고 밖으로 나왔다.

쇼오끼찌는 먼 밤길을 미요와 단둘이서 걸어 돌아가야 한다는 사실이 마음에 걸렸다. 두 사람은 천천히 걷기 시작했다. 진료소의 외등 불빛이 미치지 않게 되었다. 미요는 쇼오끼찌의 팔에 손을 두르고서 어리광 부리는 듯한 목소리로 말했다.

"입원해야 할까?"

"두어시간 후에 돌아오실지도 몰라요."

쇼오끼찌는 자신도 모르게 무뚝뚝하게 대답했다.

"안 돌아오셔도 되는데. 오늘밤은 우리끼리만 보내고 싶어. 내일은 돌아가야 하니까 말이야."

저 멀리 떠 있는 둥근 달은 짙은 색이었고 달빛은 하얀 모래가 섞인 외길을 비추고 있었다. 아스라이 판다누스 나무의 그림자가 보였다. 미요는 자신의 팔을 쇼오끼찌의 팔에 더 깊숙이 끼웠다. 달이 구름 속으로 숨자 주변이 어두워졌고 발소리가 또렷이 들렸다. 섬이 이렇게 어두워지자 쇼오끼찌는 놀랐다. 하지만 쇼오끼찌는 어린 시절에 섬이 훨씬 더 어두웠을 것 같은 생각이 들었다. 두 사람은 계속 걸어갔다. 때때로 바이올린 소리처럼 얇지만 선명한 소리가 쇼오끼찌의 귓가로 날아들었다. 예전에 쇼오끼찌의 어머니가 물고기 울음소리라고 했던 바로 그 소리였다. 그게 무슨 소리인지 쇼오끼찌는 여전히 알지 못했다. 구름이 움직였다. 나무와 길이 다시 하얗게 드러났다.

"쇼오끼찌, 바다가 정말 아름다워."

좁은 길을 따라 나 있던 참나무가 끊기자 바다가 아주 가까이 다가와 있었다. 미요는 그 자리에 멈춰섰다. 바닷물은 움직임이 없었다. 해수면에 떨어진 달빛이 무수히 많은 은색 물고기처럼 술렁이고 있었다.

"해변으로 내려가볼까?"

조심스러운 목소리였지만 미요는 쇼오끼찌의 팔을 잡아끌었다. 쇼오끼찌의 발이 뒤엉켰다. 그러나 간신히 넘어지지 않고 버텼다. 미요는 더욱 세게 잡아끌었다.

"그러지 말고 빨리 돌아가요."

"왜?"

"내일 해야 할 일이 있으니까요."

"내일은 내일이지."

"우따끼에 가려면 힘을 아껴야……"

"중요한 때에는 꼭 신神을 찾네."

"그렇지만, 신과 만나기 위해 왔으니까요."

"난 참회하러 왔어."

"참회는 내일 우따끼에 가서 해요."

"뭐든 내일이구나."

"돌아가요. 와까꼬 등이 기다릴 거예요."

미요의 손에서 힘이 빠졌다.

"……와까꼬를 좋아해?"

쇼오끼찌는 가슴이 두근거렸다.

"난 모두 좋아해요."

"와까꼬는 돈 많은 남자만 좋아하는데."

미요는 쇼오끼찌보다 두어걸음 앞서서 걷기 시작했다. 쇼오끼찌가 빨리 걸으면 미요는 더욱 속도를 내서 두 사람의 거리는 줄어들지 않았다.

두 사람이 민박집에 도착했다. 미요가 여자들 방의 문을 열었다. 음식과 음료가 어질러진 상이 구석에 바싹 밀쳐져 있었다. 와까꼬와 요오꼬는 얇은 여름이불을 똑바르게 덮은 채 서로 마주 보며 자고 있었다. 미요는 아무 말도 하지 않고 형광등을 껐다. 쇼오끼찌는 자신의 방으로 들어갔다.

달빛이 유리창을 통해 쏟아져 들어오고 있었다. 쇼오끼찌는 잠이 오지 않았다. 새벽 2시가 지나서 작은 목소리가 들렸다. 누군가가 문을 두드리고 있었다. 소리는 더 커지지 않았지만 이상하게 길게 이어졌다. 쇼오끼찌는 자신의 심장이 뛰는 소리가 커지자 숨쉬기가 힘들어졌다. 반쯤 악에 받쳐 불을 켜고 문을 열었다. 머리를 늘어뜨린 요오꼬가 검은색 네글리제를 입고 있었다.

"마마가 불을 껐어."

"………"

"난 어두우면 잠을 못 자. 마마는 불빛이 있으면 잠을 못 자는데 울적해서 그렇대."

"………"

"이거 마셔. 내일 큰일을 치러야 하잖아."

요오꼬는 자신이 낮에 방문판매를 하는 정력제 한병을 건넸다. 야밤에 이런 걸 마시면 더욱더 잠이 오지 않겠지 하고 쇼오끼찌는 생각했다. 하지만 요오꼬는 쇼오끼찌의 눈을 응시하며 마시라고 강권했다. 쇼오끼찌는 하는 수 없이 마셨다.

"와까꼬는요?"

"그녀는 젊잖아. 불빛이랑 상관없이 쿨쿨 자. 나는 잠이 안 와. 무슨 이야기라도 해주지 않을래?"

요오꼬는 쇼오끼찌의 손을 잡았다. 요오꼬의 눈이 이상할 정도로 빛나고 있었다. 쇼오끼찌는 창에 등을 기대었다가 앉았다.

"여기서는 안돼. 자면서 듣고 싶으니까 같이 누워야 해."

요오꼬는 쇼오끼찌의 손을 잡아끌었다. 어두우면 잠이 오지 않는다고 방금 말한 것도 잊고서 불을 끄더니 여름이불 위에 누웠다. 요오꼬는 다리를 벌렸다 좁혔다 했고 폈다가 다시 굽혔다 했다. 쇼오끼찌는 이상하게 몸을 움직일 수가 없었다. 요오꼬는 쇼오끼찌의 왼손을 잡아당겨서 자신의 팔베개로 삼았다. 쇼오끼찌는 가슴이 고동쳐서 아무 이야기도 떠오르지 않았다.

문이 열렸다. 쇼오끼찌는 요오꼬의 머리에서 팔을 빼고 재빨리 일어나 앉았다. 미요였다. 요오꼬가 목청을 높이고 미요도 욕을 세차게 퍼부을 것이라고 쇼오끼찌는 생각했다. 미요는 아무 말도 없이 요오꼬의 손을 끌어당겨 일으켜세웠다.

"내일 일찍 일어나야지."

미요는 쇼오끼찌에게 이렇게 말하더니 입을 다물고 있는 요오꼬와 함께 문을 나갔다. 쇼오끼찌는 여자 셋이 끈적끈적하게 자신에게 기대는 것이 처음에는 기뻤지만 점차 곤혹스러워졌다. 자신에게는 버겁다는 생각이 들었다. 정력제의 달면서도 쓴 맛이 목구멍에 남아 있었다. 가슴에서 가벼운 구역질이 일어났다. 여자들이 자신을 의지하고 있다. 어떻게든 의무를 다해야 한다고 생각하니 쇼오끼찌는 잠이 오지 않았다. "신을 소개해주지 않아도 돼. 대신에 네가 도와줘야 해"라는 목소리가 귓속에서 들리곤 했다.

8

날이 밝아왔다. 복도 유리창에 빗방울이 세차게 부딪치며 튀고 있었다. 뜰의 나무 주변에는 하얗게 안개가 끼어 있었고 하늘도 온통 하얗게 보였다. 쇼오끼찌는 흐리마리 잠에서 깨어났다. 우따끼로 가려면 진흙투성이의 좁은 밭길을 통과해야 한다. 쇼오끼찌는 멍한 상태에서 생각했다. 우따끼 신목 옆에는 향로가 놓여 있는데 아무런 덮개나 울타리도 없어서 밤새 비를 맞았을 것이다. 설령 비가 그친다 하더라도 앉거나 절을 할 수 없을 것이다.

쇼오끼찌는 와까꼬에게 '중지한다'는 말을 전했다. 와까꼬는 자유시간이 생겼다고 좋아하며 여자들 방으로 돌아갔다. 그런데 일이분 후 미요가 곧장 쇼오끼찌의 방으로 찾아왔다. 꽉 닫은 유리창을 통과해 들려오는 세찬 빗소리보다 더 크게 "오늘 우따끼로 안내해주지 않을 거야? 내일 가게를 열어야 하는데 책임질 거야?"라고 하는 미요의 불평이 쇼오끼찌의 귓속으로 날아들어왔다. 하지만 "내일은 꼭이야" 하고 미요는 곧 체념했다. 쇼오끼찌는 집요하지 않은 이런 미요의 성격이 마음에 들었다.

여자들을 데려온 것까지는 좋지만, 쇼오끼찌는 결국 여자들을 피해서 홀로 조용히 풍장지로 가고 싶었다. 풍장지에 있을 아버지의 유골이 걷잡을 수 없게 머리에 떠올랐다. 그러자 어째서인지 생전의 어머니가 생각났다. 소꿉동무였던 어머니와 아버지는 태어난 해와 달이 똑같았다. 두분은 열아홉살 때 결혼했다.

쇼오끼찌의 어머니는 "미안하구나, 쇼오끼찌" 하면서 자주 울었다. 쇼오끼찌는 어머니의 행동을 오랫동안 이해할 수 없었다. 어느 날 밤에 자연스레 촛불이 확 밝혀지듯 어머니는 "몇번이고 배 속에 있는 널 지우려 했단다"라는 말을 했다. 쇼오끼찌의 어머니는 딸을 다섯이나 낳았다. 여섯째를 배자 더이상 참지 못한 남편으로부터 여아를 뱄다고 심한 힐난을 들었다. 쇼오끼찌의 어머니는 물에 들어가보기도 했고, 차를 엄청나게 마셔보기도 했고, 돌담에서 뛰어내려보기도 했다. 하지만 얼마 안 있어 쇼오끼찌가 태어났다. 형지型紙 없이도 양복을 만드는 보기 드문 재주가 있는 딸이라고 어머니가 자랑했던 큰누나와, 요리 솜씨가 훌륭했던 둘째 누나는 어머니와 함께 문중묘에 잠들어 있다. 나머지 세명의 누나는 오끼나와에서 이민 간 사람이 많은 브라질로 집을 버리듯이 건너가 행방조차 알지 못하고 있다.

오전 9시가 지나자 뭔가 재앙을 불러올 것 같은 예감이 들던 빗소리가 점차 단조롭게 들리기 시작했다. 잠에 빠져들기 바로 직전의 뭐라 표현할 수 없는 쾌감이 쇼오끼찌에게 밀려왔다. 쇼오끼찌는 와까꼬와 요오꼬가 노크하는 소리에 일어났다. 마마가 없어졌다고 했다. 쇼오끼찌는 자고 싶은 욕구가 강했지만 와까꼬와 요오꼬에게 함께 찾으러 가자고 했다. 그런데 두 사람은 "마마라면 괜찮아" "돌아올 때가 되면 오겠지" 하고 태연히 말했다. 찾으러 가지 않을 거라면 애초에 나를 깨우지 않아도 되지 않았을까라는 생각을 하며 쇼오끼찌는 속으로 분개했다. 하지만 그 말을 듣고 안심했다. 마마라면 괜찮겠지 하고 자신에게 말했다. 방으로 돌아간 와까꼬와 요오꼬는 물론이고 그도 다시 쿨쿨 잤다.

쇼오끼찌는 오후 1시가 넘어서 눈을 떴다. 비는 계속 내리고 있었다. 그로부터 한시간 정도 후에 미요가 돌아왔다. 박쥐우산을 접은 뒤 검은색의 커다란 봉지를 신발장 위에 놓으며 아무도 자신의 말을 제대로 들어주지 않아서 진료소에 있는 여주인과 이야기를 하고 왔다고 했다.

"뭐야? 이거."

검은 봉지 안을 들여다보던 와까꼬가 갑자기 커다란 소리를 질렀다. "검은 것도 있고, 붉은 것도 있고, 말랑말랑한 것도 있고, 긴 것도 있고, 참 여러가지가 들어 있네."

"돼지 곱창이랑 간이야. 국을 끓여도 되고 볶아도 되는데 그렇게 해줄래. 아주머니가 신세를 졌다면서 답례로 주신 건데, 민박집 아저씨가 가져오신 거야. 아저씨는 정오 조금 지났을 무렵에 돌아오셨어."

미요는 계단을 올라가면서 쇼오끼찌를 보고 말했다. "민박집 아주머니는 별로 이야기를 하지도 않고 듣지도 않으셔. 역시 신께 말씀드릴 수밖에 없나봐. 그래도 오늘은 비가 오니 우따끼에 가는 건 그만두자."

쇼오끼찌는 방에 누워서 천장을 멍하니 바라봤다. 그때 왜 돼지가 난입했을까 하고 쇼오끼찌는 생각했다. 눈을 감고서 '돼지, 돼지, 돼지' 하고 몇번이나 중얼거려보았다. 눈 안쪽에서는 돼지가 어머니의 얼굴로 변하기도 하고 어머니가 돼지의 모습으로 변하기도 했다.

어머니는 아버지 사후에 자식들과 함께 마지야섬을 떠나서 외할머니가 살고 있는 본섬의 요나구스꾸 마을로 갔다. 먹고살 길이 없었던 어머니는 밤도망을 친 외할아버지의 돼지우리에서 돼지를 키웠다. 그런데 어머니는 직경이 일 미터나 되는 커다란 솥에 매일 돼지 사료를 끓이면서 아궁이의 불똥에 맞고, 돼지의 발광한 듯한 울음소리를 매일 들어서인지 점차 이상해져갔다. 어머니는 돼지에게 혼잣말을 하기에 이르렀다.

쇼오끼찌는 다부진 외할머니가 생각났다가 나중에는 아버지가 떠올랐다.

쇼오끼찌의 외할머니는 심한 주정을 하던 남편에게 불평을 늘어놓은 일로 여기저기 도망다니다가 어느날 돼지우리 안에 숨어들었다. 외할머니는 그 안에서 갑자기 산기産氣를 느끼고서 쇼오끼찌의 어머니를 낳았다. 어머니가 태어난 지 몇달 후에 쇼오끼찌의 외할아버지는 외상 술값 대신 돼지를 빼앗기게 되자 경매 이틀 전 야밤에 커다란 돼지 한마리를 사바니에 싣고서 바다를 건너다가 그대로 행방불명이 되고 말았다.

쇼오끼찌의 아버지는 마지야섬 어부였다. 어느날인가 마지야섬에서 서쪽으로 수십 킬로미터 떨어진 난바다 어장으로 사바니를 타고 나갔다. 힘껏 쳐서 두조각 낸 고등어를 낚싯바늘에 끼고 바다에 던지자마자 큰 물고기가 미끼를 물었는데, 하필이면 낚싯줄에 팔이 감겨서 바닷속으로 순식간에 끌려들어가고 말았다. 사흘 후, 쇼오끼찌의 아버지는 팔이 거의 잘려나가기 직전의 무참한 사체 상태로 마지야섬 해안에 표착했다. 쇼오끼찌의 어머니는 죽어서도 자식들을 만나러 왔다고 하며 며칠이고 울었다. 어머니는 아버지가 차라리 바다에서 떠오르지 않았더라면 더 좋았을 것이라고 몇번이나 쇼오끼찌에게 말했다.

쇼오끼찌는 기분을 전환하기 위해 문고본을 읽으면서 시간을 보냈다.

부엌에서는 여자들의 웃음소리가 끊이지 않고 들려왔다. 밖은 이미 어둑어둑해지고 있었다. 와까꼬가 쇼오끼찌를 부르러 방으로 왔다.

"다 됐어."

머리에 헤어밴드를 한 와까꼬의 얼굴은 땀범벅에 홍조를 띠고 있었다. "만찬모임에 초대할게. 오분 후에 여자 방으로 와."

쇼오끼찌의 눈이 휘둥그레졌다. 고기 요리가 큰 접시에 잔뜩 담겨 상에 올려져 있었다. 곱창볶음, 돼지갈비탕, 돼지귀무침 등이 올라온 걸 보니 얻은 고기를 다 요리한 모양이었다.

"전부 직접 요리한 거야?"

"전부 직접 만들었는데 반은 내일 참배할 때 신에게 바치려고 따로 보관해놨어."

여자들은 합장을 하고 나서 먹기 시작했다.

"쇼오끼찌, 어서 먹어."

와까꼬가 요리를 힘차게 씹으면서 말했다. 미요의 바에서 가끔 먹었던 돼지고기 맛과는 달랐다. 와까꼬 집의 조미료와는 다른 것을 쓰는 걸까 하고 쇼오끼찌는 생각했다.

"어서 마셔, 쇼오끼찌. 최후의 만찬이야."

와까꼬가 컵에 아와모리를 따랐고 요오꼬는 얼음을 넣었다. 건배를 했다. 여자들은 입술을 적셔가며 돼지고기를 양껏 먹었고, 아와모리도 양껏 마셨다. 말수가 많아지더니 큰 웃음이 자주 터져나왔다. 쇼오끼찌는 여윈 여자들이 이렇게 왕성하게 먹고 마시는 모습이 이상하게 느껴졌다. 갈비뼈와 족발이 차츰 접시에 높다랗게 쌓였다가 접시에서 흘러떨어져 상 위에서 아무렇게나 뒹굴기도 했다. 여자들은 희묽은 기름이 불쾌하게 둥둥 떠 있는 식은 국물도 흘려넣듯이 마셨다. 요오꼬는 잔 속의 아와모리에 손가락을 넣어서 얼음을 휘젓기도 했다. 미요는 빨아들이듯 고기를 입속에 넣고 입을 오물거리더니 솜씨 좋게 하얀 뼈를 뱉어냈다.

여자들은 먹는 것에만 몰두해 있었다. 이런 여자들이 바라는 우간을 나는 이끌 수 있을까? 자신은 이 여자들의 연회에 그냥 끌려나온 것뿐이라는 생각이 들자 쇼오끼찌는 풀이 죽었다. 한마디의 이의도 달지 못하는 자신에게 화가 났다. 식욕이 별로 없어서 돼지고기와 함께 끓인 무와 다시마에만 입을 댔다.

"이 돼지는 우리를 살리려고 자기한테는 하나밖에 없는 몸을 내줬어. 고귀한 일이야. 우리 인간은 좀처럼 따라 할 수 없겠지?"

와까꼬가 말했다.

"몸을 내주다니 마치 남녀 사이 같잖아."

요오꼬가 말했다.

"그러니까 남기면 천벌을 받을 거야. 국물 한방울까지 다 먹어."

"어딘가에서는" 하고 쇼오끼찌는 말했다. 다시마와 무밖에 먹지 않은 쇼오끼찌는 어떤 말을 한 것 같은 느낌이 들었다. "돼지한테

콜라와 주스도 자주 주는 모양이에요. 선풍기도 틀어주고."

"여왕 돼지인가?"

와까꼬가 물었다.

"축제가 다가오잖아." 쇼오끼찌가 말했다. "시간에 맞추어 일곱 배 정도 살을 찌우는 거지. 축제날에 통으로 꼬치에 꿰어 굽고, 돼지 입에 파인애플과 당근을 물리기도 하고, 그렇게 해서 신에게 바치는 거지."

"참 요란법석이네. 그건 그렇고, 쇼오끼찌. 내일 우따끼에 바칠 제물은 돼지요리만 있어도 괜찮겠지?"

"기뻐하실 거야."

"이 돼지는 수컷일까, 암컷일까."

요오꼬가 말했다.

"요오꼬 언니, 어느 쪽이 좋아?"

"물론 수컷이지. 먹는 보람이 있잖아."

"암컷이면 동족상잔이야."

와까꼬가 웃으며 말했다.

"돼지 신도 있을까?"

요오꼬가 쇼오끼찌에게 물었다.

"그럼 있죠."

"내 배가 지금 이렇게 부풀어올라 있는데 지금 신이 나를 임신시킨 걸까?"

"넌 매번 과식하더라."

미요가 말했다.

"하지만 만약에 이렇게 쉽게 임신할 수 있다면 행복하지 않을까? 마마."

"난 아무리 놀더라도 임신 같은 건 안했으면 좋겠어."

"좋아하는 사람의 아이는 다르겠죠? 마마."

"이젠, 지긋지긋해."

"마마의 미모라면 지금부터도 몇번은 꽃피울 수 있을 텐데. 안그래? 쇼오끼찌."

와까꼬가 쇼오끼찌를 보며 말했다. 쇼오끼찌는 고개를 약간 끄덕였다. 여자들의 눈이 반짝였다. 입술에는 루주 색깔이 지워지고 착 달라붙은 기름이 번들번들 희미하게 빛나고 있었다. 쇼오끼찌가 바에 드나든 반년 동안 여자들은 바에서 토마토주스나 우롱차밖에 마시지 않았고 단 한번도 술에 취한 모습을 보인 적이 없는데 어젯밤에도 취하더니 오늘밤에도 취해 있다.

"쇼오끼찌, 돼지고기랑 아와모리는 궁합이 잘 맞아." 와까꼬가 말했다. 목소리가 쉬어 있었다. "혈관 속에서 기름이 굳지 않는데. 그런데 차가운 물을 마시면 큰일 나. 알겠어?"

와까꼬는 그렇게 말하면서 아와모리를 목구멍으로 부어넣었다.

"알겠어?"

쇼오끼찌는 고개를 끄덕였다. 여자들은 접시 안의 것이나 국그릇 안의 것이나 가릴 것 없이 뼈에 붙어 있는 살을 손으로 움켜쥐고 있었다. 그리고 술잔을 들어서 한번에 다 마셔버렸다.

쇼오끼찌는 벽에 등을 기댄 채 한동안 먹고 마시며 떠드는 여자들의 이야기를 무심코 듣고 있다가 그녀들의 얼굴을 무심히 보면서 자리에서 일어났다. 여자들이 만류하는 것을 간신히 뿌리치고는 "내일이 있으니 이제 자야지" 하며 자신의 방으로 돌아왔다. 쇼오끼찌는 자리에 누웠다. 여자들은 배가 불룩해져 있었고, 술도 꽤 많이 마셨다. 오늘도 역시 어제와 똑같았다. 하지만 이제 한밤중에 문을 노크하는 것 때문에 걱정할 필요는 없을 것이다. 쇼오끼찌는 안도했다.

하지만 쇼오끼찌는 점점 답답했다. 난 그저 여자들의 고백 같은 이야기를 들어주는 역할을 할 뿐인데, 어쩌다가 신의 사자와 같은 대접을 받게 된 것일까. 엉겁결에 마지야섬으로 액막이 우간을 하러 가자고 마음에도 없는 말을 해서 여자들이 졸졸 따라온 것뿐이라고 쇼오끼찌는 생각했다.

갑자기 복도를 분주하게 뛰어다니는 소리가 났다. 그러다 갑자기 조용해지더니 다시 느닷없이 뛰어다니는 소리가 났다. 그 진동이 바닥으로 전해져 쇼오끼찌의 몸이 조금 흔들렸다. 큰 소리로 외치는 소리가 때때로 들렸다. 쇼오끼찌는 귀를 기울였다. 방 앞으로 뛰어가 안으로 들어가는 발소리도 들렸다. 계단을 뛰어내려가거나 뛰어올라오는 발소리도 들렸다. 쇼오끼찌는 망설였지만 그냥 그대로 있었다. 뛰어다니는 소리는 점차 간격이 뜸해졌다. 여자들 방에서 아무런 소리도 들리지 않았다.

누군가 문을 두드렸다. 계속 두드리고 있었지만 어딘가 소리가 약해졌다. 쇼오끼찌는 문을 열었다. 아랫배를 누르고 있는 와까꼬가 허리를 많이 구부린 채로 서 있었다.

"배가……"

와까꼬는 얼굴을 찡그렸다. 하얀 얼굴이 새파랗게 변해 있었다.

"많이 아파?"

쇼오끼찌는 몸을 숙였다. 와까꼬는 한손을 쇼오끼찌의 어깨에 올렸다.

"……쇼오끼찌는 아무렇지도 않아?"

"……무슨 일이야."

"분명히 돼지 간 때문일 거야. 보통 때와 다르다고 생각했어. 맛을 보면서 말이야."

"모두 탈이 난 거야?"

쇼오끼찌는 와까꼬의 등을 문지르며 말했다.

"……모두 그래. 전멸이야. 쇼오끼찌는 먹지 않았지?"

"나도 먹긴 먹었는데……"

"분명히 간은 안 먹었을 거야. 이렇게 배탈이 심하게 나긴 처음이야."

그럼 내일 신에게 바칠 음식에 넣으면 안되겠군 하고 쇼오끼찌는 묘하게 느긋이 생각했다.

"또, 또 시작이야."

와까꼬가 일어섰다. "미안해." 아랫배를 누르며 복도 안쪽으로 뛰어가 세차게 화장실 문을 열더니 다시 닫았다. 설사하는 날카로운 소리가 났다.

와까꼬가 다시 나왔다. 몇분 전보다 여윈 것처럼 보였다.

"나, 창피해서 아래층 화장실을 쓰고 있었는데……"

"설사를 이길 수 있는 사람은 없어."

"그렇긴 하지만. 소리 들렸어?"

"아니. 설사할 때에는 물을 많이 마셔야 해. 탈수증이 생기니까."

"고마워."

"다른 두명은?"

"자고 있어. 나보다 더 다운돼 있어. 마마가 제일 심해. 나이가 제일 많은데 우리랑 거의 똑같이 먹었거든. 자, 그럼."

와까꼬가 손을 흔들었다.

"괜찮겠어?"

"아마도. 잘 자."

와까꼬는 여자들 방으로 돌아갔다.

발소리가 점차 줄어들었다. 하지만 무언가가 생각이라도 난 것처럼 다시 뛰어다니는 소리가 났다. 몇시쯤 됐을까. 누군가가 문을 두드렸다. 와까꼬가 벽에 기댄 채 늘어진 상태로 있었다. 눈이 움푹 들어가 있었고 머리도 흐트러져 있었다.

"……쇼오끼찌, 요오꼬 언니가 좀 와달래……"

아랫배를 누르면서 걸어가는 와까꼬의 뒤를 따라 쇼오끼찌는 여자들 방으로 들어갔다. 요오꼬는 베개를 껴안고 다리와 등을 구부리고서 벽을 향한 채 자고 있었다. 미요는 위를 향한 채로 자고 있었다. 안색은 창백했고 죽은 사람처럼 미동도 하지 않았다.

"……쇼오끼찌."

요오꼬는 눈을 치뜨고서 쇼오끼찌를 보며 원망스러운 듯한 목소리로 말했다. 쇼오끼찌는 요오꼬의 머리맡에 앉았다. 향수 냄새가 났다. "약을 좀 받아오지 않을래? 우리 죽을 것 같아."

"설사만 해요? 열은 없고요?"

"만져봐."

쇼오끼찌는 요오꼬의 이마를 만졌다. 식은땀이 나서인지 매우 차가웠다.

"손이 참 따뜻하다."

"마마는 자고 있어?"

쇼오끼찌는 뒤를 돌아보며 와까꼬에게 물었다.

"깨어 있지만 입을 움직이는 것이 어려워."

"그밖에 다른 증상은 없어? 통증은?"

"엉덩이가 아프기 시작했어."

요오꼬가 말했다.

"서둘러줘, 쇼오끼찌."

와까꼬가 말했다.

"그럼 바로 다녀올게."

쇼오끼찌는 계단을 뛰어내려가서 현관문을 열었다. 비는 그쳐 있었다. 트레이닝 바지에 가죽구두를 신고 달렸다.

낮 동안 빗소리에 지워져 있던 여러 소리가 되살아났다. 벌레 우는 소리, 나뭇잎이 바람에 흔들리는 소리, 파도가 모래를 가볍게 어루만지는 소리, 어디서 들려오는지 모르는 해명海鳴 소리, 웅덩이 물을 차는 구둣발 소리, 숨쉬는 소리, 심장 뛰는 소리, 누군가의 웃음소리도 귀에 들렸다. 여자들은 자기들 마음대로 자신을 대하지만 쇼오끼찌는 숨쉬기 힘들 정도로 달렸다. 저 웃음소리는 자신이 웃고 있는 것이다. 달이 떠 있었다. 비에 하늘이 씻겨나가서인지 선명하고 둥글게 떠 있었다. 하얗게 펼쳐진 길 위에 의지할 곳 없는 쇼오끼찌의 그림자가 살며시 움직였다. 어제저녁에 업었던 여주인의 몸을 쇼오끼찌는 등으로 느끼기도 했다. 그것이 아주 먼 옛날 일 같다는 착각이 들었다. 바람이 불자 나뭇잎에 달려 있던 물방울이 날아와 쇼오끼찌의 얼굴에 달라붙었다. 진료소 외등은 꺼져 있었으나 창문에서 불빛이 새어나오고 있었다.

초인종을 눌렀지만 아무도 나오지 않았다. 한밤중임에도 쇼오끼찌는 계속 눌러댔다. 마침내 전등이 켜지더니 불투명 유리 건너편에서 사람의 모습이 비쳤다. 백발에 머리를 짧게 자른 나이 지긋한 아저씨가 나왔다. 여주인으로부터 생김새를 듣지는 못했지만 민박집 아저씨임을 직감했다.

"……민박집 아저씨죠?"

쇼오끼찌가 물었다. 남자는 고개를 작게 끄덕였다.

"돼지고기를 먹으라고 주신 분인가요?"

쇼오끼찌는 무엇을 물어보면 좋을지 잘 떠오르지 않았다.

"그런데 뉘신지?……"

오랜 세월 바닷바람을 쐰 것 같은 탁한 목소리였다.

"아저씨네 민박에 묵고 있는 사람인데요……"

"………"

"의사 선생님 계세요?"

주인아저씨의 눈은 안정돼 있지 않았다.

"……젊은이도 돼지를 먹었나?"

"저는 거의 먹지 않았습니다만……"

주인아저씨는 문을 열고 나서 옆방으로 들어갔다. 의사가 나왔다. 어제처럼 흰옷 차림이 아니라 고무가 늘어진 트레이닝 바지를 입고 있었는데 허리를 접듯이 구부리고 있었다. 긴 머리카락이 왼쪽 눈을 덮고 있었고 오른쪽 눈은 심하게 충혈돼 있었다. 의사는 쇼오끼찌의 이야기를 대강 듣고서 "여긴 약국이 아니야. 카르테를 작성하고 환자를 진료한 후에 약을 내주는 것이 법도에 맞는데"라고 하더니 옆방으로 사라졌다.

"의사도 설사를 하고 있어."

주인아저씨가 속삭이듯이 말했다.

"아저씨도 드셨나요?"

"난 밤낚시를 하러 나갔다네. 아무것도 먹지 않았어."

"아저씨가 고기를 가져오셨잖아요?"

"장례식에 다녀오는 길이었는데, 다녀온 게 좋지 않았던 모양이야. 친척 집에 들르니까 돼지 두마리가 죽어 있지 뭐야. 그래서 한꺼번에 잡아버렸지."

"병에 걸렸나요?"

"마끼꼬 말인가?"

"돼지 이름이 마끼꼬인가요."

"돼지가 아니라 장례를 치른 사람 이름이지."

"그게 아니고요, 제 말은 돼지가 병에 걸렸냐는 거예요."

"내다팔 수 없으니까 가져가라고 하더군."

"……간호사도 탈이 났나요?"

주인아저씨가 고개를 끄덕이며 말했다.

"간호사가 고기를 삶았다네."

"민박집 아주머니도 탈이 났나요?"

"역시 탈이 났어. 나 역시 내일 배 터지게 먹으려고 했지."

의사가 나왔다. 비누 냄새가 나는 것으로 보아 화장실에 다녀온 모양이라고 쇼오끼찌는 생각했다.

"이 빨간색 약은 하나, 이 캡슐도 하나, 이 흰색 약은 두개를 매일 아침, 점심, 저녁 식후에 복용하도록 하게."

의사는 약을 하나하나 손에 들고 쇼오끼찌에게 보여주면서 말했다.

"……음, 그런데 환자 이름이?"

의사는 펜을 찾는 듯 러닝셔츠의 가슴께를 더듬었다. 쇼오끼찌는 여자들의 성을 몰랐다. 그래서 이름을 말했다.

"셋이나 있었어? 처음부터 말했어야지."

의사는 입을 삐죽 내밀었다.

"큰일인가요, 선생님?" 주인아저씨가 말했다. "경찰이 오거나 하지는 않겠죠, 선생님."

"우리는 가족이나 마찬가지니 상관없지만, 문제는 이 사람들이죠. 민박집 손님이잖아요."

"선생님, 약값은 전부 제가 낼 테니, 신고만은……"

"난 신고할 생각이 없어요."

의사가 옆방으로 들어갔다. 주인아저씨는 쇼오끼찌를 바라봤다.

"긴히 의논하는 것이지만, 숙박료는 받지 않을 테니 돼지고기를 먹고 배탈이 났다는 말은 안했으면……"

"……걱정 마세요."

"내일 집사람에게도 사례를 하라고 할 테니."

쇼오끼찌는 깡마른 주인아저씨가 가여워졌다.

"맛있는 돼지고기였는데 말이죠."

"모두 좋아할 것 같아서 가져왔는데."

"함께 온 사람들이 정말 맛있다고 하면서 먹었어요."

쇼오끼찌는 민박집으로 돌아왔다. 방으로 들어가 같은 방향으로 누워서 자고 있는 여자들에게 약을 먹였다. "가지 말고 잠깐만 여기에 있어줄래? 쇼오끼찌. 마음이 안 놓여서 그래." 와까꼬가 연약한 표정으로 말했다. 쇼오끼찌는 고개를 끄덕였다. 수면제가 약에 들어 있는지 여자들은 바로 잠이 들었다.

쥐 죽은 듯이 조용해졌다. 쇼오끼찌는 문득 여자들이 불쌍하다는 생각이 들었다. 여자들은 가슴속에 괴로움과 고민을 안고서 나를 따라왔다. 밤중에 잠을 못 자게 한다고 화를 낸 것은 졸렬했다. 혼자만 식중독에 걸리지 않은 것도 미안했다.

9

다음날 아침 여자들의 설사는 멈춘 것 같았다. "세수도 안했어. 아직 좀 어지러워. 이런 얼굴을 쇼오끼찌에게 보여주고 싶지 않아……" 등의 말을 하면서 와까꼬는 쇼오끼찌 앞에 앉았다. 요오꼬는 앉은 채로 멍하니 타따미를 보고 있었다. 미요는 상당히 몸이 좋지 않았다. 여름이불 속에서 누워 있다가 와까꼬가 부르자 눈을 뜨더니 곧 다시 감았다. "……마마는 물도 잘 못 마셔. 진료소에 입원해야 할 것 같아." 와까꼬가 말했다.

돌아온 민박집 주인아저씨는 어제 여자들에게 얼굴도 내밀지 못하고 낚시를 하러 갔다고 하면서 해동된 50센티 정도의 도미 같은 물고기가 든 비닐봉투를 쇼오끼찌에게 건네주었다. 도미는 하얗고 희미하게 번쩍거렸고 등 주변이 거무스름했다. 아랫배는 이상할 정도로 푸르스름해서 불쾌한 느낌이 좀 들었다. 주인아저씨는 침실로 들어갔다가 잠시 후에 보퉁이를 안고 쇼오끼찌에게만 얼굴을 보이며 "신세를 졌네" 하고 말했다. 그러더니 민박집 손님이 돌아가듯 밖으로 나갔다.

잠시 후에 쇼오끼찌는 미요를 등에 업고 진료소로 향했다. 미요는 여주인에 비해 몸무게가 반 정도밖에 나가지 않아 가벼웠다.

"……그 돼지는, 가게에 온 그 돼지는…… 신이 내린 벌일까?"

미요가 연약한 목소리로 물었다.

"아무것도 아니에요."

쇼오끼찌도 돼지와 어떤 인연이 있는 것 같은 기분이 들기 시작했다. "신경쓰지 마세요."

"……그렇지만 그때 돼지가 느닷없이 도망쳐 들어온 것이 아니라고 했잖아? 그렇게 말했잖아? 쇼오끼찌."

미요는 숨이 막혀 답답하다는 듯이 크게 한숨을 쉬었다. "액막이를 위해 우간을 해야 한다면서…… 그렇게 쇼오끼찌가 말했잖아……"

쇼오끼찌는 그때 자신이 무슨 말을 했는지 잘 기억이 나지 않았다. 분위기에 휩싸여 마음에도 없는 말을 한 것이 이제는 후회스러웠다.

"피곤하죠? 내일이면 해결될 테니 이제 좀 자요."

"……내일 내가 갈 수 있을까……"

미요는 뺨을 쇼오끼찌의 어깨에 착 밀착했다. 미요의 모자 차양이 땀이 난 쇼오끼찌의 목덜미에 닿았다. "아, 가게에 돌아가야 하는데…… 오늘밤은 안되겠네. 쇼오끼찌, 전화 좀 해줄래? 가까이에 있는 토마스의 마마라면 6시에 틀림없이 출근할 거야. 그러니 휴점 안내문을 붙여달라고 해줘. '달빛 해변은 오늘 월요일 사정에 의해 휴업합니다'라고 쓰면 돼. 전화 부탁해. 응?"

쇼오끼찌는 약속했다.

흰색 외길은 끝도 없이 이어졌다. 쇼오끼찌와 미요의 새까맣고 짧은 그림자가 조금씩 앞으로 나아갔다. 쇼오끼찌는 자신의 발밑만 계속 보았다. 하늘은 햇빛이 강렬해 올려다볼 수 없었다. 바다와 채소밭을 보려고 고개를 돌리니 미요의 머리가 흔들렸다. 미요가 등에서 조금씩 흘러내리고 있었다. 쇼오끼찌는 그 자리에 멈춰서 반동을 이용해 미요를 고쳐 업었다.

"······우리 어머니는 입원해 있던 아버지보다 먼저 돌아가셨어. 간병하다 지쳐서······" 미요가 말했다. "난 마음속으로 아버지가 빨리 돌아가셨으면 했어. 무서운 말이지만 정말 그랬어. 아버지는 지금도 살아 계시지만 아내랑 딸을 구별하지 못할 정도로 상태가 안 좋아."

미요는 지금 어제 말한 참회를 하고 있는 걸까 하고 쇼오끼찌는 생각했다.

"······난 말이야, 쇼오끼찌. 이상한 말이지만, 쇼오끼찌의 어깨만 봐도 마음이 찌릿찌릿해. 왜 그럴까? 내가 이상한 걸까······"

미요는 쇼오끼찌의 등에 얼굴을 묻었다. 바다 냄새가 떠돌고 있었고 바닷소리가 들려왔다. 미요는 얼굴을 들고 말했다.

"나는 남편의 아이를 낳지 않아서 그런지 결혼을 한번도 안한 것 같아. 하지만 구년이나 함께 살았어······ 잠시 꿈을 꾼 것만 같아, 정말로. 쇼오끼찌의 등에 업힌 채 이대로 죽어버리고 싶어."

진료소에 주인아저씨는 없었다. 돼지고기를 먹은 사람이 심각한

식중독에 걸렸으니 얼굴을 마주하는 일이 견딜 수 없어서 밖으로
나간 것일까 하고 쇼오끼찌는 생각했다. 의사의 안색은 여전히 좋
지 않았다. 머리도 사나흘 감지 않은 것처럼 기름이 잔뜩 끼어 있
었다. 의사가 눈앞에 있는데도 미요는 대기실 소파에 기댄 채 눈을
감고 있었다.

"이봐요, 거기."

의사가 부르자 미요는 천천히 눈을 떴다.

"말을 할 수 있어요?"

"……네."

"그럼 이쪽으로 와봐요."

의사가 진료실로 들어갔다. 미요가 자리에서 일어났다. 휘청거
렸다. 쇼오끼찌가 부축했다.

몇분 후에 의사가 나왔고 쇼오끼찌는 소파에서 일어났다.

"입원해야 해. 아내인가?"

"아닙니다."

"안에 들어가서 만나보겠나?"

쇼오끼찌는 안으로 들어갔다. 침대 두개가 나란히 놓여 있었다.
미요와 여주인은 위로 향한 채 누워 수액을 맞고 있었다. 미요는
눈을 감고 있었고 여주인은 눈을 뜨고 있었다.

"쇼오끼찌, 재난이로구나. 익혀서 먹었는데 무슨 일인지 모르겠
네."

"왜 그럴까요?"

"옛날에는 듣지 못했는데, 요즘 돼지들은 좀 이상해진 것이 아닐까."

"조금 이상해요."

"돼지고기는 먹지 못하게 됐으니 뭘 먹는 것이 좋을까."

"아주머니 역시 탈이 제대로 나셨군요."

"죽는 줄 알았지 뭐야. 그렇지만 선생님은 나보다 훨씬 많이 드셨는걸."

"하지만 괜찮으신 것 같던데요."

"분명히 약을 많이 복용했을 거야."

"간호사는요?"

"집에 갔어."

"간호사도 먹었잖아요? 다 나았나요?"

"나으려면 아직 멀었어. 간호사가 병원에 누워 있으면 꼴불견이라는 생각이 들 거야. 약하고 주사를 잔뜩 챙겨 가지고 집에 갔어."

"아저씨는요?"

"우리 남편? 그런 비쩍 마른 사람이 식중독에 걸리면 정말 큰일나. 돼지한테 놓는 큰 주사를 맞지 않으면 아마 낫지 않을걸."

주인아저씨는 집으로 돌아갔다고 한다. 입원 환자를 돌보는 일은 의사가 하느냐고 쇼오끼찌는 자신도 모르게 물었다. 그러나 결국 긁어 부스럼이 돼버렸다.

"의사 선생님은 주사만 놔줄 뿐이야. 쇼오끼찌, 너 기력이 있으면 여기서 자고 가지 않을래? 응, 중요한 손님이잖아?"

여주인은 턱으로 미요를 가리켰다. 미요의 귀가 쫑긋하며 움직였다.

"……같이 있는 젊은 여성들이 기운을 차린 것 같아서 어쩌면 자고 갈 수도 있지만…… 누군가 한명쯤은……"

"그렇지만 탈이 단단히 나지 않았니?"

"그래도 제가 여자 방에서 묵는 것은…… 마마와 저는 독신이고……"

"이런 상황에서 독신이 무슨 상관이야."

"주인아저씨도 주무시지 않나요?"

"우리 그이는 어제 잤으니까 괜찮아."

"……전 괜찮아요, 아주머니." 미요가 말했다. "제가 쇼오끼찌랑 밤에 둘이서만 있으면 다른 애들이 질투할 거예요."

여자 둘이 우스꽝스러운 말을 주고받았다.

"젊은 여자들이 질투하는 건 좋은 일이야. 쇼오끼찌, 젊은 여자는 나와 마마를 안아서 화장실에 앉히지를 못해."

"………"

"나는 침대에서 내려올 때마다 허리에 통증이 온단다. 펜치로 살을 비트는 것 같아. 하지만 설사를 참을 수가 없어서 한동안 화장실 옆에 누워 있었어."

설사하려고 할 때에는 요강을 사용하면 되지 않을까 하고 쇼오끼찌는 어설프게 생각했다.

"정말 사내들이란 써먹을 데가 없어. 여자들이라면 기꺼이 간병을 할 거야. 며칠이나 걸리는 것도 아니고 말이야. 우리 그이는 오랜만에 대물 친(남방감성돔)을 두마리나 잡았다고 좋아했건만, 일이 터지니 완전히 풀이 죽고 말았어. 그래도 하룻밤 묵으며 간병을 하고 갔어."

"며칠이나 걸리면 우리는 큰일 나요, 아주머니."

미요는 묘하게 기운이 솟아나고 있었다. 쇼오끼찌는 그런 기운이라면 화장실 정도는 혼자 갈 수 있을 것이라고 생각했다. 화장실이 밖에 있는 것도 아니니까.

"의사도 좋아졌으니 간호사도 그러지 않을까요?"

쇼오끼찌는 여주인을 보지도 않고 말했다.

"간호사가 얼마나 많이 먹었다고. 내 갑절쯤 먹었어. 의사 선생님은 술안주 정도밖에 들지 않았고. 간호사네 집은 등대 근처여서 섬 반대쪽에 있어. 부르러 갈 거니? 부르러 가면 아마 간호사까지 돌봐야 할걸. 그 간호사는 독신이야. 마마랑 간호사 중 어느 쪽을 고를래?"

의사가 많이 먹었다고 방금 전에 말하지 않았던가. 쇼오끼찌는 울화가 치밀어올랐다.

"……별로 할 것은 없어, 쇼오끼찌. 어떻게든 화장실에 갈 수 있고 식사는 하지 않아도 되니까 말이야. 수액 주사가 다 끝날 때쯤 의사를 깨워주기만 하면 돼. 빈 수액의 공기가 혈관에 들어가면 큰일 나잖아? 쇼오끼찌가 옆에 있어주면 안심이 될 텐데……"

미요가 말했다.

쇼오끼찌는 결국 하룻밤 묵으면서 간병하기로 했다. 설사가 이렇게 심하다니 무언가 액운이 낀 것이 아닐까 생각하면서 쇼오끼찌는 일단 민박집으로 돌아왔다. 여자들은 베개를 나란히 하고서 위로 향한 채 자고 있었다. 쇼오끼찌가 방에 들어왔는데도 일어나지 않았다. 와까꼬는 아무것도 먹지 않아서 일어날 수 없다고 말했다. 민박집 아저씨가 미안한 마음에 생선을 가져왔다고 쇼오끼찌가 말하니 여자들은 국이 좋겠다는 둥, 생선을 먹으면 입에서 비린내가 나서 키스를 할 수 없다는 둥 하며 수다를 떨었다.

"자꾸 비리다고 하니까 기분이 나빠졌어."

요오꼬는 판자벽에 몸을 기대고서 일어났다. 네글리제 옷자락이 말려 올라가 있었다.

"괜찮나요?"

쇼오끼찌는 요오꼬의 팔에 손을 갖다댔다. 차가운 감촉이 느껴졌다.

"안 괜찮아. 나 화장실에 좀 데려다줄래?"

쇼오끼찌는 요오꼬를 부축해 복도 안쪽으로 걸어갔다. 작은 젖가슴 가장자리에 손이 닿았다. 요오꼬는 화장실에 들어가 문을 닫았다. 수도꼭지에서 나는 물소리와 무언가를 토하는 소리가 쇼오끼찌의 귀에 날아들었다. 잠시 후 요오꼬가 목구멍 안쪽을 누른 채 "손가락을 집어넣었는데 아무것도 안 나오네" 하면서 밖으로 나왔다.

쇼오끼찌는 힘이 빠져서 누운 요오꼬에게 여름이불을 덮어줬다. 죽 정도면 먹을 수 있다고 와까꼬가 말했다.

"기운을 차리지 못하면 신을 만나러 가지 못하잖아……"

"그렇지."

"……신이 우리를 시험하고 있는 걸까…… 만날 자격이 있는지 없는지…… 지면 안되겠지?"

와까꼬는 심각하게 말했지만 그다지 심각하게 생각하고 있는 것 같지는 않았다.

"항복하면 지는 거야."

"……마마는 좀 어때?"

"입원했어."

"가여워서 어째…… 나, 기운이 나면 생선국을 끓여서 가져다줄 거야."

쇼오끼찌는 죽 끓일 냄비를 찾았다. 그러면서 미요를 간병하기 위해 하룻밤 묵기로 했다는 말을 어떻게 꺼내야 할지 생각했다. 왜 민박집에 남은 두 여자는 여주인에게 자신들도 지독하게 아프다고 말하지 못했을까.

10

쇼오끼찌는 여자 둘이 죽을 다 먹자 미요의 간병을 위해 진료소에서 하룻밤 묵을 것이라고 말했다. 여자 둘은 기분 나쁜 듯 입을 다물고 있다가, 움직이지 못하는 여자 두명을 방치한다는 등의 말을 한두마디 내뱉더니 토라져 누워버렸다.

저녁 7시가 지나 쇼오끼찌는 우선 '토마스'의 마담에게 전화를 걸어 미요의 부탁을 전했다. 7시 반에 방에서 자고 있던 와까꼬와 요오꼬를 일으켜 새로 만든 죽을 먹였고, 8시에 진료소로 가기 위해 민박집을 나섰다. 쇼오끼찌는 달빛이 내리비추는 외길을 걸어갔다. 마음이 무거워서 하얀 산호를 깔아놓은 지면을 발로 쓸듯이 했다. 와까꼬에게 상처를 줬지만 미요가 기뻐할 모습이 눈에 선했다. 수액이 효과를 발휘해 몸이 좀 괜찮아지면 아름다운 옛이야기나 비밀스러운 여자 마음에 대한 이야기를 밤새도록 하겠지. 쇼오끼찌는 여주인을 진료소로 업고 간 날 저녁, 해변으로 자신을 이끌던 미요를 매정하게 대했던 일이 떠오르자 미안한 마음이 들었다.

진료소에 도착한 쇼오끼찌는 문을 열고 얼굴을 들이밀었다. 하지만 미요와 여주인은 눈을 뜨는 것조차 귀찮은 듯이 침대에 가만히 누워만 있었다. 두 사람은 쇼오끼찌에게 제대로 말도 하지 않았다. 억지로 간병을 시켜놓고서 왜 이럴까 하고 쇼오끼찌는 생각하다가, 그렇지 조용히 잘 수 있을지도 몰라 하며 가슴을 쓸어내렸다. 쇼오끼찌는 미리 갖다놓은 간이침대에 누워 9시 조금 전에 잠이 들었다.

밤 11시가 지날 무렵 꾸벅꾸벅 졸며 이상한 꿈을 꾸던 쇼오끼찌는 악취가 지독해서 눈을 떴다. 어둑어둑한 병실에서 미요가 필사적으로 수액 튜브를 떼어내려 하고 있었다. 튜브 여기저기에 테이프가 붙어 있었다. 미요의 손가락이 심하게 떨리고 있었다. 쇼오끼찌는 간이침대에서 일어나 전등을 켰다. 침대 시트가 노란색과 갈색으로 물들어 있었다. 잠옷 옷자락 사이로 보이는 미요의 흰 허벅지에는 희미하게 빛나는 거무스름한 점액이 생생하게 달라붙어 있었다.

"불 꺼!"

미요가 소리를 질렀다. 그녀는 오른손을 움직여 침대 시트를 난폭하게 끌어당겼다.

"왜, 무슨 일이야?"

여주인이 침대에서 일어났다.

"나가. 어서 나가."

미요의 목소리는 울음소리로 변해 있었다.

"왜 그래? 무슨 일이야?"

아주머니는 이 냄새를 맡지 못하는 걸까? 쇼오끼찌는 멍하니 생각에 잠겼다.

"쇼오끼찌."

여주인도 큰 목소리로 말했다.

"네."

쇼오끼찌는 엉겁결에 반사적으로 대답했다.

"밖에 나가 있어."

미요가 외쳤다. 쇼오끼찌는 문을 열고 나간 뒤 문을 다시 닫았다. 확실히 알 수 있을 정도로 미요가 큰 소리를 냈다. 미요가 울음을 터뜨리는 소리가 들려왔다. 쇼오끼찌는 그녀가 소녀 같다고 생각했다. 울음소리에 섞여, "이건 당연한 거야. 환자니까 그래. 모두가 그래” 하고 꾸짖듯이 말하는 여주인의 목소리가 들려왔다. 여주인은 큰 소리를 내다가 목소리를 낮추어서 계속 훈계를 했다. 쇼오끼찌는 대합실 소파에 앉아 있다가 가만히 있지 못하고 바로 일어났다. 마음을 진정시키려고 여기저기를 돌아다녔다. 차츰 답답해졌다.

몇분 후에 여주인이 큰 소리로 “쇼오끼찌” 하고 불렀다. 쇼오끼찌가 문을 열었다. 미요는 조용해져 있었다. 미요도 여주인도 수액 튜브가 달린 왼쪽 팔을 앞으로 뻗고서 침대 위에 무릎을 꿇고 단정히 앉아 있었다. 미요는 고개를 숙이고 있었고 눈이 붉게 충혈돼 있었다.

“마마에게 속옷을 입혀주지 않을래.”

여주인이 큰 소리로 말했다. 쇼오끼찌의 심장이 세차게 뛰었다.

“선반 제일 아래에서 오른쪽, 오른쪽, 그 서랍에 속옷이 있어. 간호사 거야. 나도 그걸 입고 있어. 그리고 수건도 있지? 꺼내. 꺼냈어?”

쇼오끼찌는 상기되어 있었다. 수건을 두장 꺼냈다. 팬티는 목면으로 된 흰색 팬티와 연노란색 팬티가 있었다. 쇼오끼찌는 어떻게 해야 할지 갈피를 잡을 수 없었다. 망설인 끝에 연노란색 팬티를 집었다.

“세면대 있지?”

의사가 손을 씻는 희미하게 빛나는 금색 세면대를 여주인이 턱으로 가리켰다.

"의사가……"

"괜찮아. 물을 틀고 수건을 적셔서…… 휴지는 여기 있으니까 서둘러."

쇼오끼찌는 미요의 발치께로 다가갔다. 냄새가 코를 찔렀다.

"보지 마."

미요가 뜻밖에도 분명하게 말했다. 미요는 젖은 수건을 쥐고 있는 쇼오끼찌의 손에 자신의 손을 올리고 유도를 했다. 쇼오끼찌는 얼굴을 옆으로 둘린 채 손을 움직였다. 냄새가 더 심해졌다. 얼굴을 찡그리면 안된다고 생각했다. 부드러운 몸의 일부가 느껴졌다. 팬티를 입히고 세면대로 부축해 데리고 가서 미요의 손을 씻겼다.

"어제 그렇게 누웠는데 오늘 또 나오다니, 사람 몸은 도대체 알 수가 없다니까."

여주인이 모든 과정을 지켜보면서 말했다.

쇼오끼찌는 더러워진 것들을 화장실이나 욕실로 가져갔다. 미요의 얼굴은 묘하게 차분해져 있었다. 그녀가 "……쇼오끼찌" 하고 상냥하게 불렀다.

"무슨 꿈을 꾸었어. 아마 아이 같은데 내 배를 계속 간질이지 뭐야. '그만둬, 그만둬' 하고 말하면서도 이상하게 기분이 좋았어. 그래서 갑자기 배꼽을 움켜쥐고 웃었어. 그러자 손이 미끈미끈해지더니 무서울 정도로 끈적거려서 눈을 떴어…… 오줌이기를 바랐는데……"

"병을 앓으니 어쩔 수 없잖아요."

"하필이면 쇼오끼찌가 간병하고 있을 때…… 또 죄를 하나 늘린 것 같아."

"죄? 죄는 아니에요."

"하지만 죄책감을 느껴……"

"………"

"이제 쇼오끼찌와 사랑할 수는 없겠죠, 아주머니."

미요는 여주인을 바라봤다. "아주머니가 쇼오끼찌에게 억지로 여기서 자라는 말만 안하셨어도……"

"뭐? 쇼오끼찌에게 내 모든 걸 보여주고 이해시킬 거라고 말했던 건 누구더라."

"……좋은 거네요."

"좋고 나쁜 게 어디 있어? 쇼오끼찌가 싫으면 무엇을 해도 싫은 거잖아."

"걱정하지 마세요, 마마. 난 아무것도 상상하지 않아요. 문 건너편에 있었으니까."

쇼오끼찌는 진료실에서 나왔다. 소파에 누웠지만 의식은 몹시 선명했다. 미요의 다리 사이를 닦았을 때의 정경이 보지 않았는데도 눈에 떠올랐다. 여주인이 부르는 소리가 나서 쇼오끼찌는 문을 열었다.

"이제 괜찮아, 쇼오끼찌."

침대에 앉아 있는 미요가 곧바로 말했다. 여주인이 말했다.

"쇼오끼찌, 욕실에 있는 더러운 옷 있잖아. 그거 세탁해주지 않을래. 마마가 누가 볼지 몰라서 잠이 안 온대."

"………"

"쇼오끼찌, 의사를 불러서 수액을 빼달라고 해줘."

미요가 말했다.

"아직 반 이상 남아서 안 빼줄 거야." 여주인이 말했다. "게다가 말이야, 의사는 아마 아와모리를 마시고 잠들어서 까닭도 없이 깨우면 화를 낼 거야."

"……세탁하러 갈게요."

쇼오끼찌가 문을 나서려고 할 때였다.

"기다려."

미요가 손을 뻗었다. "그런데 더러워진 부분은 안 봤으면 해."

미요가 단호하게 말했다. "코를 쥐고 빨았으면 해."

쇼오끼찌는 고개를 끄덕였다.

"알았어? 약속해줘."

쇼오끼찌는 다시 고개를 크게 끄덕였다. 문을 나선 쇼오끼찌는 소파에 드러누웠다. 어두운 천장을 바라봤다. 아무 일 없이 날이 밝아오기만을 바랐다. 민박집 타따미 위에서 손발을 쭉 펴고 몸을 뒤척이면서 자고 싶었다.

처음에는 잠꼬대처럼 들렸다. 반복해서 들려왔다. 귀를 기울였다. 자신의 이름을 누가 부르고 있었다. 쇼오끼찌는 조용히 문을 열었다. 안쪽에 있는 창문 쪽이 어렴풋이 밝게 보였다. 검은 덩어리처럼 미요가 침대 위에 일어나 앉아 있었다.

"괜찮아요?"

쇼오끼찌는 조용한 목소리로 말했다.

"돌아가."

미요가 목소리를 죽여서 말했다. 하지만 복부에서는 크게 외치고 있는 것 같은 목소리였다. 쇼오끼찌는 귀를 의심했다.

"돌아가라고. 안 들려?"

미요는 큰 소리를 내지 않고서 강하게 말했다. 눈이 어둠속에서 고양이 눈처럼 빛나고 있었다.

"돌아가."

"이 밤중에요?"

"돌아가라고. 내 앞에서 사라져줘. 네 얼굴을 보고 싶지 않아."

"왜 그러는데."

여주인이 일어났다.

"아주머니는 이제 아무 말도 하지 마세요. 아주머니가 조용히 계셨더라면 이런 일은 겪지 않았을 거니까요."

"왜 지금 나한테 그러는 거야?"

"쇼오끼찌를 여기서 자게 한 것도, 아랫도리를 닦게 한 것도 아주머니잖아요."

"그럼 왜 좋다고 한 거야. 좋다고 한 게 누군데."

"돌아갈게요."

쇼오끼찌는 진료실에서 나와 문을 닫고 한숨을 내쉬었다. 진료실 안은 조용해졌다. 미요가 자신에게 누구한테도 얘기하지 말라

고 하지는 않았지만, 쇼오끼찌는 평생 비밀로 해야겠다는 생각을
가만히 했다.

민박집에 겨우 도착했다. 문에도 창에도 불빛이 없었다. 민박집
건물은 달빛 아래에 놓여 있는 검고 커다란 상자 같았다. 쇼오끼찌
는 뒷문을 열고 계단을 올라갔다. 널판이 삐걱대는 소리가 났다. 쇼
오끼찌는 발소리를 죽여 천천히 여자들 방 앞을 지나 자신의 방으
로 들어갔다. 열어둔 창문을 통해 들어온 바다의 시원한 공기가 방
에 가득 차 있었다. 쇼오끼찌는 전등을 켠 뒤 여름이불을 깔고 누
웠다. 트레이닝 바지 옷자락에 오물 냄새가 약간 남아 있는 듯한
느낌이 들었지만 벗지 않았다. 졸음이 밀려왔다. 전등이 켜져 있음
을 깨닫고 휘청거리며 자리에서 일어났다. 누군가 문을 노크했다.
쇼오끼찌는 엉겁결에 소리를 지를 뻔했다. 문을 여니 와까꼬가 문
앞에 서 있었다.

"쇼오끼찌, 내가 본 것이……"

와까꼬는 빨간 네글리제를 축 늘어지게 입고 있었고, 목에는 힘
이 없었으며, 창백한 얼굴은 아래를 보고 있었다. 머리는 산발을 하
고 있었다. 와까꼬는 안으로 들어오더니 문을 닫았다.

"……뭘 봤어?"

"이 민박집에서는 분명히 사람이 죽었어."

"무슨 소리야?"

"나타났는걸."

"……요오꼬는?"

"자고 있어."

"말했어?"

"안 믿을걸. 졸린 걸 참지 못할 거야."

와까꼬의 상반신은 약간 흔들리고 있었지만, 몸을 움직일 수 없는 것처럼 발은 타따미에 착 달라붙어 있었다. 쇼오끼찌는 가까이 다가가서 와까꼬의 어깨에 손을 올렸다. 그러자 와까꼬가 갑자기 쇼오끼찌의 목을 세게 끌어안았다. 약간 떨고 있었다. 평소에 보인 와까꼬의 힘과는 달라서 쇼오끼찌의 심장은 세차게 뛰었다. 이제 설사병에서 회복되었구나 하고 태평스럽게 생각했다. 쇼오끼찌가 발을 떨자 와까꼬가 몸으로 눌렀다. 등이 판자벽에 닿았다. 껴안은 채로 주저앉았다. 와까꼬는 한동안 아무 말도 하지 않았다.

"나는 생선국을 맛있게 먹어서 잠을 푹 잘 수 있을 것 같았어. 그런데 쇼오끼찌가 없으니까 무서워 조금 자다가 다시 깼어. 이런저런 꿈을 꾼 것 같기도 하고 아닌 것 같기도 한 이상한 시간이 흘러갔어. 몇시경이었는지 모르지만 머리조차 움직일 수 없었는데 사람들이 와 있었어. 방 창가에……"

"………"

"아버지였어."

"아버지?"

"뒤에는 어머니도."

"………"

"그 뒤에는 할아버지…… 그게 끝이 아니야. 내가 모르는 사람도 많이 와 있었어. 뒤에 있는 사람들은 작게 보였지만 누군지 알아볼수 있을 정도로 잘 보였어. 모두들 나를 가만히 바라보고 있었어. 앞사람 어깨 너머에서, 머리 너머에서."

"뭐라고 말했어?"

"아무 말도 없이 그저 바라보고만 있었어."

와까꼬의 얼굴에 어렴풋이 붉은 기가 감돌았다.

"와까꼬가 이 섬에 와서 분명히 기뻐하고 계시는 거야."

"……하지만 아무도 웃지 않았어. 정말로 무서웠어. 쇼오끼찌, 무슨 일일까?"

"와까꼬의 조상님들이야. 와까꼬와 함께 신을 만나러 가니 모두들 기뻐하고 계시는 거야. 와까꼬가 길을 안내하는 사람인 거지."

쇼오끼찌는 막힘없이 술술 말했다. 안심이 되었다.

"내 뒤에서 따라오는 거야?"

"그래, 따라오는 거야."

와까꼬는 주변을 둘러봤다. 쇼오끼찌도 둘러봤다.

"……난 말이야, 쇼오끼찌. 조상님들이 날 맞이하러 오신 줄 알았어. 나는 예전에 세소꼬대교瀬底大橋에서 떨어져 죽으려고 했었어. 가방을 쥐고 있었는데 어째서인지 가방만 떨어졌어. 가방이 점처럼 작아져갔지만 좀처럼 수면에 닿지 않는 거야. 내가 얼마나 높은 곳에 올라와 있는지 알고 나니까 다리가 굳어서 움직일 수가 없었어. 몸을 떨면서 집으로 돌아왔어."

와까꼬는 쇼오끼찌의 목에서 손을 떼더니 네글리제를 걷어올렸다. 흰 목면 속옷이 보였다.

"여기야. 여기도."

와까꼬는 넓적다리를 손가락으로 가리켰다. 하얗고 부드러워 보이는 피부에 열개 정도의 검붉은 반점이 있었다.

"아이가 나오는 길을 열기 위한 거야. 나는 고등학생이 돼서도 경기가 낫지 않았어."

"………"

"나는 치과 기공사한테서 버림받았어. 아이가 유산됐거든. 불쌍하지? 하지만 인생은 꼭 그런 것만도 아니야. 그 사람은 곧바로 결혼해서 아이가 생겼는데 부인이 아이를 낳다가 죽어버렸어. 내가 꼴좋다고 여겼을 것 같지? 그러나 그 사람이 죽었다면 모르지만 그 부인은 얼마나 불쌍해. 그 사람은 재혼하면 그만이잖아."

"그래서 재혼했어?"

"아직 혼자 사나봐. 아이랑 단둘이서…… 그 남자가 의향을 물어오면 다시 합쳐도 좋을 것 같아. 아이는 내가 키우면 되잖아."

"미워서 헤어진 거 아니야?"

"잘 모르겠어."

쇼오끼찌는 와까꼬를 잘 알지 못했지만 지금 씩씩해 보였다. 하지만 연약한 성인 여자로 느껴졌다.

"자살하려고 생각했을 무렵 한밤중에 남자 한명이 내 방에 오더니 손을 잡아끌고 어딘가로 가지 뭐야. 뜰에 관이 하나 있었어. 확실히 보지 못했지만 그렇게 보였다고 할까. 나는 두려워 전기스탠드를 켰어. 눈을 뜬 것 같은데 남자 얼굴이 보이지 않았어. 하지만 지금도 그 치과 기공사는 아니었을 거라고 생각해."

쇼오끼찌는 생각해보았다. 하지만 치과 기공사가 죽었다면 몰라도 자신이 버린 여자를 관으로 이끌고 갈 이유는 도저히 알 수 없었다.

와까꼬가 자리에서 일어나더니 쇼오끼찌의 손을 잡아끌었다. 둘은 어깨를 기대고서 창문 밖을 바라봤다. 불빛은 보이지 않았지만 선선한 바람이 들어왔다. 쇼오끼찌는, 말을 걸면 마치 움직일 것 같은 나무와 언덕과 물탱크와 헛간이 자신들을 바라보고 있는 듯한 느낌이 들었다.

"나는 인생을 즐기고 싶은데 신이 확실히 허락해주시지 않고 있어. 쇼오끼찌와 마마 등과 함께 섬에 와 많은 이야기를 나눠서 즐거운데 돼지 따위에게…… 그렇지만 우리를 여기까지 오게 해준 것도 돼지구나……"

"젊은 여자는 인생을 즐길 자격이 있어."

"하지만 즐겨서는 안되는 사람도 있지 않을까."

"그러면 항의하면 되지."

"신에게? 그런다고 변할까?"

"변하지."

"정말?"

"정말이야."

"신은 이 섬에 계신 거야?"

"응."

"빨리 만나러 가고 싶어."

".........."

"내일도 무리일까. 마마는 입원해 있고…… 아픈 사람이 나아야 우간이 가능하겠지? 분명히 마마는 아픈 걸 아무렇지도 않게 생각할 거야. 마마는 옛날부터 어떻게 해서라도 이루고 싶은 것이 있었어."

"……꼭 이뤄질 거야."

"이뤄지지 않으면 우리 마마가 너무 불쌍해. ……공기가 쌀쌀하네."

와까꼬는 유리문을 반쯤 닫고 쇼오끼찌와 팔짱을 긴 채 벽에 기대앉았다.

"매일 바에서 마시고 그런 후 잠을 자는 것뿐이잖아? 눈을 뜨면 식사 준비랑 세탁을 하고…… 이렇게 불안해질 틈이 없었잖아? 아아, 빨리 바에 나가고 싶어. 바에 나가기 전엔 불안했어. 매일 잠이 오지 않아서 헤어진 애인에게 전화를 걸어 깨웠거든."

쇼오끼찌는 졸음이 쏟아지기 시작했다.

"가끔 빈둥대는 것도 좋아."

"……응, 하지만 좀처럼 그럴 기회가 없어…… 나 여기에 있을래."

와까꼬는 쇼오끼찌의 가슴에 뺨을 대고서 가만히 있었다. 부풀어올랐다가 작아지는 와까꼬의 젖가슴 감촉이 쇼오끼찌에게 전해졌다. 쇼오끼찌는 몹시 피곤해 잠이 밀려왔지만, 젊은 남자의 욕망이 은밀하게 솟아오르는 것을 느꼈다. 오른쪽 손을 와까꼬의 등에서 젖가슴으로 돌려 감싸쥐듯이 한동안 애무했다. 황홀해하는 듯한 와까꼬의 입에서 작은 한숨과도 같은 신음소리가 몇번이나 새어나왔다. 쇼오끼찌는 와까꼬를 바닥에 넘어뜨리려고 했다. 그때 와까꼬가 갑자기 누워버렸다. 작은 한숨이 깊은 잠자는 숨결로 바뀌었다. 소심한 쇼오끼찌는 더이상 손을 댈 수 없었다.

견딜 수 없는 졸음이 쇼오끼찌를 덮쳐왔다. 전등이 켜져 있었지만 일어나는 것이 몹시 귀찮았고, 불을 끄면 와까꼬가 다시 겁을 먹을 것이라는 생각이 어렴풋이 들었다. 하지만 이대로 날이 밝으면 부둥켜안은 채 잠들어 있는 것을 요오꼬가 발견할 것이다. 하지만 자고 있지만 우리는 앉아 있는 것이다…… 무언가 생각하려 해도 머리가 이상해질 것 같다. 몸에서 힘이 빠지기 시작했다.

11

쇼오끼찌가 눈을 뜨니 빛이 들어와 창이 환했다. 와까꼬의 자는 얼굴이 하얗게 떠올랐다. 입가에 앳된 모습이 남아 있다는 것을 쇼오끼찌는 알게 되었다. 와까꼬가 갑자기 눈을 떠 쇼오끼찌는 깜짝 놀랐다. "쇼오끼찌." 와까꼬가 분명한 목소리로 말했다. 쇼오끼찌는 엉겁결에 "예" 하고 대답했다. "어제 생선국을 끓였으니 쇼오끼

찌도 먹도록 해. 요오꼬 언니는 실컷 먹고 잤어"라고 한 뒤 와까꼬
는 네글리제의 매무새를 바로잡더니 방을 나갔다.

쇼오끼찌는 오전 내내 자고 싶었다. 등을 여름이불 쪽으로 뻗었
다. 죽었다가 다시 살아난 듯한 기분이 들었다. 그러다 꾸벅꾸벅 졸
기 시작했다. 누군가 노크하는 소리가 났다. 쇼오끼찌는 짜증이 났
지만 일어났다.

넓게 벌어진 옷깃이 있고 주름 장식이 달린 흰색 비단 블라우스
에 검은 슬랙스 차림을 한 요오꼬가 문밖에 서 있었다. 머리를 단
정하게 빗고 화장을 한 눈에는 험악한 분위기가 감돌고 있었다. 와
까꼬가 '외박'을 했기 때문일 거라고 생각한 쇼오끼찌는 마음의 준
비를 했다.

"……아침밥 먹어야지. 삼십분 후에 우리 방으로 와."

요오꼬가 방문을 닫았다.

주인아저씨는 집에 없었다. 쇼오끼찌는 일층 샤워실로 들어갔
다. 그곳은 작고 비좁았다. 또 습기가 가득 차 있었고 여자들이 사
용한 비누와 샴푸 향내가 났다. 차가운 물을 머리에서부터 뒤집어
썼다.

여자들 방에서는 생선 비린내가 났다. 전기풍로 위 냄비 뚜껑이
달그닥거리는 소리를 내고 있었다.

"왜 부엌에서 먹지 않아?"

쇼오끼찌가 상 앞에 앉으면서 물었다.

"우리가 빌린 건 이 방이잖아."

청바지를 입고 있는 와까꼬가 대답했다. 머리카락은 젖어 있었지만 화장을 말끔하게 한 상태였다.

"타따미를 사이에 두고 있으면 색기色氣가 느껴지지 않아? 여자의."

요오꼬가 웃지도 않고 말했다. 쇼오끼찌는 생선국을 먹으면서 무슨 색기 타령이야라고 말하려다 입을 다물었다.

"나 무슨 말이든지 다 내뱉고 싶어졌어."

와까꼬가 말했다. 평소보다 눈이 더 반짝였다.

그릇 안에는 생선살이 빽빽이 떠 있었다. 흰 살 사이로 회색 쇠사슬 문양의 껍질이 보였다. 쇼오끼찌는 수면 부족 탓인지 평소 싫어하지 않는 생선국이었지만, 설사를 일으키는 균이 문제를 일으킨 돼지고기보다 여기 기름에 더 많이 들러붙어 있는 것처럼 느껴졌다. 여자들의 진한 향수 냄새 때문에 뱃속의 생선국이 식도로 치밀어오를 것만 같았다. 창문 밖의 섬 공기가 서늘했지만 쇼오끼찌는 선풍기를 틀었다. 식중독에 걸리는 것이 아닐까 생각하니 땀이 배어나왔다. 내가 쓰러지면 이 여행은 엉망진창이 되고 말 것이다.

여자들은 식욕이 도는 모양이었다. 요오꼬는 쇼오끼찌가 아직 반도 먹지 않았을 때 국 한그릇을 말끔히 비웠다. 붉은 립스틱에 기름이 붙어서 번쩍였다. 갑자기 입을 크게 벌리고서 쇼오끼찌에게 무언가 말하려는 기색이 감돌았다. '어젯밤에 너 와까꼬와 뭘 한 거야'라고 하는 요오꼬의 목소리가 쇼오끼찌의 귓속에서 들렸다. 요오꼬는 말없이 뼈에서 살을 발라내 먹고 있었다. 쇼오끼찌는 서둘러 식사를 마치고 자리에서 일어났다.

"앉아."

요오꼬가 강하게 말했다. 쇼오끼찌는 주저하다 그대로 앉았다.

와까꼬가 "자 마셔" 하며 차를 내놓았다.

"지금 마마를 보러 가자. 마마가 좋아져 있으면 오후에 신을 만나러 가자."

요오꼬가 말했다.

"……둘이서 병문안을 다녀와. 난 어제 늦게까지 간호했으니까……"

"신을 만나러 갈지 말지는 마마랑 네가 직접 만나 결정했으면 해……"

"……난 세 사람에게 맡길게."

"웃기지 마. 우린 너를 믿고 여기에 온 거야."

"거의 잠을 못 잤어. 지금부터 두어시간쯤 잘 거야."

"그럼 여기는 뭐 하러 온 거야. 가게 문까지 닫고 이런 작은 섬에 뭐 하러 왔어. 신을 만나게 해주겠다고 약속했잖아? 우리를 도와주려던 게 아니었어?"

요오꼬는 젓가락을 교묘하게 움직이며 흰 살을 계속 입에 넣고 있었다.

"요오꼬 언니, 생선뼈를 잘 보면서 먹어. 그러지 않으면 목에 걸릴 거야."

"내 눈이 얼마나 좋은데. 마마처럼 근시라면 몰라도."

요오꼬는 웃었지만 눈은 경직돼 있었다. 쇼오끼찌는 아무리 잘 설명하더라도 요오꼬를 설득할 수 없으리라고 느꼈다. 말을 하면 할수록 자신의 얕은 속내만 드러날 뿐이다.

여자 둘은 생선국을 작은 냄비에 담은 뒤 다시 데웠다. 셋은 아침 9시에 민박집을 나섰다. 지면과 정원수와 돌담에 아직 밤의 냉기가 남아 있었지만 얼굴에 내리쬐는 햇살은 강렬했다. 태양은 낮에 흔히 볼 수 있는 금색이 아니라 흰빛을 띠고 있었다. 새하얀 수십 개의 알통이 또렷이 튀어나온 것 같은, 이제 막 생성된 소나기구름이 태양 아래에서 솟아오르고 있었다. 길게 드리워진 세 명의 그림자는 외길 훨씬 앞쪽에 있는 진료소로 향했다. 곧 길 오른쪽으로 백사장이 펼쳐졌다. 투명하고 파란 물속에 산호와 불가사리가 보였다. 잔모래가 길뿐만 아니라 제방, 키 작은 나무의 잎사귀, 밭의 당근과 마늘 사이에도 덮여 있었다.

"어젯밤에는 도망쳐 온 거야?"

쇼오끼찌의 왼쪽에서 걷고 있던 요오꼬가 물었다.

"………"

"진료소에서 말이야. ……마마가 돌아가라고 했어?"

"뭐 마마도 이젠 꽤 좋아졌으니까."

"꽤 좋아졌다고 하더라도 젊은 남자가 옆에 있기를 바라지 않았을까. 그게 여자 마음이야. 그렇지, 와까꼬?"

와까꼬가 살짝 웃었다.

"설마, 깊은 관계가 된 건 아니지?"

요오꼬는 목을 길게 빼는 듯한 몸짓을 하며 쇼오끼찌 옆에 있는 와까꼬를 봤다.

"마마 옆에는 살찐 여주인이 자고 있고 때때로 샛눈을 뜨는데 뭘 할 수 있었겠어요."

쇼오끼찌는 웃기려는 생각에 말끝의 억양을 올렸지만, 요오꼬와 와까꼬는 웃지 않았다.

"마마가 생선국을 모두 먹으면 이미 섹스를 한 게 틀림없어."

요오꼬가 말했다.

"정말이야?"

와까꼬가 냄비를 싼 보자기를 조금 들어올리며 말했다.

"여자는 섹스를 하고 나면 식욕이 왕성해져."

미요와 다시 만날 때 처음에 뭐라고 하면 좋을지 쇼오끼찌는 알 수가 없었다. 인사를 하며 진료소의 문을 열었다. 쇼오끼찌를 바라보는 의사와 민박집 아저씨와 간호사의 입 주위에 새까맣게 뭔가가 묻어 있었다. 침대 위에 일어나 있던 미요와 여주인의 입도 새까맸다. 한순간 쇼오끼찌 일행은 그들을 차마 볼 수가 없었다. 쇼오끼찌는 쟁반 위의 그릇을 봤다. 쇼오끼찌의 눈에는 검은 액체 위에 허연 비곗살이 떠 있는 것처럼 보였다. 그것은 몇 센티 크기의 기다란 직사각형 모양으로 자른 하얀 오징어 몸과 오징어 먹물주머니에서 빼낸 먹물을 끓인 국으로, 오끼나와에서 체력이 떨어지면 곧잘 먹는 음식이었다.

"얼굴에 뭐가 묻었어?"

미요가 웃었다. 이까지 검게 변해 있었다. "아저씨가 한밤중에 먹오징어를 잡으러 가셨어. 그걸 먹어야 힘이 난다나."

"안 먹어도 이미 다 회복됐는데 뭘."

의사가 무람없이 말하면서 오징어의 하얀 몸통을 씹고 있었다.

"다 나았어? 마마."

와까꼬가 물었다.

"몸속의 오래된 것이 다 밖으로 나왔어."

미요가 말했다.

"내 몸속의 오래된 것은 끈질긴가봐. 오랜 세월 살아왔으니까 뭐. 난 별로 나오지 않았거든. 뭐 원래 아무것도 없었지만."

여주인이 말했다.

"허리는요?"

요오꼬가 물었다.

"걷지 못하면 우리 그이더러 업으라고 하지 뭐. 그런데 그이의 허리가 괜찮을까나?"

"아저씨는 기력이 넘치세요. 문어를 잡아오셨잖아요?"

"오징어야, 요오꼬 언니. 그런데 아저씨는 밤바다가 무섭지 않으신가봐요?"

"와까꼬는 민박집에 있는데도 무서워했거든요."

"밤에는 어디에 있어도 무서워. 좋아하는 사람이랑 같이 있지 않으면."

"그럼 나는 좋아하는 사람이 아니야?"

"남자를 말하는 거야."

"……마마는 언제 퇴원하죠?"

쇼오끼찌가 의사에게 물었다. 의사가 입을 닦았는데, 손등 역시 검게 변했다.

"지금 당장이라도 하면 돼."

"천천히 먹고 싶어요, 선생님."

미요가 웃으며 말했다. 의사는 여주인 쪽을 바라봤다.

"당신 남편이 만든 먹오징어는 일품이야. 그러니 평소에 잘해줘 요."

"알고 있어요, 선생님. 남편은 제가 좋아하는 것이라면 자기가 싫어해도 곧잘 잡아온답니다. 이 먹오징어도 평소에는 잘 안 먹어 요."

민박집 아저씨는 어린이용 그릇을 들고 있었다.

"보통 때에는 그이의 밥도 내가 먹는답니다. 내가 이렇게 돼지처 럼 살이 찐 이유를 알겠죠?"

와까꼬가 생선국을 내밀었지만 미요와 의사는 사양했다. 하지만 주인아저씨는 그것을 받아들며 와까꼬와 요오꼬에게 먹오징어국 을 권했다. 두 사람은 생선국을 먹은 상태여서 사양했다. 의사가 쇼 오끼찌에게 "너는 화장을 하지 않으니 좀 먹어봐" 하며 먹오징어국 을 권했다. 쇼오끼찌와 의사와 주인아저씨는 부엌으로 들어갔다.

스테인리스 싱크대와 가스풍로가 새것은 아니었지만 그렇다고 생활의 냄새가 배어 있지도 않았다. 주인아저씨가 가스풍로 위에 있던 냄비의 뚜껑을 열었다. 먹오징어 냄새가 확 풍겼다.

"자자, 식기 전에 어서 들게."

의사는 쇼오끼찌에게 의자와 함께 김이 모락모락 나는 먹오징어국을 권했다. "……여자들을 데리고 여행하는 것은 무척 힘들어. 이것저것 품이 많이 들지? 화장을 하기도 하고, 화장실에 가기도 하고, 생리를 하기도 하고…… 여자가 제일 거추장스럽지 않은 경우는 장례식 때야. 화장을 옅게 하고 입을 다물고서 웃지도 않거든. 뭐, 우는 것은 어쩔 도리가 없지만 남자가 싫어하도록 우는 것도 아니고 말이지."

"최근에 돌아가신 분은 섬에서 나간 사람인가요?"

"섬에서 나가지 않았던 사람도 죽으면 한번은 나가지. 여기에는 화장장이 없으니까."

"예전부터 그랬나요?"

"예전에는 바닷가에 비바람을 맞게 놔뒀지."

"……이제 풍장은 없어졌군요."

"너희 아버지 후로는…… 그러고 보니 정말 한번도 있지 않았군…… 어머니도 돌아가셨다고?"

진료소의 파견의사는 삼년에 한번씩 이동하지만 마지야섬 출신인 이 의사는 십년 전부터 계속 이곳에 머물러 있었다.

"화장했어요."

"그럼 어머니가 수습할 수 없게 됐구나."

옆에서 가만히 듣고 있던 주인아저씨가 말참견을 했다.

"······유골을 수습하러 온 거니?"

"겸사겸사 하고 싶어요. ······그런데 무사한가요?"

쇼오끼찌는 주인아저씨를 보며 말했다. 주인아저씨는 침묵했다. 의사가 옆에서 대답했다.

"글쎄, 돌아가셨으니 무사하다고는 할 수 없겠지. 예전에는 개나 고양이가 없어서 무사했지. 그런데 저 여자들은 뭘 하러 왔어? 곡 하는 여자도 아닌 것 같은데."

"······유골을 수습하지 않아도 제 아버지는 성불하실까요?"

쇼오끼찌는 주인아저씨에게 물어보았다. 하지만 다시 의사가 대답했다.

"옛 유골은 이미 돌이 됐어. 해안의 돌과 똑같지."

쇼오끼찌는 의사 쪽으로 몸을 돌리며 말했다.

"돌이요? ······그 부근의 해안에는 벼랑이 있나요?"

쇼오끼찌는 풍장 장소를 알고는 있었지만 지형을 자세히 알지 못했다.

"동굴 안에서 벼랑으로 나가야 해."

"그 동굴 근처에 우따끼가 있나요?"

"아무것도 없어. 식기 전에 어서 들어."

쇼오끼찌는 어느 순간부터 자신이 무엇을 먹고 있는지조차 모르게 되었다. 하지만 그릇을 다 비웠다. 국이 튀어서인지 코가 굼실 굼실 간지러워 코를 문질렀다.

쇼오끼찌는 곧이어 무언가가 싹 가시면서 개운한 느낌이 들었다. 아버지의 유골을 수습해 문중묘에 모시기로 결심했다. 쇼오끼찌는 풍장지까지 가는 길의 약도를 의사에게서 받았다.

부엌에 들어온 와까꼬가 웃으며 말했다.

"쇼오끼찌, 코가 새까매."

"………"

"코가 흑돼지랑 똑같아. 마마는 오케이야. 우리도 오케이."

와까꼬가 자신은 뒷정리와 마마의 퇴원 준비를 해야 하니 쇼오끼찌에게 먼저 민박집에 가 있으라고 하면서 "졸려? 눈이 처져 있네" 하면서 장난 가득한 표정으로 웃었다. 웃음이 사라지기도 전에 쇼오끼찌가 말했다.

"사전에 우따끼를 확인해볼 테니 기다리고 있어. 지금 10시 10분인데 12시까지는 돌아올게. 내가 도착하면 곧바로 출발할 테니 마마나 요오꼬에게 준비하라고 해둬."

12

머잖아 아버지 유골 문제는 해결될 테지만 여자들은 어떻게 하면 좋을까, 어느 우따끼로 데려가면 좋을까 하고 쇼오끼찌는 외길을 걸으며 생각했다. 돼지가 난입했을 때 스낵바 '달빛 해변'에서 벌어진 일과 민박집에서 며칠 동안 일어난 일이 마음에 떠올랐다. 쇼오끼찌는 여자들이 애처롭게 느껴졌다. 여자들은 어딘가 바보스럽지만 필사적으로 살아가고 있다. 필사적으로 살아가면서도 괴로움으로 가득 차 있다. 우따끼에 데려가면 여자들은 도움받을 수 있을까? 정말 데려가면 좋을까? 나는 아무것도 하지 않아도 좋을까? 하지만 여자들은 공상하는 버릇이 강한 쇼오끼찌의 손이 닿지 않는 세계에서 살아가고 있다. 자신은 겁쟁이긴 하지만 남을 잘 돌봐준다. 하지만 여자들이 안고 있는 고뇌를 해결할 수는 없다. 여자들은 나보다 열배 혹은 스무배 더 깊이있는 삶을 살고 있다고 생각했다.

쇼오끼찌는 흰색 외길을 걷다가 도중에 해안가로 가서 류우뀨우소나무琉球松[11] 그늘에 앉아 멍하니 있었다. 바닷물이 모래를 기어올라왔다가 빠져나갔다. 파도가 일자 거품이 사라졌다. 바닷물이 하얗게 변하더니 투명해졌다. 자갈과 산호의 파편이 햇빛을 받아 반짝였다. 태양이 아주 강렬했다. 모래도, 해수면도, 바위도, 바위 위의 해변 식물도 뽀얘졌다. 파도가 모래를 깨끗이 씻는 소리, 파도가 멀리 있는 바위에 기세 좋게 부딪치는 소리 등이 묘하게 분명해졌다. 쇼오끼찌는 이를 드러내고 눈에 검은 구멍이 나 있을 아버지의 유골이 혼자 벼랑 아래에서 바닷바람을 맞는 모습을 문득 상상했다. 어쨌든 아버지의 유골을 수습하자. 여자들을 돕고 안 돕는 문제는 아버지 유골을 수습하고 나서 생각하면 된다.

쇼오끼찌는 자리에서 일어나 걸음을 재촉했다. 모자 안에서 배

---

11 큐우슈우(九州) 이남부터 오끼나와 제도까지 분포하는 소나무로 '오끼나와소나무'라고도 한다. 해안 근처에서 자라며 높이가 20미터 정도이고 나무껍질은 흑회색으로 불규칙한 균열이 곳곳에 나 있는 것이 특징이다.

어나온 땀이 귀밑털에 달려 있다가 목덜미로 들어갔다. 흰색 외길은 이상하게 안정되어 보였고 길 양쪽에는 키 작은 관목과 푸성귀의 잎이 바람에 흔들거리고 있었다.

길가에는 커다란 쿠와디사 나무가 빽빽하게 있었다. 쇼오끼찌는 나무 그늘로 들어갔다. 옆에 작은 길이 나 있었다. 5미터 앞에 동굴이 있다고 약도에 표시돼 있었다.

오전 11시가 되었다. 쇼오끼찌는 발에 걸리는 잡초를 헤치면서 앞으로 나아갔다. 막다른 길에 이르자 다섯평 정도의 공터가 나왔다. 공터의 불그스름한 땅에도 역시 커다란 한그루 쿠와디사의 육감 넘치는 커다란 잎사귀가 그늘을 드리우고 있었다. 공터 정면에 있는 류우뀨우석회암琉球石灰岩[12] 바위에는 높이와 폭이 각각 2미터 정도 되는 구멍이 뚫려 있었다. 안은 어두웠다.

동굴 안에서 소리가 났다. 무언가가 동굴 벽에 부딪혀 부서지면서, 외치는 듯한, 울거나 웃는 듯한 소리가 울려퍼지고 있었다. 쇼오끼찌는 무릎을 꿇고 단정하게 앉은 뒤 동굴을 향한 채 눈을 감았다. 쇼오끼찌는 목소리를 듣기 위해 귀를 쫑긋 세웠지만 파도나 바람 소리밖에 들리지 않았다.

몇분 후에 쇼오끼찌는 등을 구부리고 동굴 안으로 들어갔다. 어두운 동굴 안을 손으로 더듬으며 앞으로 나아갔다. 전쟁 중에 마야섬 사람들이 피난생활을 하던 전체 길이 25미터쯤 되는 동굴이

---

12 오끼나와가 속한 난세이제도(南西諸島)에 넓게 분포하는 석회암 지층. 신생대 홍적세에 산호초의 작용으로 형성되었다고 한다.

었다. 바닥에는 불룩 솟은 곳이나 움푹 팬 곳이 많지 않았다. 물방울이 동굴 천장에서 방울져 떨어져서 바닥이 젖어 있었다. 동굴 한가운데까지 왔을 때 쇼오끼찌의 발이 미끄러졌다. 순간 쇼오끼찌는 무언가를 잡으려 했지만 동굴이 비교적 넓어서 손은 공중을 갈랐고 이어 딱딱한 돌바닥에 몹시 세게 엉덩방아를 찧고 말았다. 쇼오끼찌는 몸을 일으킨 후 다시 걷기 시작했다.

점차 빛이 새어들어오기 시작했다. 쇼오끼찌는 동굴 밖으로 나갔다. 눈이 부셨다. 시퍼런 해수면이 쇼오끼찌의 눈앞에 펼쳐졌다. 저 멀리 수평선 너머에는 섬 그림자도 배도 보이지 않았다. 거대한 소나기구름이 피어오르고 있었다. 동굴 밖에는 두평 정도의 발 디딜 공간밖에 없었다. 그곳으로부터 10미터쯤 아래에 있는 바위의 움푹 팬 곳에는 썩은 판자 사이로 비어져나온 흰 두개골과 대퇴골이 모습을 드러내고 있었다. 몸은 누워 있었지만 머리는 바위에 기대고서 얼굴을 약간 숙인 듯한 자세로 바다를 향하고 있었다. 쇼오끼찌는 아버지의 눈구멍이 향하는 앞쪽을 바라봤다. 해수면이 살짝 솟아올랐다가 퍼져나가고 있었지만 앞에는 아무것도 없었다. 만약 아버지의 눈구멍 속에 눈이 들어 있다고 상정해본다면, 무언가를 보고 있는 눈이라기보다는 무언가를 기다리고 있는 눈일 것이라고 쇼오끼찌는 생각했다.

쇼오끼찌는 진갈색 암벽의 움푹 들어간 곳에 발을 걸치고 돌기를 잡고 매달리면서 아래로 내려갔다. 발이 겨우 붙어 있었다. 손바닥에 몇줄기 붉은 상처가 났다. 유골은 성스러움이 느껴질 정도로

하얬다. 말로 표현하기 힘든 광택을 내뿜으며 전체적으로 한층 단단히 조여져 불순한 것이 전혀 없었다. 쇼오끼찌는 그 옆에 앉았다. 하지만 아버지의 얼굴은 다른 쪽을 향하고 있었다. 쇼오끼찌는 돌아서 건너편으로 갔다. 쇼오끼찌와 눈이 마주치자 아버지는 웃음을 보였다. 쇼오끼찌도 웃었다. 유골을 수습해 문중묘에 모시겠다는 쇼오끼찌의 결심은 무너지고 말았다.

아버지의 유골은 한없이 넓은 바다를 십이년 동안이나 보고 있어서 세상의 온갖 것을 보고 들었을 것이다. 쇼오끼찌는 어머니에게서 "네 아버지는 나면서부터 어부여서 생전에도 어두운 곳이나 좁은 곳이나 으스스하고 추운 곳을 싫어했단다"라는 말을 들은 적이 있다. 무엇보다 아버지는 문중 사람들과 사이가 좋지 않았으니 문중묘에 들어가더라도 안정을 취할 수 없을 것이다. 문중묘에 갇힌 사람들은 아무것도 볼 수 없고 들을 수 없으며 그저 조용하고 편안하게 잠들어 있을 뿐이다. 그래서 깨달음도 얻지 못하고 신도 될 수 없다고 쇼오끼찌는 단정지었다.

쇼오끼찌는 유골이 이렇게 아름다운 모습일 것이라고는 생각조차 하지 못했다. 가슴이 떨렸다. 아버지의 유골은 비바람에 그대로 노출돼 괴로움을 당해왔다. 그러면서 무언가를 깨닫고 신의 모습에 가까워졌다. 십이년이라는 오랜 세월을 한마음으로 견뎌낼 수 있다면 평범한 사람도 분명히 신이 될 수 있을 것이라고 생각했다. 마지야섬에서는 비명횡사한 사람은 십이년 동안 풍장을 해야 한다. 그러나 이러한 일을 겪은 아버지는 오히려 아름답고 늠름한 모습으로 변해 신이 되었다. '이대로 여기에 모셔야겠어'라고 쇼오끼찌는 혼잣말을 했다. 아버지가 기다리고 있는 것은 신이 아니야. 아버지 자신이 신이 된 거야. 참배하러 올 인간들을 기다리고 있는 거야. 어떤 방식으로 죽었든 간에 십이년이나 바다를 보고 있었다면 신이 될 수 있어.

죽은 조상은 신이 되어 살아 있는 자손의 소원을 들어준다는, 오끼나와 각지에 널리 퍼져 있는 생각이 쇼오끼찌의 머릿속에서 독선적이고 아주 고지식한 관념으로 변하고 있었다.

쇼오끼찌는 신이 된 아버지가 여자들의 고민만이 아니라 모든 것을 꿰뚫어보고 있을 것이라고 생각했다. 아버지라면 여자들의 고민을 전부 감싸안으며 여자들을 도와줄 수 있을 거야. 나는 여자들을 도와줄 수 없지만 아버지라면 할 수 있어.

쇼오끼찌는 문득 정신을 약간 차렸다. 여자들이 도움받을 수 있을지 어떨지는 알 수 없지만, 어쨌든 그녀들이 참배할 수 있도록 하자. 여자들만이 아니라 나도 참배하자. 쇼오끼찌는 더 깊은 망상에 빠졌다. 여자들과 내가 참배하면 아버지는 진정한 신이 돼 성불할 수 있을 거야. 여기를 우따끼처럼 만들자. 쇼오끼찌는 마지야섬 동쪽과 남쪽에 옛날부터 있어온 우따끼가 낯설게 느껴지면서 신통력이 없는 것처럼 느껴졌다. 쇼오끼찌는 일부러 잘 알지도 못하는 우따끼에 여자들을 데려가기보다 자신의 신이 있는 이 우따끼로 데려오기로 결심했다.

쇼오끼찌의 독선적인 생각은 터무니없는 결론에 이르렀다. 우따끼를 만드는 것은 전대미문의 일이었다.

쇼오끼찌는 아버지의 얼굴을 동굴 입구 쪽으로 돌려야 할지 말아야 할지 망설였다. 돌리면 참배하러 오는 사람들과 얼굴을 마주하게 된다. 쇼오끼찌는 갑자기 유쾌한 기분이 들어서 다시 혼잣말을 했다. '십년이 넘게 지금 이 방향을 보고 있었어. 사람들과 다른 쪽을 향하든지 누워 있든지 아무래도 좋아. 사람들의 말을 귀 기울여 들어주기만 하면 되잖아.'

쓰고 있던 모자가 날아가서 암벽에 꽂히듯 달라붙었다. 쇼오끼찌는 깜짝 놀랐다. 벼랑은 들씌운 것처럼 경사져 있었다. 먼 옛날 해저에 가라앉아 있었을 당시 물에 침식된 벼랑은 톱니처럼 뾰족했다. 게다가 끊임없이 바닷물을 머금은 해풍이 강하게 불어와 흙이 조금도 쌓이지 않아 초목이 전혀 자라지 못했다.

쇼오끼찌는 가죽구두를 벗어서 두 구두끈을 서로 묶은 뒤 구두를 목에 걸고는 동굴 바로 아래쪽 벼랑을 기어올라갔다. 우따끼를 만들겠다는 엉뚱한 시도를 무언가가 막기라도 하듯이 쇼오끼찌의 다리에 통증이 몰려왔고 몇번이나 몸이 아래로 끌어당겨졌다. 쇼오끼찌는 벼랑에 달라붙은 채로 조금씩 굳은 손을 뻗었고, 경직된 다리를 구멍이나 돌기에 걸쳤다. 두개골이 아래에서 위를 올려다보고 있었다. 바위의 뾰족한 끝이 얼굴을 찌르기 직전에 쇼오끼찌는 고개를 돌렸다. 구두끈이 목을 졸랐다.

쇼오끼찌는 가까스로 올라와 허리에서부터 무너지듯이 주저앉았다. 바로 아래에 아버지의 머리가 보였다. 쇼오끼찌의 손과 발은 돌에 베여 피가 났다. 정오가 지나 있었다. 쇼오끼찌는 기합을 넣으며 자리에서 일어난 뒤 어두운 동굴을 지나 공터로 나와서 왔던 길을 되돌아갔다. 당근밭 두렁 옆에 높이가 5센티 정도이고 표면이 매끄러운 달걀 모양의 돌이 반쯤 땅에 묻혀 있었다. 쇼오끼찌는 몸을 구부려 돌을 뽑았다. 생각보다 무거워서 돌을 든 쇼오끼찌는 비틀거리다 엉덩방아를 찧었다. 끌어안으려 했지만 잡을 곳이 없어서 돌은 쇼오끼찌의 손에서 미끄러져 떨어질 뻔했다. 밭두렁이 좁아 몇번 발을 헛디디다가 다시 공터로 향했다.

이윽고 공터에 도착한 쇼오끼찌는 숨을 가다듬으며 동굴 주변을 주의 깊게 살펴보았다. 왼쪽에 바위 천장에서 떨어진 빗물에 침식돼 우묵해진 곳이 보였다. 쇼오끼찌는 계란 모양의 돌을 들어 그 위에 올렸다. 돌은 우묵한 구멍에 딱 들어맞았다. 쇼오끼찌는 철퍼덕 바닥에 앉았다가 곧바로 다시 일어나 달렸다.

여자들과 약속한 시간보다 반시간 남짓 늦어 있었다. 민박집 창문에서 보이지 않도록 나무 그늘에 숨어 민박집 뒤로 돌아가서는 조용히 문을 열고 안으로 들어갔다. 여자들 방 앞을 지나갔다. 트레이닝 바지로 갈아입고 향로와 소금과 선향을 자루에 담은 후 헛간에서 낫과 마대와 삽을 꺼내 동굴 앞 공터로 다시 갔다.

쇼오끼찌는 공터에 드문드문 나 있는 잡초를 뽑고 주변 잡목의 작은 가지를 잘라낸 다음 바위틈에 달라붙어 있는 풀을 베어냈다. 급조한 본존本尊의 돌 앞에 아와모리를 올려놓고 비닐봉지에서 재를 꺼내 향로에 옮겨 담았다. 사람에게 들러붙은 부정한 냄새를 없애는 히라우꼬平線香[13]는 향내가 좋지 않지만 연기가 잘 났다.

쇼오끼찌는 갑자기 움직임을 멈춘 채 자문자답했다. 여자들이 손님에게 하는 거짓말은 곧바로 거짓임을 알 수 있는 순진한 거짓말이다. 나의 거짓말은 여자들이 평생 거짓임을 알 수 없는 거짓말이다. 이 섬은 신의 섬이어서 여기저기에 우따끼가 있다. 몇십년, 몇백년 동안 사람들이 참배해온 우따끼가 있다. 진짜 우따끼로 여자들을 데려가야 하는 것은 아닐까? 우따끼를 만들다니 애당초 터무니없는 일이다. 여자들과 마찬가지로 돼지고기를 먹고 탈이 나서 움직일 수 없었더라면 좋았을 텐데. ……하지만 유골이 있는 장소는 성스러운 장소이다. 몇십년 전, 몇백년 전의 우따끼라 해도 처음에는 누군가가 만들었을 뿐이다. 내가 만든 우따끼라고 털어놓으면 여자들이 참배할까? 아니면 끝까지 거짓말을 해야 할까?

쇼오끼찌는 자루와 삽을 가지고 외길로 나왔다. 판다누스 덤불 사이로 내다보이는 해안에는 모래사장이 보이지 않고 물이 바위를 적시고 있을 뿐이었다. 두시간 반 전에 앉아 있던, 공터에서 1킬로쯤 앞에 있는 모래사장으로 향했다.

만조 때에도 바닷물이 들어오지 않는 건조하고 하얀 잔모래 속으로 쇼오끼찌는 삽을 찔렀다. 자루는 금방 가득 찼다. 자루와 삽을 들고 외길을 따라 다시 동굴로 돌아갔다.

쇼오끼찌는 공터 지면에 솟은 작은 흙덩이들을 평평하게 하고 작

13 납작한 선향을 여러개 붙여서 만든 오끼나와의 특산 선향.

은 구멍을 메운 후 정화 소금을 뿌리듯이 모래를 여기저기에 골고루 뿌렸다. 쿠와디사 나무 그늘에 주저앉은 쇼오끼찌의 온몸에 땀이 났지만 산들바람이 불어 땀이 자취를 감추자 금방 한기가 찾아왔다.

쇼오끼찌는 다시 비장한 생각에 사로잡혀 망상과도 같은 혼잣말을 늘어놓았다. '이 공터의 흰 모래에 아버지의 발자취가 남겨지겠지. 아버지는 달 밝은 밤에 동굴에서 나오실 거야. 홀로 가부좌를 틀고 산신三線[14]을 연주하면서 쓸쓸히 노래를 부르시겠지.' 아버지는 춤이 형편없었지만 언제나 산신을 연주하고 싶어했다고 어머니가 말한 적이 있었다.

13

민박집 전신주 그늘에서 미요가 노란색과 흰색 줄무늬가 들어간 양산을 쓰고 서 있었다. 쇼오끼찌가 손을 흔들었다. "쇼오끼찌! 우리가 얼마나 기다렸는지 알아? 너 때문에 한바탕 싸웠어. 우라소에시로 돌아가야 하는지 말아야 하는지를 두고서 말이야" 하며 미요는 분개했다. 쇼오끼찌는 "오후 2시에 우따끼에 갈 거야" 하고 묘하게 단호한 목소리로 말한 후 삽 등을 다시 갖다놓으러 헛간으

---

14 사미센(三昧線)과 비슷한 오끼나와의 고유 악기.

116

로 향했다. 뒷문을 지나 뜰로 나갔다. 작은 돌로 만든 연못이 있었지만 물만 고여 있을 뿐 물고기는 없었다. 입으로 불어서 날려보낸 씨앗이 자연스레 싹을 틔운 것 같은 시꾸와사(히라미레몬) 나무에 파랗고 단단한 열매가 열려 있었다. 쇼오끼찌는 갑자기 발에 피곤이 몰려옴을 느꼈다. 오분쯤 나무 아래에 앉아 있었다.

여자 셋이 다가왔다. 쇼오끼찌는 일어났다. 여자들은 카쯔렌 마을의 작은 항구에 모여서 마지야섬으로 가는 배를 기다리고 있을 때와 똑같은 차림새였다. 와까꼬는 흰 슬랙스에 진한 녹색 티셔츠 차림을 하고 목에는 염주처럼 생긴 목걸이를 하고 있었다. 챙이 넓은 모자를 깊게 눌러쓰고 썬글라스를 쓴 요오꼬는 역시 껌을 씹고 있었다.

"요 며칠 동안 별일이 다 있었지만 모두 정말 잘 견뎠어. 이삼일 동안 잘 참아서 앞으로 이삼십년 동안은 도움을 받을 거야. 축하해."

쇼오끼찌는 자기 자신도 알 수가 없었지만 이상하게 기분이 고양되어 있었다.

"쇼오끼찌, 취했어?"

와까꼬가 쇼오끼찌의 얼굴을 살피며 말했다.

"우따끼에 가서 모든 걸 털어놓자. 그러면 마음이 산뜻해질 거야."

"넌 뭘 털어놓을 거야?"

요오꼬가 씹고 있던 껌을 종이에 싸면서 말했다.

"그야 아버지랑 어머니⋯⋯"

"부모님이 마음속에 둥지를 틀고 있나보네."

"요오꼬도 똑같아. 애인이든지 남자든지, 그렇지? 사람 마음에 둥지를 틀 수 있는 건 사람뿐이니까."

"사람?"

"돼지라고 한 것은 거짓말이었어."

와까꼬가 말했다.

"난 혼났어." 요오꼬가 말했다. "이 섬에 와서 혼났어."

"앞으로 한두시간 더 지나면 괴로움이 모두 사라질 거야, 요오꼬 언니. 끝이 좋으면 다 좋은 거잖아."

와까꼬가 요오꼬의 어깨에 손을 올리고 말했다.

"난 하루하루가 좋지 않으면 참을 수 없어, 와까꼬."

"하루하루 어떻게 좋을 수 있겠어? 그건 현실에서 불가능해, 요오꼬 언니."

"난 지금까지 매일매일 안 좋은 날을 보내서 앞으로 매일매일 좋은 날이 아니면 채산이 맞지 않아."

"오늘 저녁부터 좋은 날이 될 거야, 요오꼬 언니. 쇼오끼찌, 우따 끼에 있는 신에게 어떻게 빌면 좋을까?"

"……자기 부모라고 생각하고 친근하게 말하면 돼."

쇼오끼찌가 말했다.

"나는 부모님을 잘 몰라. 우리 가게에 오는 손님에게처럼 말해도 될까?"

"진심으로 손님을 대하듯이 해야지."

"왠지 말을 잘 알아들을 신 같아."

"하지만 손님을 속일 때처럼 말해서는 안돼."

"무슨 소리야. 우리는 손님을 속이지 않아. 안 그래, 마마?"

요오꼬가 썬글라스를 벗고 미요를 보며 말했다.

"속아는 보았지만 속인 적은 없어."

미요가 말했다.

"난 계속 속기만 했어." 요오꼬는 속마음을 꿰뚫어보듯이 쇼오끼찌를 보며 말했다. "한번이라도 되갚아주지 않으면 마음이 풀리지 않을 거야."

"신에게 되갚아주면 큰일 날걸." 와까꼬가 진지하게 말했다. "안 그래, 요오꼬 언니?"

와까꼬가 요오꼬의 손을 잡아끌었다. 요오꼬는 쇼오끼찌를 바라보며 말했다.

"……사람을 속이면 신은 소원을 들어주시지 않겠지? 우리는 속인다 하더라도 누군가를 곤혹스럽게 하지는 않아. 다만 우리의 나이를 줄여서 이야기하거나 애인은 당신뿐이라고 말하는 정도지. 대머리한테 대머리라고 하지 못하고 살찐 사람보고 돼지라고 하지 못하는 정도야. 그렇게 나쁜 건 아니잖아? 술을 마시게 하고 다시 가게에 오게 하려면 어쩔 수 없어. 뭐든지 솔직하게 이야기하면 어떻게 되겠어? 다 먹고살기 위해서야. 신도 이해해주시겠지?"

"…… 쇼오끼찌, 무슨 일 있어? 왜 아무 말도 안해?"

미요가 말했다.

"기분이 안 좋아?"

와까꼬가 쇼오끼찌의 얼굴을 들여다보며 말했다.

"……우리가 지금 가려는 우따끼는, 우따끼이긴 하지만 조금 다른 우따끼인데…… 그래도 갈래?"

쇼오끼찌는 식은땀이 났다.

"……무슨 소리를 하는 거야?"

요오꼬가 말했다.

"마마, 내가 들고 온 삽 봤어요? 아버지의 유골이 있어서 거기에 우따끼를 조성하고 왔어요. 난 자신을 구제하는 게 고작인 놈이에요. ……이 섬에는 진짜 우따끼가 많이 있어요. 정말 미안하지만 여러분 좋을 대로 해도 돼요."

"……난 쇼오끼찌의 우따끼를 믿어. 쓸쓸한 사람이 순례하는 우따끼잖아." 와까꼬가 힘차게 말했다. "믿지 않는 사람은 돌아가. 난 멀리서 도움을 받으러 왔으니까."

미요가 쇼오끼찌의 어깨에 부드럽게 손을 얹고 말했다.

"……비가 내리던 날에 내가 없어졌잖아? 쇼오끼찌의 우따끼가 불러서 간 거야. 비가 엄청 쏟아져서 진료소 쪽으로 방향을 틀었지만…… 비가 내리지 않았더라면 틀림없이 쇼오끼찌의 우따끼에 갔을 거야."

비 내리던 날에 미요는 입원 중인 여주인과 신세 한탄을 하러 곧장 진료소로 향했으면서도 쇼오끼찌를 위로하기 위해서 일부러 거짓말을 했다.

여자들은 어떤 우따끼라도 좋다고 생각했다.

"구손쭈(저승 사람)들도 서로 세상 이야기를 하면서 바다에서 부터 쇼오끼찌의 우따끼로 찾아올 거야."

와까꼬가 마치 쇼오끼찌의 습관을 빼앗은 사람처럼 눈을 감은 채로 말했다. "쇼오끼찌의 우따끼에 가거든 뭐든 좋으니까 세상 이야기를 하도록 해요. 신도 세상 이야기에 끼고 싶어서 강림하실 테니."

미요와 요오꼬가 고개를 크게 끄덕였다.

"잘됐다." 와까꼬가 손뼉을 쳤다. "항상 남자를 기다려왔는데 오늘 만나러 가겠네."

"신은 남자일까?"

요오꼬가 고개를 갸웃하며 말했다.

"여자일지도 몰라. 쇼오끼찌랑 사이가 좋은 것 같으니까."

"난 신에게 몸을 바쳐도 좋아."

"신이 네 몸뚱이를 탐낼까?"

미요가 말했다. "뭐라고?" 하면서 요오꼬는 쇼오끼찌 쪽을 보며 말했다.

"쇼오끼찌, 나 구소(저승)에 선물을 보내고 싶어⋯⋯"

"선물요?"

"장난감이야. 아이가 곧잘 가지고 놀던 거. 대신 가져가줄 수 있겠어?"

"물론이죠."

"부탁할게. 한창 놀 여섯살이었는데⋯⋯"

요오꼬가 울기 시작했다. 한창 우간을 하고 있을 때 울음을 터뜨

리는 여자도 있지만, 요오꼬는 이미 감정이 복받쳐 있었다. 쇼오끼
찌는 당황했다.

"지금 남편의 아이야."

와까꼬가 쇼오끼찌에게 귀엣말을 했다.

"왜 울어?" 하며 미요가 요오꼬의 손을 잡았다. "울러 왔어? 참
배하러 온 거잖아?"

"나 역시 울려고 한 건 아니야, 마마. 그런데 눈물이 자꾸 나와.
그러면서 자신이 울고 있다는 것을 알게 되어 가슴이 죄어오고, 계
속 아이 얼굴이 떠오르잖아. 안된다고 계속 타일러도 점점 더 얼굴
형상이 선명하게 떠올라서……"

"울어서 그래. 울면 마음이 약해져."

쇼오끼찌는 어쩌면 좋을지 적당한 말이 떠오르지 않아서 초조
했다.

"여기 봐봐."

미요는 흰색 웃옷을 걷어올리고 슬랙스를 조금 내렸다. 쇼오끼
찌는 깜짝 놀랐다. 옆으로 길게 난 상처 자국이 보였다. "보여? 아
이를 지운 흔적이야. 남편의 아이가 아니었어. 아이를 지우려고 절
개했던 거야."

와까꼬가 상처 자국을 만졌다.

"……마마의 오른쪽 눈은 쌍꺼풀이야." 와까꼬는 요오꼬에게 웃
어 보이며 말했다. "사실은 성형수술을 하러 갔었어. 그런데 성형
수술을 하고 나서 부어오르는 거야. 그러자 마마가 깜짝 놀랐지. 왼

쪽 눈은 홑꺼풀인 채로야. 비용을 아꼈기 때문일까?"

"아낀 적 없어."

미요가 말했다.

"설마 홑꺼풀을 쌍꺼풀이 되게 해달라고 빌러 온 건 아니겠죠?"

와까꼬의 말투는 이상하게 점잖아졌다.

"아니야, 와까꼬. 균형이 맞지 않은 네 눈을 보고 관능미를 느끼는 남자도 꽤 있잖아."

민박집 여주인이 부엌문에서 나왔다.

"더운 곳에 서서 수다를 떨어? 안으로 들어오지 않을래?"

"아주머니, 오늘은 날씨가 좋네요. 이렇게 좋은 날이 온 것은 아저씨가 돼지고기를 가져온 덕분이에요. 아니, 진심으로 하는 말이에요. 비꼬는 게 아니고요. 돼지 역시 대단하군요."

"돼지가?"

"사람을 도운 돼지 말이에요. 모두 도움을 받을 거예요. 그렇죠, 아주머니. 네?"

쇼오끼찌는 기분이 고양되었다. 아주머니는 애매하게 고개를 끄덕였다.

"시련이 없으면 깨달음에 도달할 수 없어. 안 그래? 쇼오끼찌."

와까꼬가 말했다.

"뭐야? 어렵게."

여주인이 말했다.

"배탈이 나서 모두 도움을 받게 됐다는 의미예요, 아주머니."

"뭔가 이상하네."

"따지고 보면 아주머니 덕분이에요."

"내 덕이라고?"

"맞아요. 아주머니가 창문에서 떨어져 부상을 당하셔서 우리가 돌봐드렸고, 그 답례로 아저씨가 돼지고기를 가져오셨잖아요?"

"그런가? 그게 무슨 관련이 있어? 하지만 그렇게 말하면 나한테 술을 먹인 너희들 덕분이잖아."

"그렇네. 우리가 드시게 했지. 하지만 가장 큰 공로자는 쇼오끼찌야. 쇼오끼찌가 이 민박집에서 묵자고 했으니까. 그렇지? 쇼오끼찌."

"그렇다면 가게에 뛰어들어온 돼지의 공이 제일 커."

"정말 다행이야. 가게 앞에 돼지가 떨어져서 말이야."

"내가 문을 열어놓았기 때문이야."

요오꼬가 말했다.

"그럼 가장 큰 공로자는 요오꼬 언니네."

예정대로 오후 2시에 쇼오끼찌는 와까꼬에게 이끌리듯이 현관을 나섰다. 여주인도 정성을 들여 화장을 한 상태였다. 돌담 모퉁이를 돌아서 긴 외길을 걸어갔다. 햇살이 쇼오끼찌의 머리를 내리쬐어 목덜미에 땀이 흘렀다. 잡초와 나뭇잎이 흰색 잎사귀 안쪽을 뒤집으며 춤추듯 흔들렸다. 여주인의 커다란 목소리가 들렸다. 야윈 갈색 개 두마리가 따라오자 여주인이 쫓아버렸다. 그때 여주인이 소똥을 돌로 착각해 주위들었다. 여주인은 몇번이나 혀를 끌끌 차다가 검은 박쥐우산을 왼쪽 손으로 바꿔 들었다. "저녁 배편은 괜찮을까?"라고 하며 미요는 가게 여는 시간을 신경썼지만 몇시간 전처럼 크게 집착하지는 않았다.

"여러분, 피곤한 사람에게 팔게요."

요오꼬는 영양제를 숄더백에서 꺼냈다. "구입한 가격에 하나씩 줄게."

"신에게 바칠 공물이라고 생각했는데 장사하는 거야? 그런데 신이 영양제를 마시면 어떻게 될까?"

와까꼬가 뒤를 돌아보고 묘하게 노인처럼 말하며 웃었다. 여자들은 돼지고기를 열심히 먹을 당시에는 돼지요리를 공물로 가져갈 것이라고 분명히 말했건만, 지금 아무것도 가져가고 있지 않았다.

"그거 마신 다음에 뭘 할 거야? 쇼오끼찌랑 해볼 거야?"

"쇼오끼찌는 우리의 소유물이 아니야. 신의 것이야."

"내 소유물이 아니라고 해야 하지 않니? 우리 소유물이라니."

"그럼 요오꼬 언니는 신과 승부를 겨룰 거야? 쇼오끼찌를 차지하기 위해 싸울 거야?"

땅 위의 생명체에서 생기를 빨아들일 것 같은 햇살이 다섯명의 머리에 쨍쨍 내리쬐었다. 화초는 선명하던 색깔이 바래지고, 벌레는 움막이나 나뭇잎 그늘에 몸을 가만히 숨기고 있었다. 다섯명의 양옆에 있는 바위 그늘에서 판다누스 나무가 쓸쓸히 고개를 내밀고 있었다. 쇼오끼찌가 맨 앞에 서고 요오꼬와 와까꼬가 그 뒤를 따라갔다. 바로 뒤에는 미요가, 맨 뒤에는 여주인이 따라갔다. 지면에 드리워진 다섯명의 검은 그림자가 천천히 앞으로 나아갔다.

등에 그려진 협죽도
背中の夾竹桃

미찌꼬美智子는 협죽도 꽃을 스케치하고 있었다. 협죽도는 카데 나嘉手納 공군기지[1]의 철조망을 덮어서 가릴 정도로 무성했다. 독이 있다고 전해지는 협죽도의 핑크색 꽃과 잎사귀는 시들어 있었다. 하지만 평화를 상징하는 꽃이라는 글을 미국 잡지에서 읽은 기억 이 있다. 소나기구름과 태양은 꿈쩍도 하지 않고 있었다. 철조망 꼭대기에 감아놓은 가시철사도 녹슬어 있었다.

소학교 5학년 무렵에 손으로 잡아본 철조망은 은색이었다. 반 친구의 아버지가 미군기지에서 잔디 깎는 일을 하고 있었다. 그래

---

1 오끼나와의 카데나쪼오(嘉手納町), 오끼나와시(沖縄市), 차딴쪼오(北谷町)에 걸 쳐 있는 동아시아 최대의 미 공군기지.

서 곧잘 친구랑 미군기지에 갔다. 그 친구는 뼈가 앙상했고 얼굴이 검었는데, 철조망에 손을 집어넣어 열심히 아버지에게 손을 흔들곤 했다. 여름풀의 강한 열기가 살랑대는 바람에 실려왔다. 어느날, 같은 반 남자아이가 미찌꼬 일행을 놀리면서 따라왔다. 그 아이는 미찌꼬의 밀짚모자를 홱 낚아채 메뚜기나 잠자리에게 던지며 장난을 쳤다. 그러다 모자가 갑자기 바람에 높이 날아올라 철조망 안쪽으로 떨어졌다. 미찌꼬는 분했지만 울지 않았다. 철조망 안쪽에서 누군가가 지나갈 때까지 끈덕지게 기다렸다. 해질녘이 됐다. 같은 반 남자아이와 여자아이는 미찌꼬를 달래기도 하고 겁주기도 하다가 포기하고는 돌아가버렸다. 미찌꼬는 움직이지 않았다. 갑자기 자신의 백인 아빠가 웃으며 나타나 모자를 주워줄 것 같은 착각에 빠졌다. 잠잠한 저녁뜸을 끝내기라도 하듯 바람이 다시 불어와 밀짚모자를 굴렸다. 모자는 점차 광대한 기지 안쪽으로 사라져갔다.

미찌꼬는 스케치를 하다가 손을 멈췄다. 군화를 신은 사람과 군용견이 서 있었다. 철조망 안쪽이었다. 미찌꼬는 스케치북을 겨드랑이에 끼고 일어섰다. 망설여졌다. 미찌꼬는 영어 회화에 자신이 있었다. 하지만 미국인과 실제로 대화해본 경험은 그리 많지 않았다. 협죽도 가지를 좌우로 헤치면서 다가갔다. 알지 못하는 미국인과 말을 해보고 싶은 욕망은 꽤 오래전부터 품어왔다. 이 미군 경비병이 철조망을 넘어와 나를 능욕하지 않을까? 하고 걱정했다. 오끼나와 여자가 미군 병사에게 능욕당하는 사건이 빈번히 벌어지고 있었다.

"……덥지 않아? 긴소매 옷에 철모까지 쓰고."

미찌꼬가 영어로 물었다. 이상할 정도로 마음이 차분했다. 경비병이 고개를 가로저었다. 붉은 목덜미에서 땀이 배어나오고 있었다.

"개 산책?"

"아니, 순회 중이야. ……여기서 뭐하는 거야?"

미찌꼬는 스케치북을 펼쳐서 보여줬다.

"이 꽃 색깔이 너무 눈에 띄지? 난 노란색으로 칠할 거야."

군용견은 철조망 안쪽 협죽도 그늘로 들어가서 앉았다. ……그렇지, 그때 그 개는 어떻게 됐을까? 미찌꼬는 경비병의 파란 눈에서 시선을 돌리며 생각했다. 중학교 2학년 무렵, 교복을 입은 남자 고교생 여러명이 인접한 둑에서 철조망 안쪽으로 잡종 강아지를 던져넣었다. 강아지는 철조망 냄새를 맡다가 고교생들을 바라보았다. 얼마 안 있어 강아지는 학생들이 돌을 던지자 피해서 도망치기 시작하더니 미군기지 안의 드넓은 아스팔트를 돌아다녔다. 미찌꼬는 고교생들에게 돌을 던졌다. 돌을 던지면서 도망쳤다. 고교생들은 미찌꼬를 의아한 표정으로 바라보기만 하고 뒤쫓지는 않았다.

"앉아서 쉬지 그래."

미찌꼬는 경비병을 보며 말했다. 경비병은 미동도 하지 않았다.

"이제 전쟁은 끝날 거야."

미찌꼬는 어림짐작으로 아무렇게나 말했다. 경비병이 눈을 깜빡거렸다.

자동차가 접근하는 소리가 들렸다. 타이어에서 끼익 하는 소리가 났다. 미찌꼬가 돌아다봤다. 지프차에서 GI[2]가 내렸다. 키는 크지 않았지만 티셔츠와 데님 바지를 딱 끼게 입은 몸의 선이 매끈했다. 본 기억이 있는 미군 병사였다. 하지만 생각이 나지 않았다. 미군 병사들 대부분은 젊어서인지 몸매가 매끈했고 푸른 눈의 모양도 아주 비슷했지만, 이 미군 병사의 눈빛은 어딘가에서 본 기억이 있는 듯했다. 눈빛은 강렬하긴 했지만 어딘지 모르게 쓸쓸함이 감돌고 있었다. 이 눈빛을 어딘가에서 마주친 적이 있다. 하지만 미찌꼬는 확신할 수 없어서 무리해서 떠올리려고 하지 않았다.

"해변에서 장교들 시중을 들었어. 거기서 색소폰을 불었지. 그런데 한동안 불다보니 온몸이 근질근질해서 지프차 한대를 빼내 정처 없이 드라이브를 하고 있는 중이야."

미군 병사는 지긋지긋하다는 듯이 말했다. 하지만 카우보이모자의 그늘에서 들여다보고 있는 푸른 눈에는 깊은 빛을 담고 있었다.

"당신은 장교가 아니지?"

미찌꼬가 물었다. 이미 다 알고 있어서 미찌꼬는 약간 양심의 가책을 느꼈다.

"나는 아티스트야. 너도 그렇니?"

미군 병사는 미찌꼬의 스케치북을 봤다.

"그럭저럭 그리는구나. ……이름이 뭐니?"

"……미찌꼬."

2 미군 병사(government issue)의 속칭.

"난 재키. ……넌?"

재키가 경비병을 가리켰다.

"존. 존 리드."

경비병은 반사적으로 대답했다.

"그런데 어디가 바깥이야?"

미찌꼬는 경비병에게 장난스럽게 물었다. "이 철조망 바깥에 있는 사람은 당신일까? 나일까?"

"바깥은 네가 있는 곳이지."

재키가 말했다.

"그럼 내 바깥은 당신이 있는 곳?"

미찌꼬는 경비병에게 물었다. 경비병은 의아하다는 듯이 미찌꼬를 응시했다.

"그렇지."

재키가 말했다.

"그렇지 않아. 난 안쪽에 있어."

미찌꼬가 갑자기 재키 쪽을 돌아보며 말했다. 재키가 순간 멈칫하는 것 같았다.

"우리도 마찬가지야. 둘러싸여 있어."

"그럼."

미찌꼬는 다시 경비병 쪽을 향했다. "그 카빈총을 가지고 밖으로 나가는 사람을 쏘는 거야? 아니면 안으로 들어오는 사람을 쏘는 거야?"

어색한 공기가 흘렀다. 화제를 바꿔야겠다고 미찌꼬는 생각했다. 재키가 지프차로 돌아가서 아이스박스를 열고 맥주와 콜라 몇 개를 팔에 안고 왔다.

"어쨌든 마시자."

미찌꼬는 콜라를 받아들었다. 경비병은 맥주는 사양했지만, 철조망 사이로 넣은 콜라는 집어들었다.

"높으신 분들을 쏴야지."

재키는 그렇게 말하더니 맥주를 입에 부어넣었다. "전쟁은 놀이가 아니야. 그렇잖아? 그런데 그 자식들은 처자식을 데리고 와 있어."

"………"

"우리나라가 공격당할 것이라는 생각은 안 들어. 장교들은 침을 튀기며 말하지만 말이야. 고향이 같은 벨과 벤저민이 살해된 잔혹한 상황을 늘 떠올리며 베트콩을 증오할 뿐이지. 하지만 아직 집념이 되지는 않고 있어."

경비병이 눈으로 무슨 신호를 했다. 재키는 계속 모른 척했다.

"저 녀석들은 뭐든지 감춘다니까. ……저게 뭐라고 생각해?"

재키는 경비병 뒤쪽에 있는 잔디 덮인 야트막한 언덕을 손가락으로 가리키며 말했다. "……탄약고야."

경비병이 군화로 아스팔트를 세게 굴렀다. 흰색 먼지가 피어올랐다. 군용견이 일어나 으르렁거리기 시작했다.

"아이고 무서워라."

재키가 과장되게 양손을 올리며 익살을 떨었다.

"돌아가자."

재키는 미찌꼬를 손짓으로 부르면서 지프로 되돌아갔다. "같은 예술가가 아니면 말이 통하지 않아."

미찌꼬는 주저했다.

"색소폰을 들려줄게. 공짜로 말이야."

미찌꼬는 경비병을 돌아봤다. 경비병은 총검으로 내쫓는 시늉을 했다. 미찌꼬는 협죽도가 심어져 있는 가로수 길을 따라 걸었다. 재키가 지프차를 몰면서 따라왔다.

"뭘 그리고 있었어?"

"철조망과 꽃."

미찌꼬는 바람에 날아가지 않도록 누르고 있던 코바늘 모자를 벗었다. 갈색 머리카락이 바람에 날려 마구 흐트러졌다.

"뭐라고? 잘 안 들려."

미찌꼬는 조금 목소리를 크게 해서 되풀이했다.

"철조망 따위가 그림이 될까?"

"모르지…… 그렇지만 언젠가는 하루 종일 그 옆에 가만히 앉아 있은 적도 있었어. 한밤중의 기지는 얼마나 쓸쓸한지 몰라. 주황색 등불이 드문드문 켜져 있을 뿐이야. 하지만 벌레 우는 소리는 깜짝 놀랄 만큼 크게 들려."

"나 역시 한밤중에 귀대할 때가 있지만 전혀 몰랐네."

"아침은 아름다워. 철조망에 맺힌 이슬이 반짝이면서 천천히 떨어지거든."

"너 참 별나구나…… 혹시 너 히피니?"

"그럴지도 모르지."

"어디로 가니?"

"………"

"바다?"

미찌꼬는 고개를 저었다.

"춤추러 갈래?"

다시 고개를 저었다.

"그럼 영화 볼래? 돈은 내가 낼게. 에어컨이 들어오는 시원한 곳에서…… 이상하게 난 아무것도 원하는 것이 없어. 돈을 모을 생각도 없지만 그렇다고 술이나 여자에게 돈을 쓰지도 않거든. 그래서 돈이 마구 쌓이고 있어."

"나도 여자야."

"넌 특별한 경우야."

미찌꼬는 갑자기 재키라는 이름이 거슬리기 시작했다. '재키'라는 이름은 보통 남들이 불러주는 애칭이다. 자신이 스스로를 가리킬 때에는 '잭'이라고 한다. 하지만 이 미군 병사는 자신의 이름이 '재키'라고 했다. 처음 봤을 때 A싸인(미군 영업 허가) 바의 마담이 '재키'라고 불렀던 것을 미찌꼬는 생각해냈다. 올해 3월 말에 숙모의 지인인 오십대 중반의 여자가 고야胡屋³의 센터 거리에 A싸인 바를 열었다. 미찌꼬도 초대를 받았다. 어떤 곳인지 가보고 싶었다.

어쩌면 아버지도 그런 바에 드나들었을지도 모른다. 하지만 겁이 나 폐점 직전에야 겨우 아파트 방을 나섰다.

미찌꼬와 스툴 하나를 사이에 두고 카운터에서 엎드려 자고 있던 미군 병사가 얼굴을 들었다. 팔뚝에는 몇가닥의 굵은 힘줄이 뻗어 있어서 매우 남성스러워 보였지만 옆모습은 동안이어서 미찌꼬와 동년배쯤으로 보였다. 정면의 선반 유리가 거울 역할을 했다. 미찌꼬는 고개를 숙인 채로 훔쳐봤다. 젊은 미군 병사는 술을 마시면 대부분 얼굴이 새빨개지지만 이 미군 병사는 얼굴이 창백했다. 얼마 지나지 않아 미군 병사는 다시 무너지듯 카운터에 뺨을 붙였다. 팔은 아래로 처져 있었고 미찌꼬 쪽을 향한 입술은 꽉 다물고 있었다. 미찌꼬는 미군 병사가 눈을 감고 있어서 안심하고 고개를 돌려서 봤다. 그러자 미군 병사가 눈을 떴다. 미찌꼬는 당황해하며 눈을 돌렸다.

"………나는 처음으로 애 아빠가 됐어. 애 얼굴이 보고 싶어."

술을 마셔서 잠긴 목소리였지만 분명하게 알아들을 수 있었다. 한순간 미찌꼬는 아버지가 떠올랐다. 우리 아버지도 이런 식으로 말을 했을까. 미찌꼬는 애매하게 고개를 끄덕였다. 엉겁결에 바의 마담을 찾았다. 마담은 피닉스야자 화분에 가려져 있는 구석 자리에서 미군 병사 둘을 상대하고 있었다. 음악소리에 묻혀서 목소리가 들리지 않았다. 껴안고 있을지도 모른다. 미군 병사는 여전히 뺨

---

3 오끼나와시에 있는 지명.

을 카운터에 붙인 채 미찌꼬를 보고 있었다. 미찌꼬는 입에 페퍼민트를 머금었다. 이윽고 미군 병사가 고개를 드는 모습이 정면의 선반 유리에 비쳤다. 미군 병사는 얼음통에서 얼음을 집어들어 얼굴과 목덜미에 대고 비누칠하듯이 빠르게 문질렀다. 미찌꼬는 겨드랑이에서 으스스한 추위를 느껴 가볍게 몸을 떨었다. 쌀쌀한 날씨였다. 미찌꼬는 스웨터를 껴입고 있었지만 이 미군 병사는 파란 티셔츠만 입고 있을 뿐이었다. 미군 병사가 자리에서 일어났지만 곧바로 비틀거리며 미찌꼬의 스툴을 잡았다. 그리고 뒤에서 무언가를 중얼댔다. 이번에는 목소리가 나오지 않았다. 미찌꼬는 입을 다물고 있었다. 그러자 미군 병사가 갑자기 미찌꼬가 앉아 있는 스툴을 힘껏 돌렸다. 미찌꼬는 한바퀴 빙글 돌았다. 스툴에서 하마터면 굴러떨어질 뻔했다. 미군 병사는 미찌꼬의 등에 업힐 듯이 위에서 감싼 자세로 턱을 들고 크게 웃었다. 하지만 목소리는 약했고 점차 작아졌다. 미찌꼬는 얼굴이 굳은 채 정면 유리를 바라보았다. 잠시 후 미군 병사는 힘없이 미찌꼬의 등에 뺨을 비비다가 바닥에 주저앉았다. 마담이 다가왔다. 마담은 쭈그리고 앉아 미군 병사의 등과 머리를 어루만지며 듣기 좋은 말을 귓가에 연이어 속삭이면서 달랬다. 마담이 부축을 하자 미군 병사는 가까스로 일어섰다. 미군 병사는 마담이 상대하고 있던 다른 두명의 미군 병사가 있는 것을 알아채고 그 자리에 섰다. 그리고 문을 연 상태로 가만히 보다가 "너희들도 곧 베트남에서 죽을 거야" 하고 혀 꼬부라진 소리를 했다. 그 미군 병사는 마담에 떠밀려서 밖으로 나갔다. 마담은 미찌꼬의 어깨를 가볍게 두드렸다.

"재키라는 신병이야. 아직 열아홉살밖에 안된 아이인데 어제는 정말 심하게 굴었어. 술을 많이 마시지도 않았는데 엄청난 힘이 생겨서 저기 있는 크로톤croton[4]이랑 천년목千年木[5] 화분을 구석으로 쓰러뜨렸어. 또 의자랑 테이블을 높이 쌓아올리지 뭐야. 전쟁터에 있다고 생각했던 모양이야. 그 안에 들어가더니 '헤이 컴 온, 컴 온' 하면서 큰 소리를 질러댔어. 끌어내기가 얼마나 힘들던지. 뒷정리는 또 어떻고."

마담이 자기 자리로 돌아갔다. 카운터에 남겨진 얼음 조각이 반짝이고 있었다. 미찌꼬는 얼음 조각을 집어들었다. 차가웠다. 하지만 얼음이 녹아서 물이 될 때까지 두 손으로 쥐고 있었다. 눈에 눈물이 어려서 코드펜던트 조명의 어둑한 빛이 뿌예졌다. 로맨틱한 기분에 젖고 싶었던 것이라고 미찌꼬는 어렴풋이 생각했다. 손의 감각이 마비돼 차가운 느낌이 조금씩 덜해졌다. 재키는 결코 내게 난폭한 짓을 하지 않을 거야. 미찌꼬는 그렇게 직감으로 느꼈다.

일단 기억이 떠오르자 미찌꼬는 이상하게 안심이 됐다. 재키는 A싸인 바에서 난폭하게 굴었다. 어딘가 비뚤어져 있었다. 하지만 그는 고독했다. 한마리 늑대 같기도 했다. 벌써 애 아빠가 됐다고 말한 것에서는 묘한 귀여움이 느껴졌다. 재키가 군인이라는 사실을 미찌꼬는 생각했다. 오히려 진지한 군인이 더 무섭다. 미찌꼬는

4 대극과에 속하는 상록 관목.
5 용설란과의 상록 관목으로 코르딜리네(Cordyline)라고도 한다.

그렇게 생각했지만, 그래도 어느 쪽인가 하면 왠지 모르게 재키를 따라가고 싶은 생각이 들었다.

재키는 피카디리국영관ビカデリー國映館[6] 근처에 있는 드라이브인에서 햄버거와 루트비어 2인분을 샀다. 뾰루지가 난 웨이트리스가 미찌꼬에게 영어로 돈을 내라고 했다. 갑자기 큰 소리로 일본어를 해서 놀라게 해주면 어떨까 하는 생각을 했다. 재키가 달러를 냈다. 오늘 오후까지만 해도 자신이 혼혈이라는 사실이 그다지 신경쓰이지 않았는데…… 미군 병사와 지프차. 확실히 난 미국인이다. 미찌꼬는 피부색까지 백인 여자와 똑같이 하얗고, 머리카락도 자연스럽게 곱슬곱슬하면서 갈색이다. 하지만 살결은 오끼나와 사람의 피가 섞였기 때문인지 백인 여자보다 더 곱다. 또한 반대로 머리카락은 더 굵다. 하지만 어쨌든 오끼나와 사람으로 보이는 풍모는 아니었다. 그런데 어딘가 이상해 보이는지 코나 입 주위에 아이스크림을 잔뜩 묻힌 오끼나와 아이들이 선 채로 미찌꼬를 가만히 보고 있었다.

영화관에서는 「썰물引ち潮」[7]을 상영하고 있었다. 입간판에 그려진 까뜨린 드뇌브는 당당하게 미소 짓고 있었지만 영화 속에서는 웃

140

지 않았다. 휴식시간이 되자 영화관 안이 꽤 환해졌다. 옆에 있는
남자가 오끼나와 사람이 아니어서 마음이 편했다. 혼자 있을 때라
면 역시 타인의 시선이 어쩐지 신경 쓰일 것임에 틀림없다. 재키는
태연하게 매점에서 껌을 산 뒤 화장실로 들어갔다. 행동이 자연스
러웠다. 미찌꼬는 입술을 실룩거리면서 웃었다. 그러나 지나치게
오끼나와 사람에게 익숙해져 있다고 생각했다.

"어디 출신이야?"

"뉴올리언즈. 노예 수입항이었고 미시시피 강을 끼고 있어. 흑인
들의 생기가 넘치는 곳이야. 인구 사백만 중에 삼백만이 흑인이야.
목화 노동자나 실업자인 주제에 아침부터 밤까지 큰소리치면서 살
아가고 있지."

"오끼나와에는 언제 왔어?"

"석달 전인가. ……되도록 아무것도 기억하지 않으려고 해."

뉴스 영화[8]는 데모하는 모습을 상영하고 있었다. 아나운서는
B52 비행 반대 데모, 자위대 오끼나와 상주 반대 데모라고 설명했
다. 이 영화관에서 몇 킬로 떨어진 미군기지에서 한달쯤 전에 일어
난 데모였다. 갈고리가 있는 굵은 로프 몇개를 철조망 맨 위에 걸
고서 수십 수백명의 데모 군중이 그것을 끌어당겼다. 철조망이 휘
어지더니 기울기 시작했다. 협죽도의 가지와 잎이 눌려 휘어졌다.
미군 병사들이 안에서 손가락과 끈을 철조망에 걸고서 필사적으로

_____

8 영화관에서 상영되던 극장용 뉴스. 현재는 거의 사라졌다.

지탱했다. 그런 미군 병사를 노리고서 옆에 있던 남자 여자 할 것 없이 돌을 던졌다. 그러자 오끼나와인 기동대원이 방패를 나란히 하고서 밀어냈다.

재키는 꼼짝도 하지 않고 보고 있었다. 어떤 기분일까? 오끼나와인은 어떤 기분으로 재키와 나를 바라볼까. 영화가 끝났다. 재키에게 아무것도 묻지 않았다. 오끼나와 사람들의 얼굴을 보지 않으려고 하면서 영화관을 나왔다. 재키가 식사하러 가자고 했다. 오끼나와인 어머니의 기분이 어쩌면 지금의 자신과 똑같았을지도 모른다. 미찌꼬는 재키의 제안을 잠시 생각해보다가 사양했다. 집까지 바래다주겠다는 제안도 사양했다.

"그럼 나흘 후에 내가 소속된 밴드의 연주회가 있는데 들으러 와줄래."

재키는 잇달아 권했다. 미찌꼬는 주저했다. 하지만 가겠다고 했다.

"그럼 밴드 동료의 아이에게 마중하러 가라고 할게. 아이라 해도 너랑 나이가 비슷할 거야…… 너희 집 약도를 그려줘."

미찌꼬는 스케치북에 자신이 사는 아파트 약도를 그려서 재키에게 줬다. 재키는 미찌꼬가 어떤 사람인지에 대해서는 한마디도 묻지 않았다.

나흘 후, 토요일 오후 4시가 지날 무렵이었다. 노크 소리가 났다. 미찌꼬는 스테레오를 끄고 문을 열었다. 여자는 위아래로 적동색 매니시룩mannish look 차림을 하고 있었고 긴 머리카락을 머리 중심에서 좌우로 갈라 어깨까지 늘어뜨리고 있었는데 인사도 없이 말을 걸었다.

"미스 미찌꼬?"

미찌꼬는 고개를 끄덕였다. 여자는 화장을 짙게 하지는 않았다. 그녀는 영어로 자신이 재키의 밴드 동료인 지미의 큰딸로 '마리'라고 한다고 했다. 미찌꼬는 연갈색 테이퍼드슬랙스를 입고 있었다. 공연장에서 스커트를 입고 있으면 신기하게 쳐다보는 미군 병사가 있을 것 같았다. 하지만 블라우스 사이로 비치는 가슴은 확실히 부풀어올라 있었다.

이신다石平[9]에서 승합버스에서 내렸다. 포트 버크너Fort Buckner 극장까지 잠시 걸었다. 낮부터 소나기가 간헐적으로 반복해 내렸다. 푸른 잔디가 더욱 두드러져 보였다.

달러를 절약하기 위해서인지 기지 정문 초소에는 오끼나와인 경비의 모습이 보이지 않았다. 미군 경비병은 마리의 용건을 건성으로 듣는 듯했다. 그의 눈은 미찌꼬와 마리의 얼굴과 몸을 훑었다. 8월 중순이었다. 비가 내렸는데도 더위는 수그러들지 않았다. 오히려 더 더워진 것 같았다. 뒤를 돌아다봤다. 경비병은 정문 초소에서 나와 미찌꼬와 마리를 바라봤다. 아스팔트 길이 길게 나 있었다. 길이 여러 방향으로 갈라져 있었지만 마리는 헤매지 않았다.

포트 버크너 극장은 아치형 지붕이 있고 높으면서 횡으로 길었

---

9 오끼나와 키따나까구스꾸 마을(北中城村)에 있는 지명.

다. 건물 안은 냉방이 되고 있었다. 긴 복도에 미군 병사들이 모여 있었다. 그들은 하던 이야기를 중단하고 미찌꼬와 마리를 눈으로 훑었다. 한명이 담배연기를 세게 내뿜었다. 마리는 일부러 엉덩이를 흔들며 얼굴을 비스듬히 위로 향한 채 남자들 사이를 가르듯이 걸었다. 검표하는 남자가 미찌꼬와 마리를 안내했다. 좌측 앞열에 있는 자리였다. "앞에 있는 아가씨들, 스트립 댄스를 춰봐." 겁쟁이처럼 알아듣기 힘든 소리로 누군가가 말했다. 벨이 울렸다. 만석이었다. 여섯개의 문에서 서로 밀듯이 들어온 미군 병사들이 좌석과 좌석 사이의 통로에 앉았다. 실내의 불빛이 어슴푸레해졌다. 막이 올랐다. 무대 위에 나타난 네명의 밴드 멤버에게로 조명이 비춰졌다. 박수와 환호성으로 극장 안이 떠들썩했다. 작은 체구의 사회자가 간략하지만 몸짓이 큰 인사를 했다. 다음으로 밴드 멤버 네명이 한마디씩 인사를 했다. 그중 셋은 유머가 있었지만, 재키는 진심인지 농담인지 모를 소리를 했다.

"나의 명연주를 듣는 것도 이번 겨울로 끝이야. 잘 들어둬."

미찌꼬는 얼굴을 마리에게로 향했다.

"본국에서라면 밴드도 즐거운 유희인데 여기선 유희로 연주하지 않아. 그렇다고 아주 진지하지도 않지만."

마리가 말했다. 미찌꼬의 얼굴은 보지 않았다. 재키가 상체를 구부리고 색소폰을 불었다. 얼굴이 붉게 물들었다.

"저기 베이스 기타를 치는 사람이 우리 아빠야."

마리가 말했다. 머리 앞부분이 벗겨지고 콧수염을 기른, 거무스름하고 기름진 얼굴의 남자였다. 밴드 대원들은 모두 아이비 셔츠를 입고 있었다. 다들 단추를 풀어헤쳤으며 검고 가느다란 끈으로 머리를 동여매고 있었다. 미군 병사들은 음악에 맞춰 손뼉을 치거나 함성을 지르거나 몸을 흔들거나 손가락 피리를 불었다. 두시간 넘게 계속 연주만 했다. 미찌꼬는 재키의 긴장한 얼굴을 보자 피곤해졌다. 겨우 막이 내렸고 장내에 불이 들어왔다.

"영화도 보고 갈래?"

마리가 말했다. "오륙분 있으면 시작할 거야."

무슨 영화일까? 미찌꼬가 물어볼 틈도 없이 마리가 자리에서 일어났다.

"기다려. 콜라라도 사올게."

마리는 미군 병사들을 좌우로 가르듯이 하며 앞으로 나아갔다. 한동안 미찌꼬를 가만히 보고 있던 남자 셋이 접근해왔다. 그러자 다른 남자 몇명이 그 주위를 둘러쌌다. "언제 돌아가?" "집은 어디야?" "이름은?" 남자들이 연달아 물었다. 미찌꼬는 가볍게 고개를 옆으로 저으면서 붙임성 있게 웃어 보였다. 어떻게 대답하면 좋을지 잘 몰랐다. 잠시 후 마리가 돌아왔다.

"너희들 뭐야. 이제 영화가 시작될 거야. 자리로 돌아가, 어서."

마리가 말했다. 하지만 미군 병사들은 좀처럼 포위를 풀지 않았다. 마리는 모른 체하며 콜라를 마셨다. 벨이 울렸다. 미군 병사들이 소란을 피우며 자리로 돌아갔다.

베트남에서 생활하는 미군의 모습이 비춰졌다. 병사들은 남아도는 물자와 식량에 둘러싸여 있었다. 모든 병사들이 낙천적으로 보였다.

십여분 후에 비친 영상의 의도를 미찌꼬는 알 수 없었다. 미 공군기는 두대씩 조를 편성해 적을 공격하고 있었는데 그중 한대가 고사포 공격을 받아 불길에 휩싸였다. 파일럿은 조종석과 함께 퉁겨올라 탈출했고 곧 낙하산을 펼쳐 천천히 낙하했다. 낙하산은 콩알처럼 되더니 풀밭에 착지했다. 그러자 주위의 덤불 속에서 수십명의 베트콩이 나타나 낙하한 병사 주위로 개미처럼 모여들었다. 미찌꼬는 숨이 막혔다. 미찌꼬의 아버지는 한국전쟁에서 죽었고, 아버지를 뒤쫓아 한국으로 건너간 엄마도 어떤 사건에 휘말려 죽었다고 외할머니가 몇번이고 미찌꼬에게 훈계하듯이 말했다. 영화의 아나운서는 계속 복수심과 단결심을 소리 높여 호소했다. 미군 병사들이 술렁거렸다. 목이 긴 미군 병사가 무대 위로 뛰어올라갔다. 눈에 보이지 않는 무언가를 찾고 있는 것처럼 불안해 보였다.

"겁내지 마! 우리가 도와주러 갈게."

목이 긴 미군 병사가 두 주먹을 눈앞에 쥐어 보이면서 외쳤다. 비명처럼 날카로운 소리여서 알아듣기 힘들었다. 그러자 통로에 앉아 있던 스무명이 넘는 미군 병사들이 지금 눈앞에서 적에게 습격당한 낙하산 병사를 도울 것처럼 차례차례 함성을 지르며 무대 위로 뛰어오르더니 객석을 향해 제각기 경직된 팔을 휘두르면서 외쳤다. 다른 미군 병사들도 자리에서 일어나기 시작하더니 무대 바로 앞까지 몰려들었다. 자동 영사기인지 영상은 사라지지 않았다. 아나운서의 목소리는 냉정해져 있었다. 마리가 미찌꼬의 손을 잡아끌었다. 미찌꼬와 마리는 빠른 걸음으로 미군 병사들 사이를 지나 옆문으로 빠져나왔다.

그날밤은 양력 보름이었는데 회색빛을 띤 검은 구름이 넓게 펼쳐져 계속 흘러갔다. 비가 조금 내렸지만 빗방울은 굵었다.

"미국인은 내가 철이 들 무렵부터 계속 전쟁을 해왔어. 이젠 전쟁도 그냥 예삿일 같아. 내 생각이 얕은 거지."

"기다려봐. 기지 택시를 부를게."

마리는 극장 안으로 다시 들어갔다. 비를 맞으며 가자고 미찌꼬가 말했다. 젖은 아스팔트 도로에 외등 불빛이 비쳐서 희미하게 반짝이고 있었다. 쿠와디사의 두툼한 잎사귀가 싱싱함을 되찾았는지 활짝 펼쳐졌다. 택시가 섰다. 마리가 창문을 열더니 손짓을 했다. 무슨 말을 할 수 없게 제멋대로라는 생각이 들었다. 어깨동무를 하고 걷고 있던 미군 병사 두명을 뒤로하고 택시가 달렸다. 얇은 웃옷이 피부에 착 달라붙었다. 그 낙하산 병사는 우리 아버지였는지도 몰라…… 미찌꼬는 그렇게 생각했다. 아니야, 그건 베트남전 영화였어. 아버지를 떠올려서는 안돼. 아버지는 훌륭하게 돌아가셨으니까 말이야.

"난 아직 군인의 시체를 본 적이 없어."

미찌꼬가 마리를 보며 말했다.

"………"

"재키도 저기서 떠들고 있을까?"

"재키는 우리 아버지의 눈으로 보면 햇병아리야. 아버지는 몇번이고 전쟁터에서 살아나왔으니까."

"………"

"아, 비 오는 날엔 한잔하고 싶어. 일하기 싫은데 한잔하러 갈까?"

마리는 양손으로 머리카락을 들어올렸다. 의외로 작은 얼굴이었다. 미찌꼬는 고개를 끄덕였다.

에어포트 거리에서 기지 택시에서 내렸다. 컬러 블록을 깔아놓은 길을 따라 종려나무가 심어져 있었다. 종려나무의 울퉁불퉁한 껍질이 비에 젖어 네온 불빛을 받고서 춤을 추었다.

카바레 '미드웨이'의 무거운 문을 밀어젖히고 들어갔다. 벽에 붙어 있는 누드 사진에 뺨을 비비고 있던 미군 병사들이 미찌꼬와 마리를 부둥켜안으려 했다. 마리가 밀어내면서 거세게 말했다.

"우리는 손님이야."

광대뼈가 나온 미군 병사가 소리 없이 웃으며 몇번씩이나 고개를 끄덕이더니 밖으로 나갔다. 안은 어두웠다. 미러볼이 바닥에서 서로 껴안고 꿈실거리는 남녀를 비췄다. 미찌꼬와 마리는 카운터에 앉았다. 미찌꼬는 미군 병사들 집단에 의해 능욕당하지 않을까 등 뒤가 걱정되었다. 아니야, 하며 미찌꼬는 고개를 저었다. 능욕당할 거였으면 그날 재키의 지프차에 탔을 때 이미 당했을 거야. 능욕을 하고 능욕을 당한다는 말은 얼마나 끔찍한 말인가. 왜 연애를 하면 안되는 걸까. 카운터 안의 여자가 마리가 맡겨둔 위스키를 내

췄다.

"이분이 마마야."

마리가 소개했다. 오끼나와인인 마담은 눈에 웃음기를 전혀 띠지 않은 채 고개를 끄덕였다. 마흔 중반쯤 되었을까, 머리카락은 짧게 정리돼 있었고, 턱선은 흘러내릴 듯이 야무졌으며, 슈트의 앞가슴까지 좁아서 이 술집과는 잘 맞지 않는 듯한 느낌이 들었다. 마리와 마담은 달러 이야기를 하기 시작했다. 말수가 줄어들었다. 미찌꼬는 위스키 잔을 실내등에 비춰보며 흔들었다. 검붉은 액체가 선명하게 흔들렸다. 계속 흔들었다. 가볍게 어지럼증이 일었다. 조금 전부터 미찌꼬는 카운터 구석에 앉아 있는 큰 체구의 미군 병사에게 신경이 쓰였다. 그는 검붉은 집게손가락을 위스키 잔에 찔러넣고서 힘없이 계속 휘젓고 있었다. 입가와 목과 손을 따라서 술인지 침인지 계속 흘러내리고 있었다. 미찌꼬는 안 보는 척하며 계속 바라봤다. 마담이 미찌꼬에게 말했다.

"저 남자는 술을 거의 안 마셔. 다른 술집에서 마시고 온 것 같지도 않고…… 마약을 한 걸까."

마담은 마리가 담배를 입에 물자 라이터로 불을 붙여줬다. "웬만한 미군 병사는 아무리 침울하더라도 내가 웃어주면 반드시 웃는데 말이야."

마담은 역시 웃음기 없는 얼굴로 미찌꼬를 바라봤다.

등 뒤에서 누군가가 어깨에 손을 얹어 미찌꼬는 깜짝 놀라서 돌아봤다. 윤기 나는 검은 머리가 어깨까지 내려온 여자였다. 여자는 쌍꺼풀이 있는 동그란 눈을 반짝이며 웃어 보였다.

"너 미찌꼬지? 킨조오 미찌꼬金城美智子 맞지."

미찌꼬는 엉겁결에 고개를 끄덕이고서 여자의 정체를 필사적으로 더듬어봤다.

"나 기억 못해? 뭐 당연하지. 너도 변했고 나도 꽤나 변했으니…… 나 마찌꼬야. 하나시로 마찌꼬花城マチコ. 여기선 마리아라고 불리지만. 아 참, 마마, 바이올렛이랑 스크루드라이버 한잔 더요."

여자는 두개의 빈 잔을 카운터에 놓았다.

"네가 마찌꼬라고……"

미찌꼬는 불안한 눈으로 여자를 보았다. 마찌꼬가 미찌꼬의 손을 잡았다. 마찌꼬는 중학교 때 반 친구였다.

"너 꼬자ㄱ゙ 고등학교에 들어갔었지. 벌써 졸업했니? 일을 하는 거야?"

마찌꼬가 미찌꼬 옆의 스툴에 앉으며 말했다.

"올해 졸업했어, 3월에. 아직 일다운 일은 못하고 있어."

"아무 일도?"

미찌꼬가 고개를 끄덕였다.

"너 중학교 때부터 영어를 참 잘했잖아. 일은 얼마든지 있어."

"그래."

"그래도 너 정말 용케 나쁜 길로 빠지지 않았구나. 외할머니 밑에서 자랐는데도 말이야. 아마 예뻐서 그럴 거야. 자신감이 있으니까. 그렇지?"

미찌꼬는 미소를 지으며 고개를 가로저었다.

"인형 같아서 모든 동창이 널 부러워했지."

"아마 영어 공부에 빠져 있어서 그랬을 거야. 내가 나쁜 길로 빠지지 않은 것은 말이야."

엄마도 예전에 "미찌꼬, 참 예쁘구나" 하고 입버릇처럼 말하곤 했다.

마담이 스크루드라이버와 바이올렛피즈를 카운터에 놓았다.

"미요."

미찌꼬가 좌석 쪽을 돌아보며 불렀다. "술 나왔어. 가져가."

검은색 써큘러스커트를 입은 중학생 같은 몸매의 여자가 관엽식물 화분 옆의 어둠속에서 나오더니 잔을 가져갔다. 머리카락을 뒤로 모아올린 헤어스타일에 동안이었다.

"네가 너라면 모델이 됐을 텐데."

미찌꼬는 카운터에 놓여 있는 마담의 담배에 손을 뻗어 한개비를 뺀 뒤 입에 물고서 미찌꼬에게도 권했다. 미찌꼬는 가볍게 고개를 저었다.

"처음부터 이런 가게에서 일했니?"

"응. 언니 호적초본으로 들어왔어. 중학교 2학년 때였지. 사장은 분명히 알았으면서도 받아줬어. 그 가게는 충분히 이익을 내고 있었는데도 매춘 같은 것을 가게 안에서 했어. 그러다 매독 환자가 생겨 출입금지 팻말이 가게에 붙게 되었지. 그래서 뛰쳐나왔어."

"기억난다. 2학기 때부터였지? 그래도 넌 스스로 뭔가 하겠다고 결정한 거잖아. 난 내가 뭘 하고 싶은지 아직도 잘 모르겠어."

"아니야. 그냥 다 싫었던 것뿐이야. 집과 학교에서 이걸 해라 저걸 해라, 매일 그랬잖아…… 해도 그만 안해도 그만인 것들인데. 정말 싫었어."

"마리아."

뒤에서 가늘게 귀청을 찢는 듯한 소리가 록 음악을 뚫고서 들려왔다. "바비가 불러. 얼른 와."

방금 전에 본 여자 같았다. 마담이 마찌꼬에게 눈으로 신호를 했다.

"나도 이렇게 비 내리는 날에는 조용한 음악을 들으며 앉아 있고 싶은데, 미군 병사들의 기운을 북돋아줘야 하는 신세야…… 너 꼬자コザ[10]에서 살지?"

"고야에서 살아."

"집에 전화 있니?"

미찌꼬는 고개를 끄덕였다.

"여기에 번호를 적어줘."

마찌꼬는 술집 성냥갑을 미찌꼬에게 내밀었다. "내가 놀러 가면 귀찮지 않을까?"

"언제든지 와. 대환영이야."

미찌꼬는 핸드백에서 볼펜을 꺼내 전화번호를 적었다.

---

10 과거 오끼나와현에 있던 시로 1974년에 오끼나와시로 재편됐다. 일본의 도시 이름 중에서 유일하게 카따까나로 표기했다.

"자, 그럼 나중에 봐."

마찌꼬는 성냥갑을 가슴주머니에 넣고 담배를 비벼끈 뒤 자리로 돌아갔다. 마리는 꼼짝도 않고 담배를 피우고 있었다. 미찌꼬에게 말을 걸려는 모습도 아니었다.

"중학교 때 친구야."

미찌꼬가 말했다. 마리는 미찌꼬를 보지 않고 중얼거렸다.

"……떠들썩하게 놀고 싶어 왔는데 미군 병사들이 떠들어대니 그럴 마음이 싹 사라져버렸어."

세 그룹의 미군 병사와 호스티스가 몸을 꼬며 춤추고 있었다. 댕댕 하고 소리가 났다. 미찌꼬는 소리 나는 쪽을 쳐다봤다. 싸이드보드의 대각선 위에 괘종시계가 걸려 있었다. 소리가 아홉번 났다.

"이런 가게에 괘종시계가 있다니 신기하네."

미찌꼬는 누구에게라고 할 것 없이 말했다. 마담이 대답했다.

"어머니 유품이야. 수호신이지."

사흘 후 정오가 조금 지난 때였다. 다시 더위가 찾아왔다. 미찌꼬는 샤워를 하고 있었다. 전화가 울렸다. 황급히 옷을 걸쳤다. 마찌꼬였다. 그녀는 추잉껌을 씹으면서 4시에 놀러 가도 되느냐고 물었다. 미찌꼬는 두 팔 벌려 환영한다고 조금 과장되게 대답하고는 "직업안정소 옆에 있는 이즈미소오泉莊 204호실이야"라고 몇번이나 알려주었다.

미찌꼬는 4시 조금 전에 아파트 옥상의 공동건조장에서 빨래를 말리고 있었다. 안뜰에 중고차로 보이는 토요따 코로나가 멈춰섰다. 빨간 미니스커트를 입은 여자가 내렸다. 마찌꼬라는 것을 바로 알아보았다. 양산까지 빨간색이었다. 군인 머리를 한 남자가 운전석에 앉아 있었다. 미찌꼬는 계단을 뛰어내려갔다.

마찌꼬는 열려 있는 문을 노크했다.

"어서 와. 같이 왔구나."

미찌꼬는 마찌꼬에게 말한 후 재키에게 가볍게 인사했다. 왜 마찌꼬는 재키랑 같이 왔을까. 미찌꼬는 한순간 침묵했다.

"길가에서 택시를 기다리고 있는데 재키가 태워줬어. 가끔 가게에 놀러 오거든. 맞아, 지난번 너랑 온 여자와 같이 오기도 했어. 널 알고 있다고 해서 데려왔어…… 너, 혼자 사는구나?"

미찌꼬는 고개를 끄덕이며 방석을 권했다. 마찌꼬는 창가에 앉았다.

"선풍기 틀어도 되지. 에어컨에 익숙해서 더운 건 못 참아."

남향 창문은 열린 상태였다. 커튼이 바람에 크게 부풀어오르며 펄럭였다.

"콜라가 좋아? 커피가 좋아?"

미찌꼬가 부엌에서 말했다.

"차를 줘. 가게에서 여러가지를 마시니까 차가 제일 좋아."

"재키는?"

미찌꼬는 재키에게 영어로 물었다.

"재키도 차."

마찌꼬가 대답했다. 미찌꼬는 차와 과자를 둥근 상에 차려서 내왔다.

"미안한데 발 좀 뻗을게. 의자에 앉아만 있어서."

딱딱하게 책상다리를 하고 앉아 있는 재키의 발에 계속 몸이 닿을 듯 가까이 있던 마찌꼬는 발을 뻗고 실내를 둘러봤다.

"너 일도 안하는데 어떻게 이렇게 살 수 있어?"

마찌꼬는 차를 홀짝홀짝 마시면서 눈을 치뜨고 미찌꼬를 바라보았다.

"엄마가 운영했던 약국의 권리를 큰이모한테 넘겼어. 벌써 십년도 더 된 일이야. 대신에 외할머니 병원비와 내 생활비를 계좌로 매달 받도록 했어. 월세도 무료인데 이 아파트가 큰이모 부부 것이거든."

"너 부자구나."

"그런가. 외할머니가 이년 전에 돌아가시고…… 지금은 매달 육십 달러만 받고 있을 뿐이야…… 뭔가 비싼 물건이 사고 싶으면 아르바이트를 해. 미군 병사들의 초상화나 자수 밑그림을 그리지. 반쯤은 취미지만."

"정말? 나 자수 가게를 하고 있어. BC 거리¹¹ 알지. 작지만 여자 종업원도 한명 있어. 가게 이름은 마찌꼬야. 조만간 꼭 놀러 와."

"그럼 앞으로 자수 밑그림을 네 가게에 부탁할게. ……이제 차가

11 '일본 복귀' 전의 류우뀨우 정부도로 27호선의 애칭. 현재 명칭은 '중앙파크애비뉴'이다.

워졌을까."

미찌꼬는 자리에서 일어나 부엌으로 갔다. "단팥죽이야. 손님 접
대용으로는 오년 만에 만들어본 거야. 흑설탕이라 살도 안 찌고 피
부에도 좋아."

차가운 단팥죽을 먹었다. 재키는 한그릇을 더 먹었다. 다 먹은
후에 미찌꼬는 식기를 부엌으로 치웠다. 재키는 가져온 색소폰을
시험 삼아 불었다. 뺨을 부풀리며 벽을 응시하고 있었다.

"재키, 오늘밤에 연주해?"

미찌꼬가 상을 닦으며 말했다.

"아니. 이 마우스피스를 오늘 여기 오기 전에 샀는데 상태가 안
좋네."

"소리가 커. ……라디오 좀 꺼줄래."

마찌꼬가 담뱃재를 재떨이에 털며 말했다. 재떨이는 분명 개수
대 위에 두었었는데…… 재떨이 내오는 것을 잊어버렸음을 미찌꼬
는 알아차렸다. 하시 유끼오橋幸夫[12]의 방랑 노래가 라디오에서 흘러
나오고 있었다. 미찌꼬는 라디오를 껐다.

"노래는 가게에서 너무 많이 들어."

마찌꼬가 말했다. "하지만 이미 중독됐어. 방에 혼자 있을 때에
는 안절부절못한다니까. 너, 저 사람이랑 깊은 사이니?"

마찌꼬가 턱으로 재키를 가리켰다.

---

12 1960년대부터 활동한 토오꾜오 출신의 가수로 배우, 작곡가, 프로듀서로도 활
동했다.

"아니."

미찌꼬는 엉겁결에 고개를 저었다. "오늘로 세번째 만남일 뿐인걸."

"깊은 사이면 어때. 난 반년 전까지 톰하고 동거했더랬어. 톰이 베트남으로 떠나서 이제 한동안 좀 쉬려고 해. 연이어 남자를 만드는 것도 구차하니까."

"………"

"해가 지고 있네."

마찌꼬가 손을 뻗어서 커튼을 쳤다.

"이맘때면 늘 해가 지는데 커튼을 치더라도 나는 이 방에서 안절부절못하곤 해. 비가 오거나 날이 흐려도 이맘때가 되면 무더워져. 그래서 나는 할 수 없이 외출을 해. 스케치를 하러 가지. 특별히 뭐 할 일도 없으니까. 아니, 오늘은 괜찮아. 너랑 재키가 와 있으니까 말이야."

"다행이야. 내가 와서 귀찮으면 어쩌나 했어."

마찌꼬는 재키에게 엄지와 집게손가락으로 동그라미를 만들어서 OK 싸인을 해 보였다. 이유는 알 수 없었지만 재키는 입가를 실룩거리며 웃었다. "나도 지난번 밤에 너랑 만난 게 기뻐서 미군 병사들에게 듬뿍 서비스를 해줬어."

"중학교 다닐 때 네가 나를 곧잘 감싸줬잖아. 나보다 몸도 작았는데…… 그때는 자기주장을 하면 할수록 구렁텅이에 빠져드는 것 같은 기분이 들었어."

"그랬지. 앨범 보여주지 않을래. 가지고 있니?"

미찌꼬는 고개를 크게 끄덕이고는 자리에서 일어나 옷장 서랍을 열고 앨범을 꺼냈다. 마찌꼬는 무릎을 꿇고서 상 위에 앨범을 펼쳤다. 미찌꼬는 냉장고에서 맥주를 꺼내 재키에게 주고 마찌꼬 옆에 앉았다. 진한 향수 냄새가 났다.

"좋은 냄새가 나네."

"너랑 만날 때에는 화장을 진하게 하고 싶지 않은데, 그래도 화장을 안하면 알몸으로 거리를 걷는 기분이 들거든…… 이거 어디야?"

"히메유리 탑[13]이야. 소풍 때 갔었잖아…… 참호 뒤편이야."

"이상한 곳에 탑이 서 있네. 병사들의 유령이 찍혀 있지 않아?"

마찌꼬는 사진을 거꾸로 들었다. 재키가 미찌꼬와 마찌꼬의 목 사이로 들어와 뺨을 비빌 듯이 미찌꼬에게 밀착해 사진을 들여다봤다.

"뭐야, 재키. 저쪽에 가 있어."

마찌꼬가 재키의 옆구리를 밀었다. 재키는 쓴웃음을 지으면서 다시 티슈페이퍼로 색소폰을 닦기 시작했다.

"아무것도 모른 채 나팔만 불고 있어."

---

13 2차대전 말기인 1944년 12월에 일본 군부의 명령으로 오끼나와에서 여학도대인 히메유리 학도대가 조직됐다. 8개의 학도대로 나눠진 200명이 넘는 오끼나와 여학생들은 전쟁터에 나가서 간호병사 역할을 하다 반 이상이 숨졌다. 히메유리 탑은 히메유리 학도대를 기리고자 1946년에 오끼나와 육군병원 제3외과 참호 위에 세워졌다. 히메유리(ひめゆり)는 꽃 이름으로 '하늘나리'이다.

마찌꼬가 눈으로 재키를 가만히 가리켰다. "이 남자, 겨울에 끝장날지도 몰라. 크리스마스가 끝나면 큰 전쟁에 참가할 것 같아."

"……재키, 맥주 가져다줄까?"

미찌꼬가 영어로 물었다. 재키는 맥주 캔을 흔들며 아직 남아 있다는 시늉을 했다.

"있잖아, 베트남에 안 가려면 어떻게 해야 돼?"

미찌꼬는 마찌꼬를 돌아보고 물었다.

"뭐야, 갑자기."

"살아남은 군인도 있잖아? 어떻게 죽지 않고 버텼을까."

"우리 가게에 마시러 왔었던 미군 병사 중에서 베트남에 파병된 후에 돌아오지 않는 사람이 몇명이나 있어. 우리도 베트남에 가는 미군 병사들에게는 고향이나 애인이 떠오르지 않도록 무척 애쓰고 있단다. 안 그러면 이 세상에 미련이 남잖아. 살아남더라도 정신이 이상해져버릴 수도 있고 말이야. 그저 신께 기도를 드리라고 할 수밖에 없어."

"죽으러 가는 사람을 눈앞에서 보고 있으면 괴롭지 않니? 넌 괜찮니?"

"그런 건 자주 생각하지 않아. 분명 각양각색의 미군 병사가 있지만 말이야. 정말 좋은 사람도 있지만 차츰 잊게 돼. 이런 이야기는 이제 그만하자."

마찌꼬가 미찌꼬에게 웃어 보였다. 억지로 만든 웃음 같았다. "난 매일 남자들한테 둘러싸여 있어. 그래서 이런 곳에서 너랑 둘이 있으니 정말 한숨 돌릴 것 같아."

미찌꼬가 고개를 끄덕였다.

"너, 이 사진은 뭐니?"

가랑이를 벌린 채 가로대를 넘고 있는 사진을 가리키며 마찌꼬는 입을 쩍 벌리고서 놀라는 표정을 지었다.

"이렇게 가랑이를 벌리고서."

"클럽활동을 지도하던 선생님이 찍은 거야."

미찌꼬는 혀를 내밀었다.

"그러고 보니 너 높이뛰기 선수였지."

"맞아. 벨리롤belly roll¹⁴이야. 그 무렵에 벨리롤은 드물었어. 내 다리가 기니까 그걸 활용한 거지."

미찌꼬는 소리를 내며 웃었다. "류우뀨우 친선운동회 기억나니?

마찌꼬가 고개를 끄덕였다. 미찌꼬는 이어서 말했다. "내가 우승했어. 미국 팀에는 170센티나 되는 선수도 있었어. 양국에서 다섯 명씩 선수가 나왔는데 2등도 오끼나와 선수가 했어. 마쯔까와 야스꼬松川安子였을 거야. 누군지 아니? 아니, 이 앨범에는 안 실려 있어. 잊었어? 우리 집 근처에 살았는데. 마르고 눈이 큰 아이로 중학교 1학년 때 브라질로 이민 갔잖아. 먼저 갔던 아버지가 불러들였는데, ……거기서 병으로 죽었다더라."

"그렇구나…… 부모의 죄가 크네."

---

14 높이뛰기에서 배를 아래로 향한 채 가로대를 뛰어넘는 방법.

마찌꼬가 담배에 불을 붙이며 말했다.

"그 무렵에 봤던 닌자忍者 영화 기억나니? 닌자가 뜰에 콩을 심고 매일매일 커가는 콩을 뛰어넘는 훈련을 한다는 내용이야. 나와 야스꼬는 콩이 없어서 옆집의 울타리를 뛰어넘는 게 버릇이 됐지. 자주 옆집 화단과 채소밭을 짓밟곤 했어. 얼마나 혼났는지 몰라. 말괄량이였지. 그 무렵의 나는 어디로 가버린 걸까."

"매일 즐겁게 지내는 게 제일이야."

마찌꼬가 담배를 재떨이에 올려놨다. "이거 학예회 사진이구나. 소학교 2학년 때 했던 사루까니갓센さるかに合戰[15]이네. 정말 재밌었어. 나는 맨 앞줄에 앉아서 봤단다. 너는 토끼였지. 그런데 사루까니갓센에 왜 토끼가 나오는 거야? 난 아직도 모르겠어."

"되도록 많은 학생이 출연할 수 있도록 선생님이 지어낸 거야."

"토오메當銘 선생님이었지. 너희 담임 선생님은 할머니였는데 여전히 건강하실까."

"난 토끼 가면이 너무나 마음에 들어서 연극이 끝나고도 벗지 않았단다. 그러다가 선생님한테 야단을 맞고 울었지. 하지만 내가 운 것에는 다른 이유도 있었던 것 같아. 나는 토끼 역할이어서 하얀 양말을 신고 있었잖아? 보는 사람은 아마 눈치채지 못했겠지만 그때 난 다리를 다쳤어. 그 극장은 낡아서 여기저기에 못이 튀어나와 있었거든. 그걸 밟아서 다쳤던 거야."

---

15 교활한 원숭이가 게를 속여서 살해하자 살해된 게의 새끼들이 복수를 한다는 내용의 일본 민화.

"그랬구나. 전혀 몰랐어. 너는 다리를 감싸쥐지도 않았잖아. ……그 극장은 망했어. 지금 술집이 몇채나 들어서 있는지 몰라."

"녹슨 못이어서 발바닥에 고름이 찼어. 엄마가 나를 업고 병원에 갔단다. 그날 일은 일기장에도 써놔서 좀처럼 잊히지가 않아……"

미찌꼬는 지나치게 말이 많아진 자신의 모습이 신기했지만 멈추지 않았다.

"병원이 더 멀었으면 좋겠다고 몇번이나 생각했는지 몰라. 마침 한겨울이어서 솜옷을 입은 채로 업혀 있었는데 엄마 등이 얼마나 따스하던지…… 겨울이라 마른 참나무 가로수가 양옆으로 계속 이어져 있었지. 참나무의 딱딱하고 마른 열매를 주워들고 꽉 쥐었던 감촉까지 아직 느낄 수 있어. 또 하나의 감촉까지도…… '미찌꼬, 너 뺨이 새빨갛구나' 하면서 엄마가 양손으로 뺨을 비벼주던 그 감촉까지도…… 그 가로수 길 사진, 누가 가지고 있지는 않을까? 나는 지구 끝까지라도 그 사진을 가지러 갈 수 있을 것 같아. ……우중충한 흐린 날이었지만 공기는 건조했어. 마른 잎이 바스락바스락 소리를 내면서 날아올랐어. 아니 떨어졌었나? 아무튼 바람에 날린 마른 잎이 머리카락과 얼굴에 닿았지. 엄마 체온으로 몸은 따뜻했지만, 발바닥은 욱신욱신 아파서 울고 싶었어…… 하지만 그후 엄마가 집을 나간 일은 거의 기억나지 않아. 일년 반 정도 뒤의 일인데…… 엄마는 늙었을까? 아니야, 아직 젊을 거야. 남자들이 반해서 고개를 돌리고 볼지도 몰라. 아니야, 엄마는 죽었어."

"그렇구나…… 너는 좋은 추억만 간직하고 있구나. 더 어릴 때 사진은 없니?"

"그렇네. 어떻게 된 걸까?"

마찌꼬가 앨범을 닫았다.

"너 처녀니?"

미찌꼬는 대답이 한순간 망설여졌다. 작게 고개를 끄덕였다.

"남자가 싫어?"

미찌꼬는 고개를 가로저었다.

"매일매일 오늘 일만 생각하도록 해. 다른 건 뭐든지 떼어내버려. 알았지?"

'마찌꼬는 내가 혼혈인 것을 나 자신이 지독히 신경쓰고 있다는 착각에 빠져 있어. 하지만 내 얼굴과 몸은 떼어낼 수 없어'라고 미찌꼬는 말하고 싶었지만 겨우 참았다. 자신이 비참하다는 생각이 들었다. 미찌꼬는 미소를 지으며 마찌꼬에게 연이어 고개를 끄덕이고서 재키를 돌아보며 말했다.

"우리들만 추억 이야기를 해서 미안해, 재키. 언젠가는 재키의 고향 이야기를 들려줘."

어제로 8월이 끝났다. 밤에 잠자기 힘들어 새벽녘에 몇번이나 잠을 깼다. 7시 전에 샤워를 했다. 그리고 등의자에 앉아 빗으로 머리를 빗었다. 오랜만에 참새 세마리가 찾아왔다. 머리와 꼬리를 부산스레 움직이는 모습이 불투명 유리 너머로 보였다. 아침 해는 아직 발밑까지밖에 기어나오지 못했다. 미묘한 냉기를 머금은 아침

바람이 목욕 가운 속으로 들어와 목덜미와 가슴을 매만졌다. 몇번이고 주저하다가 속옷을 벗었다. 어쩐지 대담한 행동을 해보고 싶었다. 그렇지, 화장실과 싸이드보드 위의 꽃을 바꿔야 하는데…… 일주일 전부터 반쯤 시든 상태였다. 무슨 꽃이 좋을까? 튤립은 아직 제철이 아니겠지? 그래그래, 꽃말을 찾아보는 것도 재밌을 거야. ……작년 이맘때에도 이렇게 등의자에 앉아 있었던 것 같다. 무슨 생각을 하면 좋을지 모르겠다. 내년 이맘때 난 뭘 하고 있을까? 눈을 감아봤다. 목조로 된 희고 커다란 집…… 이층에는 넓은 테라스가 있다…… 유칼립투스의 가지와 잎이 밖으로 뻗어 있다…… 나무 그늘의 흔들의자에 내가 앉아 있다…… 많은 나무 잎사귀가 흔들린다. 반짝여서 눈이 부시다. ……지금 큰이모네 장남 부부가 살고 있는 저 붉은 기와지붕 단층집에서 예전에 나와 엄마와 외할머니, 그리고 잠시 아버지도 함께 살았다. 저 집을 구석구석 뒤지면 아버지의 유품이 하나 이상 나올지도 모른다. 오늘은 왠지 '내가 만약 아버지 입장이었다면' 하고 생각할 수 있을 것 같다. 하지만 생각하는 것은 부질없다. 직접 말을 하고 싶다. 재키가 써준 전화번호 메모를 찾아서 과감히 마끼미나또牧港[16] 병참부대에 전화를 걸었다. 젊은 남자가 정중하게 전화를 받았다. 지금 시간에는 군사훈련 중이거나 취침 중이니 8시 50분에 다시 전화를 걸라고 했다. 나는 직감으로 재키를 믿었다. 그러지 않았더라면 처음 만났을

---

16 오끼나와 우라소에시(浦添市) 북쪽의 지명.

때 무서워서 한걸음도 따라가지 못했을 것임이 틀림없다. 창가의 작은 전화탁자에 놓인 어떤 단행본의 펼쳐진 페이지가 바람에 날려 펄럭였다. 무슨 책일까? 하지만 지금은 책을 읽고 싶은 마음이 조금도 들지 않는다.

8시 50분이 되었다. 미찌꼬는 코카콜라를 따서 목을 축였다. 교환원 남자가 전화를 연결해줬다.

"재키?"

"그렇습니다."

"……나 미찌꼬."

미찌꼬는 처음에 이름을 밝히지 않고 재키에게 알아맞혀보라고 하고 싶었지만, 재키가 다른 여자 이름을 몇명이나 나열할 것 같은 생각이 들어 그만두었다.

"오, 미찌꼬."

재키의 목소리가 조금 높아졌다. 미찌꼬는 갑자기 마음이 차분해졌다.

"거기도 더워?"

"여기는 에어컨이 나와."

"나는 말이야, 오늘 아침 일찍 일어나서 샤워를 했어. 지금은 창으로 들어오는 바람을 맞고 있어. 정말 무더울 것 같은 날씨인데 이상하게 피부가 단단히 죄어지는 듯한 느낌이 들어. 오늘도 더울까? 여기서는 하늘 끝이 보이지 않아. 거기서는 보여?"

"아니, 안 보여. 창문도 없어."

"그렇구나. 날씨가 좋은데 안타깝네. 희고 부드러운 빛을 받아서 내 얼굴이 하얗게 부드러워진 것 같아. 두껍게 화장을 한 적도 있지만, 이렇게 희고 부드러운 얼굴은 정말 처음이야."

".........."

"나는 지금 손거울에 얼굴을 비춰보면서 전화하고 있어. 내 머리카락이 이렇게 갈색인지 몰랐어. 좀더 검은색이 섞여 있는 줄 알았거든. 아, 이 손거울은 두번째야. 첫번째 손거울은 가만히 보고 있다가 뭐가 뭔지 혼란스러워서 책상 모서리에 던져 깨버렸어. 언제였는지 기억도 잘 나지 않아."

"조금 기다려줘."

전화기 주위에 모여 있는 동료 몇명을 재키가 내쫓고 있는 것 같았다.

"미안."

"누가 근처에 있구나."

"젊은 여자한테서 전화가 왔다고 소란을 피우고 있어. 내 머리와 어깨를 손가락으로 쿡쿡 찔러대."

"내가 폐를 끼치는 거야?"

"아니야, 상관없어."

"내가 수다를 떨 테니 상황이 안 좋으면 그냥 끊어도 돼."

"오케이."

"나는 지금 기분이 들떠 있어. 그래서 너에게 전화한 거야."

"상관없어."

"재키, 나 지금부터 참회할게. 그저 들어주기만 하면 돼. 참회니까 말이야. 우선 우리 아빠는 미국 군인이야. 백인이지. 군인이었다고 할까, 이십년이나 전에 한국전쟁에 참전한 병사였으니까. ……우리 아빠는 전쟁에 나갔으니 여자를 버릴 자격이 있는 걸까. ……재키는 아직 전쟁터에서 싸운 적이 없으니 여자를 버릴 자격이 없겠지? 맞아, 참회할게. 나는 말이야, 한번은 엄마가 아빠를 죽였다고 생각했어. 다양한 살해방법을 굉장히 자세하게 상상했었지. 그러자 기분이 굉장히 편해졌어. 그래도 표정은 여전히 굳어 있었나봐. 지금도 그렇지만 말이야. 이제 그런 무서운 생각은 안하지만 양손으로 뺨과 눈을 필사적으로 문지를 때가 있어. ……아빠는 날 좋아했을 거야. 이렇게 귀여운 딸을 어떻게 싫어하겠어. 아니, 농담이야…… 태어나서 처음 참회해보는 거라 무슨 말을 하면 좋을지 모르겠어. 난 아빠를 잊고 살았지만 엄마는 잊을 수가 없어. 나는 엄마에게는 불평할 수가 없어. ……재키 목사는 아내와 딸 중에 한명을 구하라고 한다면 어떻게 할 거야?"

"내겐…… 너무 어려운 질문이야."

"하지만 재키 목사는 만일 나 같은 여자가 애인이면 언젠가는 버리겠지?"

"난 분명히 너희 아버지와 똑같은 미국인이지만, 아무리 생각해도 그건 내 책임이 아닌 것 같아."

"누구도 네 책임이라고 한 적은 없어."

갑자기 재키에게 욕을 퍼붓고 싶은 충동이 솟구쳐서 미찌꼬는 깜짝 놀랐다. 이런 히스테릭한 피는 외국인의 피임에 틀림없다. 외국 영화에는 당치도 않은 상황에서 히스테리를 부리는 여자가 자주 등장한다. ……아니야, 모두 내 탓이야. 누구 탓도 아니야.

"남녀 사이의 문제는…… 함께 침대에 들어가면 해결된다고 언젠가 마리가 말했던 적이 있어. ……그런데 재키는 왜 그 철조망 옆에서 나한테 말을 건 거야?"

"술만 퍼마시는 여자나 섹스만 하는 여자가 아닌 보통 여자랑 이야기를 하고 싶었어."

"난 보통 여자인 거구나. ……재키는 지금 뭘 입고 있어? ……제복을 입고 있겠지. 난 목욕 가운 그대로야. 머리도 얼굴도 화장을 안했어. 하지만 머리카락에서는 샴푸 향이 나고 손가락에서는 비누 향이 나…… 왠지 가슴이 두근거려. 들고 있는 빗도 조금 흔들리는 것 같아. 침울한 날에는 도저히 이런 이야기를 하지 못해."

"뭐 기쁜 일이라도 있어?"

"마음이 즐겁고 기뻐. 하지만 현재 상황이 즐거운 건 아니야. 무슨 예감이 들어서 두근거려. 그래, 눈앞의 작은 테라스에 금잔화 화분이 있어. 그늘이 져 있지만 빛 알갱이가 아주 많이 달라붙어 있는 것 같아. 정말 그런 느낌이야. 하지만 나는 햇빛을 직접 받는 것이 조금은 무서워. 내 두 팔이 새하얗게 들여다보일 것 같아서 말이야."

"………"

미찌꼬는 전화기에 대고 소리 내 웃었다.

"뭐가 이상한 거야?"

"아무 일도 아니야. 있잖아, 그 철조망 옆에서 만났을 때 재키가 말을 많이 했잖아? 오늘은 뒤바뀌어서 조금 이상한 기분이 드네…… 거기에 아직도 누가 옆에 있어?"

"아니, 지금은 없어."

"내가 유쾌해질수록 재키는 침울해지는 것 같아."

"그렇지 않아."

"그럼 뭔가 나에게 이야기해줄래."

"………"

"맞아, 재키는 목사지."

"목사라고 부르지 말아줘."

미찌꼬는 참회할 수 있는 것만으로도 행복하다고 생각했다. 재키는 본심을 털어놓지도 못하고 참회도 하지 못했다.

"……어떤 훈련을 하고 있어?"

"그저께는 눈을 뜨고 자기도 했고, 진흙과 오물 사이를 기어가기도 했어."

"그랬구나…… 힘들었겠네. 하지만 힘내. 재키가 즐거워질 수 있도록 나도 노력할게. 두주도 안되는 사이에 내 편이 두명이나 생겼어. 한명은 마쩨꼬, 또 한명은 너야. 자, 이것으로 참회는 끝. 내가 기분을 상하게 하진 않았지? 재키는 기분이 좋아지는 것만 받아들이면 돼. 그렇지 않은 것은 내 본심이 아니라고 생각하고 용서해줘. 다음에 재키와 얼굴을 마주할 기회가 있을 때, 난 애교도 없고 과

묵할지도 모르지만, 그렇다 해도 신경쓰지 마. 참회는 진짜니까."

"다음주 수요일에 장교클럽에서 하와이언 파티가 있는데 함께 갈까? 네가 좋다면 말이야."

재키가 황급히 말했다. 미찌꼬는 빨리 전화를 끊고 싶은 거라고 생각했다. 미찌꼬는 고맙다고 말한 후에 약속을 하고서 전화를 끊었다. 앉은 채 손을 들어올리면서 몸을 쫙 폈다. 하루 종일 이대로 앉아 있고 싶다. 유쾌한 상상을 하고 싶다. 밖에서 노는 건 부질없다. 근처에 나무가 없는데도 작은 새 우는 소리가 시끄럽게 들려왔다. 몇년 만에 일기를 쓰고 싶은 마음이 들었다.

여자의 머리카락은 흰색에 가까운 금색이지만 수영복 사타구니 사이로 비어져나온 몇가닥의 털은 갈색이었다. 여자는 미찌꼬의 눈앞에 서서, 젊어서 대머리가 되긴 했지만 안색이 좋은 장교와 와인을 마시면서 대화하고 있었다. 미찌꼬는 문득 남자들의 호기심 어린 눈에 이 여자의 정체를 드러내 보여주고 싶다고 생각했다. 하와이언 파티에서 마시고, 먹고, 말하고, 노래하고, 춤추고 있는 모든 미군 장교들에게 귀엣말을 하고 싶었다. 여자는 웃으면서 선 채로 대화를 계속하고 있었다. 여자의 긴 다리와 팔에는 소름이 돋아나 있는 것 같았다. 미찌꼬는 그러나, 여자에게 귀엣말을 했다. 여자는 당황해하며 쭈그리고 앉았다. 미찌꼬는 다시 주위를 둘러봤다. 무대에는 마이크와 악보 스탠드가 그대로 서 있었지만 방금까지 연주하던 재키와 세명의 동료는 아직 돌아오지 않고 있었다. 뒤에 그려진 다이아몬드헤드Diamond Head[17]와 너무나도 하얀 해변과 푸른 바다와 짙은 야자나무가 갑자기 더 커다랗게 보였다.

길쭉하고 불그레한 얼굴의 남자가 다가왔다.

"아름다운 달밤이군요."

남자가 웃으면서 미찌꼬의 목에 히비스커스Hibiscus[18] 화환을 걸어주었다. 미찌꼬는 고개를 끄덕였지만 미소 대신 뺨이 굳어지고 말았다.

"물결 사이에서 제 댄스 파트너가 돼주시지 않겠습니까?"

이 장교의 영어에서는 사투리를 거의 느낄 수 없었다. 미찌꼬는 장교가 뻗은 손을 잡지 않고 혼자서 일어났다. 주위를 둘러보았지만 재키의 모습은 보이지 않았다. 남자는 미찌꼬의 허리에 가볍게 손을 둘렀다. 사방의 벽 꼭대기에 달아놓은 스피커에서 리듬감이 있긴 하지만 묘하게 나른한 하와이 음악이 흘러나왔다. 장교와 미찌꼬는 수영장 가장자리에서 춤을 췄다. 석양녘에 불어오는 차가운 바람에 미찌꼬의 무무muumuu[19]가 부풀어오르더니 펄럭였다. 대낮에 새파랗던 수영장 물은 암청색으로 변하며 잔잔해졌다. 남자는 춤을 추면서 교묘하게 한쪽 손을 뻗어 화분에 심어진 히비스커스 꽃을 한송이 따서는 미찌꼬의 곱슬곱슬한 머리에 꽂아주었다. 엄마는 곧잘 이 꽃을 으깨서 네다섯살인 나의 머리카락을 씻겨줬다.

---

17 하와이 제도에 있는 산. 사화산으로 정상에 거대한 분화구가 있다.
18 화려한 색깔의 큰 꽃이 피는 무궁화속의 열대성 식물.
19 화려한 무늬에 품이 낙낙한 하와이 원주민의 여성 의상.

그렇게 하면 검고 축축하고 윤기 넘치는 머릿결이 될 거라는 엄마의 말이 떠올랐다. 하지만 내 머리카락은 오히려 점점 불그스름한 짙은 갈색으로 변했다. 남자가 "즐겁군요" 또는 "아름다운 밤입니다"라고 하며 미찌꼬의 귓가에 속삭였다. 음악이 바뀌었지만 남자는 쉬려고 하지 않았다. 이 곡을 어디선가 들은 적이 있다. 아주 먼 유년 시절에 말이다…… 파인애플밭과 사탕수수밭을 그린 캔버스 앞에서 필리핀인으로 보이는 몇명의 하와이언 댄서가 허리를 배배 꼬거나 흔들었다. 나는 이렇게 꿈을 꾸는 듯한 분위기 속에서 태어났을까. 나는 이 장교에게서 아버지의 냄새를 맡으려 했다. 제복과 제모를 벗고 배지와 견장을 뗀 채 헐렁한 알로하셔츠를 입은 장교는 품위가 있어 보였다. 미군 병사는 보면 금방 분간이 되었다. 왠지 평온함이 복받쳐올랐다. 엄마의 마음을 알 것 같았다. 나 역시 이 미국 군인의 달콤한 감촉과 말에 취하고 미혹돼 춤을 추고 식사를 한 후 침대로 가서…… 몇분 전에 처음 만났을 따름인 미국 군인과…… 머잖아 이 장교 역시 베트남에서 죽을 것임이 틀림없다. 미찌꼬는 아버지를 용서하고 싶어질 때 지금까지 몇백번이나 이렇게 생각했다. 임종을 맞고 있는 인간은 무엇을 해도 용서받을 수 있다고 자신을 타일러온 것이다.

"학생입니까?"

장교가 물었다. 미찌꼬는 고개를 저었다.

"그럼 일을 하는군요?"

미찌꼬는 한층 더 세게 고개를 저었다.

"그렇군요. 일이 없다면 내 하우스메이드를 해줄래요? 딸이 기뻐할 겁니다."

미찌꼬는 자신의 태생이 간파당한 것처럼 느껴졌다. 남자의 얼굴을 올려다봤다. 짚으로 만든 하와이 원주민의 집을 정면으로 비추던 조명의 강한 백색광이 날아들어와서 눈이 아팠다. 가벼운 어지럼증이 일었다.

"기뻐할 사람은 그쪽이잖아요."

미찌꼬는 엉겁결에 말하고서 덧붙였다. "……미안해요."

장교는 한순간 눈이 굳어졌지만 발동작을 멈추지 않다가 잠시 후 웃으면서 두어번 연거푸 끄덕였다.

"당신도 신의 은총을 받은 자녀입니다."

남자는 오히려 미찌꼬를 조금 끌어당겨 안았다. 미찌꼬는 남자의 팔을 양손으로 밀어낼까 했지만 망설여졌다.

갑자기 재키가 튀어나왔다. 비로야자로 만든 삿갓에 누더기를 걸치고 검은색 도료를 얼굴에 칠한 남자가 창을 들고 재키를 뒤쫓고 있었다. 두 사람은 파티에 온 손님들 사이를 뛰어다녔다. 두 사람이 가까이 다가올 때마다 여기저기서 환호성이 터져나왔다. 미찌꼬와 장교도 수영장 옆 벤치에 앉아 두 사람을 눈으로 좇았다. 창을 든 남자는 하와이나 오끼나와, 베트남 원주민 흉내를 내고 있는 것 같았다. 필사적으로 도망치고 필사적으로 쫓고 있는 것처럼 보였다. 수영장 가장자리에서 재키는 그만 다리가 미끄러지면서 비틀거렸다. '원주민'이 창으로 재키의 등을 찔렀다. 재키는 큰 웃음소리 같은 비명을 지르더니 물에 빠졌고, 결국 가라앉고 말았다. 미찌꼬는 벌떡 일어났다. '원주민'이 기묘한 승리의 함성을 내지르며 땅을 구르고 춤을 추다가 벽 바깥으로 나갔다. 파티 손님들은 웃으면서 수영장 가장자리로 모여들었다. 얼굴을 수면으로 향한 채 계속 춤추고 있는 남녀 커플도 있었다. 미찌꼬는 수영장 가장자리에 쪼그려앉았다. 삼분이 지났다. 심장 박동이 격렬해졌다. 재키는 여전히 수면 위로 떠오르지 않았다. 또 일분이 지났다. 점차 웃음소리가 사라지면서 소리를 억지로 참는 듯한 술렁임으로 변했다. 수면에 반사돼 아름답게 빛나던 빛도 움직이지 않았다. 미찌꼬는 엉겁결에 방금 전 같이 춤췄던 장교를 돌아보며 손가락으로 수영장을 가리켰다. "도와줘요. 부탁해요." 장교는 진지한 얼굴로 고개를 끄덕이더니 알로하셔츠와 고무샌들을 벗었다. 그때 무무를 입은 백인 여자가 장교의 팔을 꺼안았다.

"장난치는 거잖아. 거기 걸려들면 비웃음을 살 거야."

미찌꼬는 남자의 부인처럼 보이는 여자를 올려다봤다. 여자는 미찌꼬를 보지 않고 말했다.

"당신은 취해서 안돼. 게다가 한밤의 수영장 물이 얼마나 차가운데."

"재키가 물에 빠져 죽을 거야."

"소방대원을 불러."

엎드려서 물속을 살피던 다른 장교가 일어나면서 이 장교의 어깨를 두드렸다. 두 사람은 빠른 걸음으로 파티장을 나갔다. 여자도 뒤따라 나갔다. 세 사람을 응시하던 다부진 체격의 남자 두명이 '원주민'이 나간 방향으로 뛰어갔다.

잠시 후 싸이렌 소리가 다가와서 멈추었다. 소방대원 몇명이 뛰어들어왔다. 강력한 세줄기의 써치라이트가 수면을 비췄다. 산소 흡입기와 들것이 내려졌다. 잠수복을 입은 남자 두명이 물속으로 뛰어들어갔다. 재키가 신고 있던 고무샌들이 수영장 모서리에 떠 있는 것이 발견됐다. 수영장을 둘러싼 사람들은 숨을 죽이고서 지켜보았다. 몇 미터 앞에서 사람의 머리가 물 밖으로 나왔다. 소방 대원이라고 미찌꼬는 생각했다. 하지만 알로하셔츠 옷깃과 소매가 확실히 보였다. 재키가 입에 물고 있던 애퀄렁aqualung을 힘껏 내던 지고는 손을 번갈아가며 크게 흔들었다. 사람들은 어안이 벙벙해서 아무 말도 하지 못했다. 재키는 천천히 헤엄쳐서 수영장 가장자리로 기어올라왔다. 그러자 사람들이 갑자기 각자 몸짓을 곁들여 큰 소리로 웃어댔다. 미찌꼬는 재키에게 뛰어갔다.

"왜 이런 바보 같은 짓을 한 거야! 왜 그런 거냐고!"

"저놈들을."

재키는 개처럼 온몸을 떨더니 배꼽을 잡고 웃고 있는 장교들을 가리켰다.

"깜짝 놀래주고 싶었어. 하긴 사람 한둘 죽어도 아무렇지도 않게 여기겠지만."

"나도 놀랐어."

"아임 쏘리."

재키는 어깨를 움츠렸다. "그렇지만 일단 죽었던 사람이 되살아 났잖아. 기쁨도 몇배로 커졌겠지?"

밴드 동료인 해리와 피터가 재키의 목을 껴안았다. 그러고 나서 어깨동무를 하고 걷기 시작했다.

"정말 잘했어, 재키."

"잘했어, 잘했어."

세 사람의 앞을 키가 크고 어깨가 벌어진 소방대원이 막아섰다. 소방대원은 턱이 튀어나온 얼굴을 재키의 얼굴에 가까이 들이대고 얼굴과 체격에 어울리지 않는 새된 목소리로 마구 호통을 쳤다. 재키는 목소리를 낮춰 응수를 하고는 웃고 있는 동료들과 어깨동무를 한 채 그 남자를 밀었다. 소방대원은 내뱉듯이 더욱 크게 소리를 지르며 발밑에 있던 수박을 발로 걷어찼다. 수박이 굴러서 물에 가라앉았다가 뽕 하고 떠올랐다. 붉은 머리털에 불그레한 얼굴을 한 남자가 수영장 가장자리로 다가왔다. 몸집이 작은 이 남자는 방금 전 판자벽에 그려진 하와이 여자의 사타구니를 쿡쿡 찌르던 사탕수수로 물위에 떠 있는 수박을 힘껏 내리쳤다. 수박이 갈라지면서 크고 작은 붉은 조각이 물을 더럽혔다. 미찌꼬가 재키를 불렀다. 밴드 동료 둘은 그 뜻을 헤아리고 자리를 비켜주었다.

"어떻게 한 거야?"

"지미가 사전에 물속에 숨어 있었어. 내 몫의 애퀄렁을 준비하고 서."

"왜 그런 짓을 한 거야."

"언젠가 파티에서 잉어를 스무마리 정도 풀어놓은 적도 있어. 낮이었기 때문에 발밑에서 돌아다니는 것이 들여다보였어. 장교들은 물 밖으로 뛰어나가더군. 삐라냐라고 생각했던 모양이야."

재키는 해변용 의자에 걸어둔 수건으로 코를 풀었다.

"물에 빠질 때 실수해서 코에 물이 들어갔어."

"왜 그렇게 눈에 띄고 싶어해."

"눈에 띄고 싶은 맘은 없었어."

"난 숨어서 살고 싶어! 그래서 참회를 한 거야. 너는 내 참회를 듣지 않았구나."

미찌꼬는 무심코 별렀던 말을 했다.

"……잘 알고 있어. 나도 눈에 띄고 싶지는 않아."

"………"

"물속에서 생각했어. 베트남 적지의 늪에서 애퀄렁 없이 물속에서 작전을 펼치는 존이나 미키를…… 내가 곧바로 수면 위로 얼굴을 내밀면 그들에 대한 모독인 거야."

재키가 탈의실로 들어가 안에서 알아듣기 힘든 소리를 했다.

"네가 좀더 상냥한 눈빛으로 봐줬으면 했어. 난 되살아난 사람이잖아."

"내가 어떤 눈빛을 하고 있었는데?"

미찌꼬가 문을 두드렸다. 문이 열렸다. 재키는 짙은 녹색 티셔츠에 여름 점퍼를 입고 있었다.

"이제 돌아갈 거야. 더이상 있다가는 정말 물속에 가라앉을지도

몰라. ……장교들은 웃고 있지만 말이야. 하와이 출신으로 색소폰
을 불어대는 장교는 미친놈이야."

재키는 멋진 포즈를 취하면서 머리를 빗었다. 하지만 눈빛은 차
분하지 못했다.

"나랑 함께 돌아갈래? 아니면 저기 춤 잘 추는 장교와 함께 돌아
갈 약속이라도 한 거니?"

억지로 만든 웃음 같다고 미찌꼬는 느꼈다. 재키의 입술은 색깔
이 변한 채 조금 떨고 있었다.

"재키랑 함께 왔으니 재키랑 함께 돌아갈래."

미찌꼬는 재키의 팔에 양손을 둘렀다.

"오늘밤은 즐거웠어. 난 하와이에 가본 적이 없거든."

수영장 구석에서는 수박을 갈랐던 남자가 의미심장하게 바나나
를 껍질째 입에 깊숙이 물고서 주위 사람들을 웃기고 있었다.

"……사실은 네가 있어서 잠수할 생각을 했어. 난 네 앞에서 눈
에 띄고 싶었거든."

"………"

이틀 후, 재키가 다리를 다쳐 입원했다는 전화를 마리로부터 받
고 함께 병문안을 갈 약속을 했다. 재키가 왜 직접 전화를 걸지 않
았는지 미찌꼬는 신경이 쓰였다. 하지만 생각을 고쳐먹고 베란다
에 있는 금잔화 화분 중 가장 작은 화분을 꼼꼼하게 씻고 물 머금
은 휴지로 꽃과 잎을 닦은 후 비닐봉지를 덮어씌웠다.

오후 2시가 지나 마리가 재키의 코로나를 타고 데리러 왔다. 마리는 역시 검은색 계열의 매니시룩 차림이었다. 차딴北谷에 있는 미 육군병원으로 향했다. 흐린 날씨였다. 철조망을 따라 피어 있는 협죽도 꽃도 한달 전에 비하면 줄어들었고 색깔도 선명하지 않았다. 포드 머스탱이 코로나를 추월해 앞서 가다가 옆에 착 달라붙었다. 오끼나와인 청년 여섯명이 타고 있었다. 창문 밖으로 얼굴을 내밀고 교태를 부렸는데, 미찌꼬가 알아듣지 못한다고 생각했는지 오끼나와 사투리로 추잡하고 외설스러운 말을 큰 소리로 떠들어댔다. 마리는 경적을 울렸다. 하지만 태연하게 보이는 머스탱은 떨어질 기미를 보이지 않았다. 뒤따라오던 몇대의 자동차들은 속도를 줄이며 멀리 떨어졌다. 잠시 후 머스탱은 급한 커브길인 길모퉁이에서 반대 차선으로 들어갔다가 붉은 흙을 가득 실은 덤프트럭과 충돌할 뻔하더니 바다 쪽 가드레일을 옆구리로 세차게 들이받았다. 반회전을 한 차는 머리를 오던 방향으로 향한 채 간신히 멈춰섰다.

"우까산도오(위험해)."

미찌꼬는 스쳐지나가면서 머리를 내밀고 사투리로 외쳤다.

"다리가 부러진 사람이 있을지도 몰라."

미찌꼬가 마리에게 말했다. 마리의 옆얼굴은 차분해 보였다.

"………"

"저렇게 젊은 시절을 허송세월하는 놈들은 전쟁터에 가면 좋을 텐데."

"전쟁과는 상관없지…… 정말 저런 놈들을 전쟁터에 보내고 싶어?"

마리가 곁눈질로 미찌꼬를 쳐다봤다. 미찌꼬는 애매하게 고개를 끄덕이며 창밖을 보는 척했다. 코로나가 가르는 찬바람이 귀와 목덜미에 닿았다.

경비 초소 앞에 서 있는 미군 병사에게 마리가 뭐라고 한마디 말을 했다. 곧 통행을 허가받았다. 아스팔트 도로 양측으로 펼쳐져 있는 잔디는 손질이 돼 있지 않았다. 크게 자란 잡초는 서늘한 바람이 닿자 흔들거렸다. 그런데 철조망 바깥쪽은 작은 밭과 작은 길과 작은 집이 뒤섞여 있어서 역시 초라해 보였다.

하얗고 거대한 콘크리트 건물은 몇년간이나 새로 페인트칠을 하지 않은 것 같았다. 노란색과 짙은 갈색의 균열 형태의 얼룩이 건물에 퍼져 있었다. 병원 복도는 천장이 높고 폭이 넓으며 길이가 길었다. 겨우 접수처에서 알려준 병실에 도착했다. 병실 하나에 침대가 여섯개 놓여 있었다. 젊은 남성 환자 다섯명이 미찌꼬와 마리를 쳐다봤다. 어깨와 목은 축 늘어져 있었지만 눈은 무언가를 욕구하는 듯한 빛을 띠고 있었다.

마리가 닫혀 있는 아코디언커튼을 열었다. 미찌꼬는 재키와 마리 아버지에게 인사했다.

"왔구나. 이야깃거리도 다 떨어져서 곤란했는데."

마리 아버지가 말했다. 과장되게 얼굴을 씰룩거리며 웃고 있었지만 속마음도 다르지 않은 것 같았다. 가늘고 길게 찢어진 눈꼬리에 이상할 정도로 촉촉한 눈이 마리와 흡사했다. 앞머리 숱이 적어서 두피가 다 들여다보였다. 언젠가 포트 버크너 극장에서 봤을 때보다 더 나이 들어 보였다. 하지만 서양배 껍질을 깔끔하게 벗기는 손가락은 젊은 여자의 손가락처럼 보들보들했다. 몇번씩이나 전쟁터를 헤치고 나온 것처럼 보이지는 않았다. 마리는 병문안 선물을 아무것도 가져오지 않았다. 미찌꼬는 약간 부끄러워하며 금잔화 화분을 재키의 머리맡 탁자에 놓았다. 병실 바닥이 잘 닦여 있어 미끄러질 것 같은 느낌이 들었다. 붕대를 두껍게 감은 재키의 다리가 애처로워 보였다. 침대 시트에는 과일즙인지 무슨 즙의 얼룩이 있었다. 한순간 혈흔이 아닐까 하는 생각이 들었다. 미찌꼬는 무심코 그 부분을 문질렀다.

"침대 시트를 이틀에 한번밖에 안 갈아줘. 예전에는 하루에 두번 세번도 갈아줬는데 말이야. 이젠 안된다고 해. 간호사도 줄어들었고 식사의 질도 떨어졌어. 좋지 않은 시기에 입원한 거지."

재키는 웃으면서 혀를 찼다.

"병에 걸린 군인은 좀처럼 전쟁터에서 죽지 않는다고 하니 고마운 일이야."

마리 아버지가 재키의 어깨를 두드리며 말했다.

"이야깃거리가 다 떨어진 게 아니야, 마리."

재키는 옆에 앉은 마리를 올려다보며 말했다. "너희 아빠가 내 대신 그 풋내기 로스를 쓰겠다고 하잖아. 난 화가 나서 말을 하지 않고 있었던 거야. 이렇게 간단히 잘리다니 정말 불쾌해."

"널 자르는 게 아니야, 재키. 다 나을 때까지 한달 정도 임시 색소폰 연주자를 쓰는 것뿐이야."

마리 아버지가 일어나 미찌꼬에게 의자를 권했다. 미찌꼬가 의자에 앉았다.

"당신은 그럼 내 다리가 다 나을 때까지 한가로이 투계장에서 내기나 하면 되겠네요."

재키는 마리 아버지를 쏘아보던 시선을 미찌꼬에게로 옮겼다. "싸움닭 다리에 날카로운 칼을 달아 상대 닭의 목을 베는 것을 즐긴다니까."

"당신이야말로 좀 유유히 지내지 그래."

마리가 말했다. "베트남에 있는 병원과 비교해보면 여기는 낙원이야. 거기는 팔다리나 눈알이 날아간 남자들이 밤새도록 고통과 분함으로 울부짖고 있으니까."

마리 아버지가 그런 이야기는 그만하라는 듯한 눈짓을 보냈다. 마리는 아랑곳하지 않고 계속 말했다.

"해리슨도 죽었어. 폭탄에 날아가버렸어."

마리 아버지가 카우보이모자를 쓰면서 말했다.

"난 이만 가볼게. 마리는 어떻게 할래?"

"……밴드에서 나를 대신할 수 있는 사람은 없어."

재키는 천장을 응시한 채로 말했다.

"마리 아빠는 병역을 마쳐서 유유히 지낼 수 있지만…… 난 유유히 지낼 수 없어."

"모든 병사가 유유히 지낼 수 없는 것은 마찬가지야. 당신은 밴드가 어쩌고저쩌고 할 게 아니라 한시라도 빨리 상처를 치료할 의무가 있어."

마리의 목소리는 빠르진 않았지만 노기를 띠고 있었다. 재키는 전쟁터에 가는 것이 싫어서 일부러 다리를 다친 것은 아닐까? 미찌꼬는 그렇게 생각했다. 하지만 다친 사람을 힐난하는 마리의 마음을 알 수가 없었다. 단정한 마리의 눈가와 입술이 약간 추하게 일그러졌다.

"마음 편히 쉬는 게 결과적으로는 빨리 낫는 길이야."

마리 아버지가 황색을 띤 이를 드러내며 말했다. 그리고 마리의 머리카락을 어루만졌다. 마리가 자리에서 일어났다.

"난 아빠랑 돌아갈래. 넌 천천히 있다 와."

미찌꼬는 고개를 끄덕였다. 마리와 마리 아버지는 재키와 악수를 나누고서 나갔다.

병실에는 작고 높은 채광창밖에 없었다. 재키는 상반신을 일으켜 세웠다. 짧았던 군인 머리도 많이 자라서 목덜미를 덮기 시작했다. 기분 탓인지 햇볕에 탄 얼굴에도 창백함이 어려 있는 것 같았다.

"……이 꽃은 잘 안 진다고 해. 오래갈 거야."

재키는 미찌꼬의 시선을 피하며 손으로 화분을 들었다. 나는 왜 재키를 신경쓰는 것일까. 재키가 아니어도 좋을 텐데…… 미군 병사의 운명은 모두 비슷하다. 재키만 특별하지는 않을 텐데…… 더군다나 재키에게는 미국에 아내와 아이도 있다. ……그 역일까. 처

자식이 있기 때문에 나는 안심하고 있는 걸까.

"내 얼굴에 뭐라도 묻었어?"

재키는 왼손으로 턱을 가볍게 문질렀다. "면도는 아침마다 하고 있지만 이발을 해주는 사람이 없어. 헤어토닉 같은 것을 뿌리고는 있지만."

"……마리는 전에도 왔었어?"

"어제 왔었어. 오늘은 널 데려와달라고 한 거고."

"……그녀는 애인이야?"

"아니, 그냥 지미의 딸일 뿐이야."

재키는 눈을 딴 데로 돌렸다. 거짓말이라는 게 느껴졌다. 하지만 재키를 추궁하고 싶지는 않았다. 화제를 바꿨다.

"색소폰은?"

"침대 아래에 있어. ……꺼내줘."

미찌꼬는 몸을 웅크려서 케이스를 꺼냈다. 재키가 케이스를 열었다.

"미찌꼬가 맡아주지 않을래?"

재키는 색소폰을 미찌꼬에게 건네며 말했다.

"다리가 벌겋게 부어서 배에 힘이 들어가지 않아."

"……그런데 적적하지 않을까?"

"발치께에 있으면 불고 싶어져. 그리고 불면 피가 끓어서 상처가 심해지고."

재키가 한숨을 쉬었다.

"그럼 내 방에 놔둘게. 빨리 나아야 해. ……그런데 재키, 색소폰이 그렇게 불고 싶어? 난 이미 그림 그리는 감각을 잃어버렸어. 나는 말이야, 중학교 1학년 때 정말 좋아하는 국어 선생님한테서 내가 르누아르의 「테라스에서」에 나오는 소녀와 닮았다는 말을 듣고 얼마나 기뻐했는지 몰라. 그 말을 듣고 그림에 관심을 갖기 시작했어. 그런데 그 소녀는 서너살인가 그래. ……응, 젊은 여자 선생님이었어. 하지만 내가 그린 그림은 남아 있지 않아. 모르는 아이들에게 주는 걸 좋아했거든."

미찌꼬는 색소폰을 케이스에 넣었다.

"지미에게 불만을 말한 건 진심이 아니야. 그저 떼를 좀 써본 것뿐이야. 지금까지 지미에게는 머리를 못 들 정도로 신세만 져왔어."

"………"

"너는 나를 겁쟁이가 되게도 했지만 용기를 주기도 했어. 그것의 반복이야. 그래서 내 얼굴은 순간순간 새파랗게 질리기도 하고 빨갛게 변하기도 하는 것의 연속이야. 무슨 말인지 알겠어? 난 확실히 알 수 있어."

재키가 양손으로 뺨을 문질렀다.

"혹시 내가 재키에게 나쁜 짓을 한 거야?"

"나쁜 짓이라고 할 수는 없어."

재키는 짧은 머리카락을 쓸어올렸다. "난 지금까지 기쁘지도 슬프지도 않았어. 하지만 미찌꼬의 이상한 전화를 받고서 가슴이 두근거리기 시작했어."

"………"

"전화를 걸기 전이었나? 그럴지도 몰라. 넌 앨범을 보면서 정말로 기뻐하더라. ……지금까지 난 과거 일을 모두 잊기 위해 필사적으로 노력해왔어. 그리고 사실 거의 다 잊어가고 있었어."

"내가 재키에게 나쁜 짓을 한 거네."

"그렇지 않아. 즐거운 추억이 되었어."

재키는 윙크를 했지만 입가가 굳어 있었다. 미찌꼬는 갑자기 주눅이 들었다. 인간이란 괴로울 때 과거의 즐거운 추억에 잠기는 존재가 아닐까. 그것을 필사적으로 생각해내는 존재가 아닐까. 미찌꼬는 마음속의 동요를 숨기기 위해 일부러 재키의 눈을 바라보면서 까닭도 없이 맞장구를 쳤다. 하지만 미찌꼬의 눈이 이상하게 반짝였는지도 모른다. 재키는 옆을 향하더니 탁자 위에 있는 보온병을 가리켰다.

"커피가 들어 있을 거야. 마음껏 마셔."

미찌꼬는 고개를 끄덕였다.

"재키, 어쩌다 다친 거야?"

마리로부터 대충 사연은 들었었다.

"장난으로 수영장에 빠지던 날, 콘크리트 모서리에 다리를 다치고 말았어. 잠수할 때 숨은 막히지 않았는데 다리가 아프더군. 그런데 모두를 깜짝 놀라게 하려는 계획이 실패하고 부상을 당했다고 하면 모양이 안 나잖아. 물 밖으로 나갈 땐 익살스러운 표정으로 나가야 하니까."

"그런데 재키, 입원하니 생기가 넘치는 것 같아."

미찌꼬는 말하고 나서 곧바로 이런 말은 하지 말았어야 했다는 생각이 들어 후회가 되었다. 재키는 기분이 상한 것 같지는 않았다.

"나야 매일 생기가 넘치지. 수영장에 빠진 것도 내 아이디어였어. 지금까지는 그저 모른 척하며 도망치는 게 고작이었지만…… 그래, 너와 처음 만나던 날도 해변에서 도망쳐왔었지. 그때 그런 말을 내가 했었나?"

미찌꼬는 고개를 끄덕였다. 아코디언커튼 건너편에 있는 침대로 의사와 간호사가 다가왔다.

"회진이네. 나는 이제 가볼게. 네 부상 정도에 대해 듣고 싶지 않거든."

미찌꼬는 자리에서 일어나며 말했다.

재키는 생각보다 훨씬 빨리 회복했다. 나흘 동안만 입원했을 뿐이었다. 어젯밤 늦게 재키에게서 전화가 걸려왔다.

"……몸 상태는 괜찮아?"

"흥분이 돼. 매일 기운이 넘쳐."

"재키, 춥지 않아?"

"괜찮아. 그렇지, 나 점퍼를 하나 만들려고 해. 마찌꼬에게 부탁해서 말이야. ……그러니 네가 도안을 그려주지 않을래."

"도안? 어떤 게 좋아?"

"뭐든 좋아. 네가 좋다면 꽃 모양도 좋고."

"꽃?"

"그 꽃 있잖아. 여름에 기지 철조망 옆에서 스케치했던 꽃 말이야. 경비병이 있었고, 그런 다음에 내가 지프차를 타고 왔고."

"협죽도 말이구나."

"맞아, 협죽도."

"독이 있는 꽃이야. …… 그런데 오끼나와에서는 악운에 가장 강한 꽃이라고 여기지."

"그렇다면 나도 닮고 싶어."

"……그때 협죽도가 너랑 잘 어울린다고 느꼈어. 화가의 직감이야. 정말로 그리고 싶었어. 일년 내내 피어 있는 꽃 같지만 역시 제철이 있는데 그때가 제철이었어."

"잘 어울리니까 그려줘."

"좋아, 그려줄게. 하지만 어째서 그런 협죽도를 보러 갔을까. 그때까지 난 그저 흔해 빠진 풍경화만 그렸고…… 아무 문제도 없었는데…… 그 이후로 난 정말 아무것도 그리지 않았어…… 하여튼 그려줄게."

미찌꼬는 '그 대신 마찌꼬네 가게에서 자수를 놓지 않았으면 해'라고 말하고 싶었지만 입이 떨어지지 않았다.

"그런데 정말 빨리 나왔네."

"그 병원 지하에 시체보관소가 있는데 커다란 냉동고에 시체를 넣어둔대. 내 침대 바로 아래쯤에 말이야. 그런 곳에서 오래 있고 싶지 않았거든."

어두운 이야기가 되어버렸다. 재키는 농담하며 강한 척했지만 무서웠을 거라고 미찌꼬는 생각했다. 다리의 통증이 여전히 남아 있을지도 모르겠다는 생각이 들었다. "협죽도 점퍼를 입으면 운이 좋아져서 재키도 오랫동안 시체 운운하는 것과 관련이 없어질 거야" 하며 그를 자꾸 달랬다. 한동안 두서없는 이야기를 한 후에 미찌꼬는 전화를 끊었다.

오끼나와의 가을은 늦여름인지 초겨울인지 잘 구별할 수가 없다. 가을에도 몇번인가 미찌꼬와 재키는 연락을 해서 만났다. 만나는 장소는 언제나 A싸인 바였다.

어느새 11월이 됐다. A싸인 바에서 막 나온 두 사람은 술집 거리 뒷골목을 걸었다. 미찌꼬는 페퍼민트를 재키는 버번을 마셨지만 조금도 취하지 않았다. 재키는 미찌꼬와 사귀게 된 후로 점차 버번을 마시는 양이 줄어 이전처럼 만취해 술잔을 깨거나 화분과 스툴을 부수지 않았다. "뭐 원래 우리한테 시비 거는 타입은 아니었지만" 하고 가게 마담이 말했던 것이 미찌꼬의 머리에 떠올랐다. 미찌꼬의 귓가에 남아 있던 주크박스의 커다란 음악소리가 차차 사라져갔다. 재키는 조용히 걷고 있었다. 죽음을 앞두고서 재키의 마음이 오히려 맑아진 것은 아닐까 하는 생각이 미찌꼬의 뇌리에 이유도 없이 문득 들었다. 미찌꼬는 고개를 흔들며 아무 생각도 하지 않기로 했다.

아스팔트 도로에서 뱅글뱅글 돌던 종이가 날아올라 건너편 미군기지 철조망에 달라붙어 바람에 흔들렸다. 오끼나와에서 발행

되는 신문지 같았다. 군사기지의 거대한 면적은 예나 지금이나 변함이 없지만, 철조망을 따라 설치된 백열등 불빛은 기분 탓인지 그 갯수나 밝기가 예전만 못해 보였다. 소학교 2학년 때의 일이 떠올랐다. 추운 크리스마스이브의 밤이었다. 하늘은 맑았고 별은 빽빽이 모여 있었다. 어머니가 털실로 떠준 머플러를 두르고 검은색 스타킹을 신은 미찌꼬는 학생대표인 십여명의 동급생과 함께 기대와 불안감과 추위에 떨고 있었다. 잠시 후 그들을 마중 온 군용버스가 교정에 도착했다. 미군기지 정문을 통과하니 밤눈에 희미하게 떠오르는 희고 거대한 건물 안으로 안내됐다. 믿기지 않는 크리스마스 세계 속으로 빠져들어갔다. 미찌꼬는 그때 처음으로 아버지가 위대하게 여겨졌다.

재키의 베트남 출동이 올해 크리스마스 다음날로 정해졌다. 어젯밤에 재키의 전화를 받았다. 좀처럼 잠들 수가 없었다. 둘은 에어포트 거리를 말없이 걸었다. 호객을 하던 보이가 때때로 미찌꼬와 재키를 놀렸다.

"……재키."

미찌꼬가 중얼거렸다. 재키는 고개를 기울였지만 얼굴이 굳어 있었다.

"우리 집에 올래?"

"………"

"혼자 집에 있으면 외로워. 지금까지는 자유롭다고 생각했지만."

"……다음주 금요일에 장교클럽에서 재패니즈 파티가 있지만 이제 안 갈 거야…… 벚꽃 간판에 마시지도 못하는 녹색의 차와 칠현금 소리 따위…… 게다가 어깨가 벌어진 몸집 큰 남자와 여자에게는 일본 키모노가 어울리지 않을 거야."

재키가 집에 올지도 모르겠다고 미찌꼬는 느꼈다. 미군 군용트럭 다섯대가 빨간색 신호에 멈춰섰다. 맨 뒤쪽에 있는 트럭의 덮개가 열리더니 야전복을 입은 미군 병사 몇명이 상반신을 내밀고 옆 승용차에 타고 있던 남녀 커플에게 마구 소리를 질러댔다. 승용차 운전석 문이 열렸다. 붉은색 점퍼를 입은 젊은 남자가 내려서 미군 병사들을 향해 손가락질을 하며 불평을 늘어놨다. 떠들어대는 미군 병사들을 태운 군용트럭이 발차했다. 녹색 트레일러 두대가 그 뒤를 따랐다.

"야간훈련을 하는 사람들인가?"

재키가 작게 고개를 끄덕였다. 하지만 트레일러를 눈으로 좇고 있었다.

"저 안에는 사체가 가득 있어. 얼마 후면 내가 누워 있던 침대 아래의 저장고에 냉동될 거야."

전에도 들었던 이야기였다. 미찌꼬는 고개를 끄덕였다.

"벌써 시간이 이렇게 됐네. 너무 늦어서 숙소에 돌아가지 못하잖아? 근처에 아주 깨끗한 호텔이 있어."

미찌꼬가 과감히 말했다. 재키가 미찌꼬를 바라봤다. 미찌꼬는 눈길을 피했다. 호텔방에 들어가본 적은 단 한번도 없다. 다만 스케치에 열중하던 무렵 그 호텔 근처를 자주 지나다녔을 뿐이다. 그때

마다 그 호텔 사층 오른쪽 구석 창문을 열고 내려다보면 곶과 외딴섬, 바다, 석양, 판다누스 숲, 백사장이 조용할 것 같다고 생각했을 뿐이다.

"깨끗한 곳 좋지."

재키가 고개를 끄덕이며 말했다. "사흘 전에 헤노꼬邊野古에 있는 '베트콩 마을'에서 훈련을 했어. 그곳 하천의 미끈미끈한 물에서 냄새가 얼마나 심하게 나던지 참을 수가 없었어."

재키는 코를 잡고서 어깨를 웅크렸다. 미찌꼬도 기분을 풀려고 웃어 보였다. 재키는 택시를 가리키며 미찌꼬를 보고 작게 고개를 끄덕였다. 미찌꼬도 고개를 끄덕였다. 손님을 기다리며 늘어서 있는 택시를 향해 재키는 손가락으로 딱딱 소리를 냈다. 허세를 부리는 것처럼 보였다. 미찌꼬는 갑자기 우스꽝스럽게 여겨졌다.

택시 운전사는 작은 체구였지만 수염을 민 흔적이 검푸르게 나 있었고 얼굴 피부도 단단해 보였는데, 눈을 반짝이며 창밖으로 왼손을 축 늘어뜨리고서 껌을 딱딱 소리 내 씹고 있었다. 재키를 전혀 신경쓰지 않는 듯했다. 미찌꼬는, 나를 미국인으로 잘못 보고 나에게 터무니없는 택시비를 청구하거나 사투리로 외설스러운 농담을 한다면 호텔에 가려던 결심도 흔들리고 말 거야, 하고 생각했다. 미찌꼬는 사투리가 잔뜩 섞인 일본어로 행선지를 알려줬다. 호텔 근처의 슈퍼마켓으로 가달라고 했다. 그런데 운전사는 짧은 목을 쭉 빼고서 몇번이나 백미러를 훔쳐봤다. 재키는 부자연스럽게 얼굴을 들어 창문 밖의 어둠을 보았다.

프런트에서 숙박부에 싸인을 했다. 오른쪽 눈에 안대를 한 중년 여성이 안내를 했다. 손님은 별로 없는 것 같았다. 사층 구석방이 바로 잡혔다. 미찌꼬는 여자에게 팁을 줬다. 여자는 '고맙습니다'를 묘한 억양으로 말하면서 지나치게 공손한 자세로 고개를 숙였다. 타이완 사람일 거라고 미찌꼬는 생각했다.

여자 방에 온 것 같은 느낌이 들었다.

"창문을 좀 열까?"

무언가 말을 하고 싶었다. 유리창을 열었다. 바닷바람이 불어왔다. 휘장이 격렬하게 흔들렸다. 침대 옆의 작은 탁자 위에 있던 스탠드 삿갓이 소리를 내며 쓰러지려 했다. 머리카락이 얼굴을 가렸다. 취기가 완전히 사라졌다. 이상한 긴장과 지독한 추위에 소름이 돋았다. 재키가 가까이 다가왔다. 미찌꼬는 아무 이유 없이 손가락으로 아래를 가리켰다. 창문 아래 해안가에는 모래가 없었고 사암^{砂岩}을 사각형으로 몇개나 잘라낸 흔적이 보였다.

"뭔데?"

재키가 물었다. 미찌꼬는 미소를 지으며 고개를 저었다.

"어째서 이 섬에는 먼지가 많을까?"

재키는 창틀을 두드리며 말했다. "내 고향에는 비가 내리지 않더라도, 바람이 불더라도, 먼지가 풀잎에 전혀 덮이지 않아."

일부러 화제를 돌리는 것처럼 느껴졌다. 미찌꼬는 단도직입적으로 말했다.

"샤워해. 기분이 좋아질 거야."

재키는 고개를 끄덕였지만 좀처럼 움직이지 않았다. 미찌꼬는 재키의 팔을 밀었다. 근육이 단단했다. 재키가 샤워실로 들어갔다. 침대에 베개 두개가 나란히 놓여 있었다. 하나는 조금 일그러져 있었다. 미찌꼬는 주의 깊게 그것을 폈다. 침대 시트가 새하얬다. 더러워지지 않을까? 문득 그런 생각이 들었다. 미찌꼬는 알몸이 됐다. 먼저 옷을 벗고 있는 것이 상식이라고 생각했다. 침대 시트에 엎드려 누웠다. 몸이 약간 파묻혔다. 피부에 기분 좋은 감촉이 전해졌다. 세제 냄새가 났다. 목에서부터 엉덩이가 거울에 비쳤다. 살집이 보기 좋았고 부드러워 보였다. 심장이 세차게 뛰었다.

재키가 밖으로 나오는 인기척이 들렸다. 미찌꼬는 황급히 일어나 옷을 입었다. 재키는 얼굴을 목욕수건으로 닦으면서 나왔는데, 상반신은 벗은 채였고 아래는 바지를 입고 있었다.

"기분 좋아졌지?"

미찌꼬는 윙크를 해 보였다. 뺨이 약간 굳어졌다. 샤워실에는 들어가지 않았다. 하지만 재키에게 호텔에 익숙한 여자처럼 보이고 싶은 생각도 있었다. '처녀'를 오끼나와 사람에게 줄지, 미국 사람에게 줄지 언젠가 이상할 정도로 오래 생각해본 적이 있었는데, 결론이 나지 않았다.

재키가 침대에 앉았다. 미찌꼬는 재키에게 바싹 달라붙었다. 재키는 한동안 입을 다물고 있다가 미찌꼬의 어깨에 손을 둘렀다. 미찌꼬도 재키의 허리에 손을 가져갔다. 재키의 몸은 차가웠고 가끔 조금씩 떨었다. 방이 어두웠다. 재키의 표정을 잘 알 수 없었다.

미찌꼬는 옷을 입은 채로, 재키는 상반신을 벗은 채로 여름용 담요를 가슴까지 끌어올리고서 위를 보며 벌렁 누웠다. 차가운 바람을 맞으며 재키와 껴안고 있고 싶었지만, 몸이 부풀어오른 듯한 느낌이 사라지지 않아서 미동도 하지 않았다. 재키의 오른손 집게손가락을 깨물었다. 단단했다. 하지만 탄력은 느껴지지 않았다. 베트남에서 방아쇠를 당길 손가락이라고 생각했다.

조금 있다가 미찌꼬는 일어나서 경대鏡臺의 스탠드를 세웠다. 머리카락을 풀었다. 뺨과 목덜미에 희미하게 붉은 기가 감돌았다. 한숨을 깊게 내쉬었다. 머리카락이 붉은색으로 보였다. 무심코 서랍을 열어봤다. 지갑이 있었다. 벌려보니 사진이 떨어졌다. 재키의 상반신을 찍은 사진이었다. 지금처럼 뺨도 여위지 않았고, 입가의 웃음도 딱딱하지 않았다.

"이 사진, 이삼년 전에 찍은 거야?"

미찌꼬가 돌아보며 물었다.

"……반년 전에 찍은 거야. 어머니가 보내주셨어."

재키는 천장을 바라보고 있었다.

"아이를 낳지 않고 죽으면 오래도록 이어져 내려온 핏줄이 끊어지고 말 거야. 난 외동딸이어서…… 재키는? 형제가 있어?"

재키의 어깨가 조금씩 경련을 했다. 미찌꼬는 재키가 웃고 있는 것처럼 느껴져 숨이 막혔고, 화제를 바꿔야 한다는 생각에 마음이 초조했다. 하지만 자리에서 일어나 가만히 옆모습을 바라봤다. 재키의 눈가는 붉게 부어올라 있었고 입술을 깨물고 있는 것 같았다.

"사흘 전에 편지가 왔어…… 어머니한테서…… 난 두어번밖에 읽지 않았지만 다 외워버렸어. 알겠니?"

재키는 기계적으로 외우듯 입을 놀리기 시작했다. "너는 아빠와 두 형과 함께 목화밭에 토끼 사냥을 하러 갔었지. 셋은 돌아왔는데 너만 아무리 찾아도 보이지가 않더라. 셋은 이 엄마를 바라보면서 아무 말도 하지 않았지. 넷이 있어야 하잖아. 그런데 아무리 세도 셋이니…… 셋은 토끼를 한마리씩 잡아 거꾸로 매달아서 가져왔는데 머리가 없어서 피가 방울져 뚝뚝 떨어지고 있었어. 넌 정말 건강한 거니? 편지와 사진을 빨리 보내주렴. 그러지 않으면 엄마는 정신이 이상해질지도 몰라."

"정신이 이상해져버린 사람은 어머니가 아닐까."

재키는 상반신을 일으킨 뒤 몸을 비틀었다. "여기 방도 똑같아. 붉은색과 보라색이라는 정신이상자 색깔만 있잖아. 고향집 이층에는 4대 전의 선조 할아버지 초상화가 걸려 있어. 달이 뜨는 밤에는 놀라울 정도로 달빛이 안쪽 벽까지 파고들어 초상화의 수염 많은 얼굴을 창백하고 거룩하게 보이게 하지."

미찌꼬는 재키의 곁에 누웠다. 무슨 말을 하면 좋을지 알 수 없었다. 오랫동안 침묵했다. 재키는 살짝 숨소리를 냈지만 미찌꼬의 팔을 잡고 있는 손가락의 힘은 변함이 없었다. 섹스를 하지 않고 이대로 잠들어도 괜찮겠다고 생각했다. 아이를 낳는 일은 역시 무섭다고 자신을 타일렀다.

크리스마스까지 아직 네주 동안의 시간이 남아 있었다. 그런데 재키와 미찌꼬는 마리로부터 카바레 '문라이트'로 초대한다는 크리스마스카드를 받았다. 마리는 크리스마스카드에 일시 및 장소와 더불어 '내 기대를 배반하지 말기를' 하고 영문으로 손글씨까지 썼다. 재키가 받은 것과 비교해봤다. 같은 내용이었다. 왜 전화로 말하지 않았을까 하고 미찌꼬는 생각했다. 그러나 예쁘게 컬러인쇄를 한 크리스마스카드였다. 밖에는 흰 눈이 내리고 있고, 격자가 있는 유리창 안쪽에는 밝은 촛불이 빛나면서 젊은 남녀의 실루엣이 부각되어 있었다. 이틀 전, 즉 재키가 이 초대장을 가져온 날, 재키는 왠지 안정돼 있지 못했다. 미찌꼬가 "함께 가자"라고 했지만 재키는 눈을 계속 깜빡이기만 할 뿐 좀처럼 마음을 결정하지 못했다.

밤 7시 조금 전에 재키가 데리러 왔다. 어젯밤부터 내리기 시작한 비는 아직도 내리고 있었다. 재키에게 비옷을 벗으라고 하고 우산을 빌려줬다. 재키는 자수가 들어간 점퍼를 입고 있었다. 등 뒤의 협죽도 꽃이 꽤나 강렬했다. 내가 그린 밑그림은 더 연한 붉은색이었는데 자수 실이 없었던 것일까 하고 생각했지만 잘 어울린다고 칭찬해주었다.

택시를 탔다. 마리는 재키를 좋아하는 것일까? 재키는? 어떤 관계일까? 어젯밤에도 얕은 잠을 자면서 생각해보았다. 하지만 재키에게 직접 묻지는 못했다.

"……무슨 일이라도 있었어? 마리랑."

"……아무 일도 없었어. 단지 마리가 너를 좋아하게 됐다고 말했어."

"………"

왜 나를 좋아하게 된 걸까? 생각해보았지만 알 수가 없었다. 비가 희뿌예졌고 네온사인의 색도 흐릿해졌다. 카바레 입구 처마 밑에 미군 병사 한명이 서성이며 햄버거를 베어 먹고 있었다. 문을 닫은 어두운 전당포 처마 밑에 미군 병사 여섯명이 일렬로 늘어서서 입을 다문 채 앞을 응시하고 있었다. 처마 밑은 좁았다. 밖으로 비어져나온 한 미군 병사의 어깨가 비에 젖고 있었다.

택시에서 내렸다. 바람이 불자 네온사인에 희미하게 빛나던 가로수 잎이 흔들리면서 빗방울이 끊임없이 떨어져내렸다. 황급히 가게 안으로 들어갔다. 약속된 8시에 겨우 도착했다. 가게 안은 조금 어두웠다. 오끼나와인 웨이터가 구석 자리로 안내해줬다. 맥주를 세병 주문했고 재키가 현금으로 지불했다. 가게 안은 꽤 넓었다. 미군 병사 십여명과 호스티스가 있었다. 마리는 보이지 않았다. 얼마 안 있어 갑자기 더 어두워졌다. 께느른한 블루스가 흘러나왔다. 무대 조명이 벽 쪽의 커튼을 비췄다. 커튼이 열렸다. 검은 칵테일 드레스를 입은 여자가 등장했다. 마리였다. 아이섀도우와 마스카라를 하고 있었다. 눈 색깔은 알 수가 없었다. 마리의 마음을 이해할 수가 없었다. 미찌꼬는 재키를 봤다. 재키도 미찌꼬를 봤다. 마리는 곡에 맞춰 몸을 흔들다가 호크를 풀고 드레스를 내렸다. 마리는 옷을 입으면 말라 보이는 타입이었지만, 살집이 좋은 거무스름한 몸을 가지고 있었다. 속옷도 검은색이었다. 설마 하고 미찌꼬는 생각했지만 마리는 천천히 브래지어와 팬티를 벗었다. 어둠속에서 가벼운 웅성거림이 있었다. 기다란 마리의 팔 그림자가 벽에서 꿈틀거렸다. 이윽고 마리는 춤을 추면서 손님이 앉아 있는 자리 주위를 돌기 시작했다. 그러다가 미찌꼬와 재키 앞에 멈춰섰다. 재키의 정면에 서서 소파 등받이에 한쪽 발을 올리고 상반신을 뒤로 젖혔다. 재키는 눈을 어디에 두면 좋을지 곤란해하며 고개를 숙였다. 마리는 재키의 목에 팔을 둘렀다. 재키는 경직되어 있었지만 마리의 하반신을 가만히 바라보았다. 조명은 강한 백광이었다. 미찌꼬는 눈을 계속 깜빡였지만 손님들의 수많은 시선이 느껴졌다. 마리의 흰 솜털이 살짝 흔들리는 것 같았다. 피부는 윤기가 있었고 단단하면서도 탄력이 있었다. 얼굴도 진한 화장을 하지 않는 편이 훨씬 예쁠 것이라고 여겨졌다. 마리의 육체는 재키의 얼굴에 착 달라붙어서 휘어졌다. 미찌꼬는 스트립쇼를 처음 봤지만, 마리의 춤은 재키에게 너무 집착하고 있는 것 같았다. 다만 대담하게 움직이면서도 꽤 주의는 하고 있었다. 두 다리를 벌린 채 테이블이나 소파에 다리와 손과 엉덩이를 올려놓으면서도, 술잔이나 접시는 닿을 듯 말 듯 피해갔다. 미찌꼬는 당황스러웠지만 그렇다고 창피하지는 않았다. 가만히 마리의 나체를 바라보는 재키를 보고 있자니 몸이 쑤시면서 조금 몸서리가 쳐졌다. 마리는 계속 웃는 얼굴을 하고 있었지만 입가는 경직돼 있었다. "이쪽으로 와." 어떤 손님이 고함을 쳤다. 비슷한 목소리가 여기저기서 터져나왔다. 마리는 재키의 턱을 가볍게 치고 나서 미찌꼬를 향해 몸을 조금 흔들더니 집게손가락의 반지를 빼 미찌꼬의 집게손가락에 재빨리 끼워주었다.

"이제 여기 오지 마. 두 사람 다."

재키는 고개를 끄덕였다. 음악이 계속되고 있었지만 마리는 춤을 멈추었다. 그리고 중앙 플로어로 돌아가면서 한쪽 손을 뻗어 키스를 한번 보낸 뒤 잔달음질로 커튼 그늘 속으로 사라져버렸다. 붉은색 나비넥타이를 매고 흰색 신사복을 입은, 머리를 짧게 깎은 오끼나와 남자가 사투리로 고함을 치면서 마리의 뒤를 쫓아갔다. 잠시 후 매니저로 보이는 그 남자가 다시 나와서 마리가 벗어던진 드레스와 속옷을 주워들고 "이걸로 끝이야" 하고 퉁명스럽게 말하더니 황새걸음으로 대기실 안으로 들어갔다. 무대 조명과 음악이 꺼짐과 동시에 실내가 밝아졌다. 손님들은 한동안 술렁였지만 곧 호스티스에게로 관심을 돌렸다.

"알고 있었던 거야?"

미찌꼬가 물었다. 재키는 고개를 끄덕였다.

"왜 나를 데려온 거야?"

"이럴 줄 몰랐어."

재키는 유별나게 강한 어조로 말한 뒤 당황해하며 엉뚱한 곳을 바라봤다.

"뭘 몰랐다는 거야? 알고 있었잖아?"

미찌꼬는 재키의 점퍼를 잡고 흔들었다.

"몰랐다니까. 나도 처음이야."

"처음이라고? 이걸 본 게 처음이야?"

재키는 몇번이나 고개를 끄덕였다.

"돌아가자."

재키가 자리에서 일어나며 말했다. 미찌꼬는 다시 재키의 점퍼 옷자락을 잡았다.

"이 반지 돌려줘야지."

"돌려주지 않아도 돼."

"왜?"

"너한테 준 거니까."

"왜 나한테 준 거야?"

"……내 반지야."

재키가 걷기 시작했다. 미찌꼬는 재키의 옷을 잡은 채로 뒤따라갔다.

카바레에서 나왔다. 돌풍이 불어 간판이 흔들리자 위에 고여 있던 빗물이 미찌꼬의 머리로 떨어졌다. 우산을 놔두고 왔지만 다시 돌아갈 마음은 들지 않았다. 재키는 아무 말도 하지 않았다. 미찌꼬는 세 종류의 컬러 블록을 깔아놓은 보도를 앞장서서 걸었다. 비가 그쳤다. 싸늘한 바람이 턱과 귀를 스쳐갔다. 재키의 딱딱하던 눈과 입가도 다소 부드러워진 것 같았다. 미찌꼬는 핸드백에서 추잉껌을 꺼내 종이를 벗겨낸 뒤 재키의 입에 넣어주었다.

"처음엔 머리가 어질어질했어."

재키는 추잉껌을 씹으면서 섬약하게 웃었다. 미찌꼬는 못 들은 척하며 빠르게 걸었다.

"마리가 스트리퍼라는 사실을 알고는 있었지만 춤추는 모습을 본 건 오늘 저녁이 처음이야."

"같이 잔 적은?"

미찌꼬는 재키의 얼굴을 보지 않고 아무렇지도 않게 말했다.

"없어."

재키는 힘줘 말하고서 미찌꼬의 얼굴을 살폈다. "화난 거야?"

미찌꼬는 입을 다문 채 계속 걸어갔다. 클럽 '오리온' 입구 앞의 도롯가에 조금 낡은 자동차가 멈춰섰다. 미군 병사 몇명이 창문을 조금 열고서 쳐다봤다. 그 눈은 미찌꼬와 재키의 움직임을 좇고 있었다. 비가 내리기 시작했다. 비가 옷에 스며들어서 속옷까지 다 젖어버렸다. 추위가 몰려왔다. 갑자기 몸서리가 났다. 젖은 머리카락이 이마에 들러붙었다. 재키가 손을 들어서 택시를 세웠다. 미찌꼬는 타지 않았다. 재키가 두어마디 미찌꼬를 재촉하다가 얼마 후 종종걸음으로 미찌꼬의 뒤를 따라갔다. 택시가 짓궂게 경적을 길게 울렸다.

미찌꼬는 무턱대고 걷고 있다고 생각했지만, 발은 거의 정확하게 최단 거리로 집을 향하고 있다는 것을 알았다. 어째서 마리는 '손을 잡아끌었던' 것일까? 미찌꼬는 곰곰이 생각해보았다. 내가 만약 '마리'였다면, 나는 저 카바레 '문라이트'에서 '미찌꼬'와 큰 싸움을 벌였을지도 모른다.

"……뭐라고?"

미찌꼬는 걸음을 멈추고서 재키를 올려다봤다.

"응?"

"지금 뭐라고 말한 거야?"

"아니야."

미찌꼬는 다시 걷기 시작했다.

"마리는 내게 잘해줬어. 지금까지 계속 그랬어. 그런데 어젯밤에는 왜 차가운 눈초리로 쳐다보기만 했을까?"

"마리는 자신에 대한 이야기는 하지 않아. 한마디도 안해. 마리 아버지는 뭐든지 다 말하지만."

"마리에 대한 것도?"

재키는 고개를 작게 끄덕이더니 조금 뜸을 들인 후에 말을 이어갔다.

"마리의 애인이 베트남에서 죽었어. 내가 입원해 있던 병원 기억하지? 거기 지하에 있는 시체보관소로 아버지인 지미가 말리는 것도 뿌리치고서 '면회'를 갔다고 해. 하지만 관 뚜껑을 열어보자마자 기절해버렸어. 그 미군 병사는 얼굴의 절반이 날아가서 없었거든."

미찌꼬는 멈춰서서 가만히 재키의 얼굴을 응시했다.

"………"

"정말이야. 마리는 자살 시도도 했어."

"그랬구나……"

미찌꼬는 자신이 이럴 때에는 울 수 있는 여자였으면 싶었다. 눈

물이 글썽글썽해 네온사인도 외등도 자동차의 헤드라이트도 희미
하게 보였다. 비가 머리를 적시고 눈에 들어온 걸까?

"나는 자주 마리한테 혼났어. 그래서 늘 울상을 지었지."

재키의 얼굴은 젖어서 창백했지만 눈은 충혈돼 있었다. 미찌꼬
와 재키는 천천히 걸었다. 그런데, 하고 미찌꼬는 생각했다. 마리
는 저 포트 버크너 극장에서도 미군 병사들에게 퉁명스럽게 굴었
어…… 마리가 사랑한 미군 병사는 어떤 남자였을까. 재키는 마리
와 섹스를 하지 않았노라고 했다. 어느 쪽이 거부했을까. 아니, 아
무래도 좋다. 설령 관계를 맺었다고 해도 상관없다. ……마리는 사
람을 진심으로 대하지 않아. 난 달라. 마침내 무언가가 떨어져나간
듯한 느낌이 들었다. 하지만 재키에게 무엇을 해주면 좋을까? 좀더
비에 젖고 싶다. 비에 젖은 상태로 노래를 흥얼거리고 싶다.

"마리는 왜 나를 불렀을까?"

미찌꼬는 정말로 흥얼거릴 것만 같아서 황급히 말했다.

"나야 모르지."

재키는 거의 입술을 움직이지 않고 말했다.

"뭐라고?"

미찌꼬는 재키의 오른쪽 팔에 손을 둘렀다.

"……사람을 좋아하게 되는 것이 겁나지 않았을까. 사람이 간단
히 죽으니까."

"나는 재키가 베트남에서 돌아오면 뭘 하면 좋을지 생각해봤어.
하지만 정말 안 가는 게 좋겠어."

"………"

"재키는 내가 싫어?"

재키가 고개를 저었다. 빗방울이 튀었다.

"이거."

미찌꼬는 마리가 끼워준 반지를 뺐다.

"일단 재키에게 돌려줄게. 버리든지 내게 다시 주든지 해."

재키는 미찌꼬의 손을 잡은 후 왼쪽 넷째 손가락에 조심스레 끼워주었다.

"아아."

미찌꼬는 양손을 뻗으며 몸을 활짝 폈다. "이제 이런 음울한 계절은 질색이야. 빨리 여름이 왔으면 좋겠어. 강렬한 햇살을 받으며 온몸 가득 땀을 흘리고 싶어."

발치에 작은 공 같은 것이 굴러갔다. 네이블오렌지였다. 카바레 입구를 보니 호객하는 젊은 보이가 웃으며 주워서 먹으라는 시늉을 반복해서 했다. 미찌꼬는 하이힐로 그것을 세게 짓밟았다. 의외로 부드러웠다. 으깨졌다. 과즙이 비와 뒤섞였다. 하지만 냄새는 미찌꼬에게 미치지 않았다. 예전에는 이런 청년이 곧잘 미국인이 사는 주택의 쓰레기장을 뒤져 반쯤 상한 오렌지를 먹곤 했다……

마리의 스트립쇼를 본 그날밤 이후로 재키는 미찌꼬의 방에 틀어박힌 채 나가지 않았다. 기지로 돌아가지 않으면 탈영병이 된다. 미군의 군사 규율은 꽤 엄격하지만 오끼나와에서는 탈영병이 자주 나왔다. 특히 베트남으로의 출동이 결정된 다음날 돌발적으로 탈영하는 미군 병사가 꽤 많았다. 하지만 어째서인지 헌병은 수색을 대충 하다가 말았다. 작은 섬이니 어디로도 도망칠 수 없고 언젠가는 항복하며 되돌아오리라고 생각하는 모양이었다. 미찌꼬도 탈영을 가볍게 생각했다. 하지만 마음속 어딘가에서는 무언가가 걸렸다. 두 사람은 낮과 밤을 가리지 않고 언제나 작은 소리로 이야기했다. 음악을 들을 때나 춤을 출 때에도 소리를 낮추었다. 재키는 매일 몇번이고 미찌꼬와 춤을 췄다. 미찌꼬는 금방 피곤해졌다. 미찌꼬가 쉬면 재키는 혼자서 춤을 췄다. 재키는 침대에서도 미찌꼬를 격렬하게 껴안았다. 역시 섹스는 하지 않았다. 재키는 뉴올리언즈에 있는 아내를, 미찌꼬는 웨스트버지니아 출신이라는 아버지를 꿈속에서 보고 있음에 틀림없었다. 하지만 미찌꼬의 몸은 늘 쑤셨다. 미찌꼬는 재키의 겨울옷과 침구를 사놓았다. 또한 재키는 건배를 하는 버릇이 있어서 저녁식사를 한 후에는 술이 필요했다. "유쾌해" 하고 건배하면서 재키는 잔을 높이 들어올렸다. 입버릇인 것 같았다. 미찌꼬는 "자 건배, 정말 즐거워" 하고 장단을 맞춰줬다. 재키는 한번도 술에 만취하지는 않았다.

약국 큰이모가 보내주는 돈만으로는 생활이 어렵게 되었다. 하지만 큰이모에게 돈을 꿀 마음은 전혀 나지 않았다. 어떻게든 자립하고 싶었다. 죽은 외할머니가 문득 떠올랐다. 소학교 4학년 때 미찌꼬는 외할머니와 함께 한번은 유따 집에 가서 조상의 혼백에게 부모님의 행방을 묻기도 했다. 중학생이 되었을 때 큰이모가 유따는 믿을 수 없다고 하며 웃었던 일 역시 잊히지 않는다. 어느 농가의 딸이 있었는데 가뭄이 계속되자 유따에게 돈을 내고 점을 친 후 유따가 말한 그대로 기우제를 지냈다고 한다. 확실히 파인애플밭에 무언가가 내리긴 내렸는데, 그건 비가 아니라 미군 비행기에서 낙하한 트레일러였다고 한다. 외할머니는 아버지 험담을 한번도 하지 않았다. 미찌꼬는 한번도 들은 적이 없다.

3시가 되었다. 나까노마찌中ノ町[20]의 화랑畫廊 안에 있는 찻집에 갔다. 어젯밤 전화로 마찌꼬와 만날 약속을 한 곳이다. 마찌꼬는 아직 오지 않았다. 돈 빌리는 이야기보다도 재키 자랑을 무턱대고 하고 싶었다. 일부러 흉을 보면서…… 하지만 재키의 거처가 알려지지는 않을까 마음에 걸렸다. 왠지 모르게 텔레비전에 눈이 갔다. 싼타클로스가 신체장애자 시설에 있는 어린이들에게 크리스마스 선물을 나눠주고 있었다. 싼타클로스를 주의 깊게 살펴보니 흑인이었다. 텔레비전 옆 기둥에 일력이 걸려 있었다. 12월 11일. 크리스마스가 되기엔 아직 이른데…… 미찌꼬는 생각했다. 재키에게 크리스마스 선물을 사가자. 뭐가 좋을까? 고급 라이터? 재키는 담배를 피우지 않는다. 구두는 어떨까? 하지만 발 싸이즈를 모르잖아…… 그래, 색소폰이 좋겠어. 재키의 색소폰은 군대 숙소에 있으니까 말이야. 비싸지 않을까…… 전당포에서 구하면 쌀지도 몰라. 재키는 색소폰도 마음대로 불지 못하고 있어…… 나는 원하기만 하면 그

---

20 꼬자(현 오끼나와시)에 있는 동네로 술집과 찻집이 많아서 미군들이 자주 찾는 다. 지금도 옛 모습이 남아 있다.

림을 그릴 수 있는데…… 그렇지, 예쁜 액자를 사가자. 재키의 초상화를 그려서 넣어두자. 미찌꼬는 재키의 얼굴을 상상해봤다. 재키의 쓸쓸한 얼굴밖에 떠오르지 않는다. 미국에서 찍은 사진 중에는 웃고 있는 모습이 있다. 그걸 보고 그리자.

강화 유리로 된 문이 열리고 마찌꼬가 나타났다.

"오래 기다렸니. 이 옷 어때?"

마찌꼬는 튜닉슈트tunic suit 자락을 가볍게 붙잡고서 한바퀴 빙그르르 돌았다. "플라자하우스[21]에서 샀어. 빠리에서 유행하고 있다더라."

"멋져. 잘 어울린다."

하지만 피부가 흰 여자에게 잘 어울릴 옷 색깔이라고 생각했다. 마찌꼬는 피부가 거무스름했다. 마찌꼬는 미찌꼬의 맞은편에 앉아서 웨이트리스에게 레몬스쿼시를 시킨 후 담배에 불을 붙였다.

"챈들러라는 미군이 사줬어. 용龍 자수를 해줬더니 그 아래에 있는 소속부대 이름은 지우고 자기 이름을 넣어달라잖아. 품이 많이 들어가서 거절했는데 답례로 옷을 사준다기에 서둘러 마무리를 해줬지. ……재키는 그 점퍼 입고 다니니?"

순간 어떻게 대답하면 좋을지 망설여졌다. 재키와 동거하고 있다는 사실을 마찌꼬가 알고 있다는 느낌이 들었다.

"……입고 다녀."

---

21 오끼나와시 쿠보따(久保田)에 있는 복합 쇼핑센터로 1954년에 개점했다. 일본에서 가장 오래된 쇼핑센터이다.

미찌꼬는 애매하게 대답했다. 마찌꼬는 담배연기를 크게 훅 내뿜었다.

"그런데 왜 만나자고 했어?"

"그러니까…… 돈을 좀 빌려주지 않을래. 큰이모가 이제 생활비를 안 보내줘서."

미찌꼬는 거짓말을 했다. 마찌꼬는 가만히 미찌꼬의 얼굴을 바라보았다. 미찌꼬는 고개를 숙였다.

"있잖아, 너 나랑 우리 가게에서 일하지 않을래? 처음엔 초상화라도 그려봐. 그러면 미군 병사들이 올 거야."

마찌꼬가 하고 있는 자수점 이야기라고 생각했다.

"물론 급료도 마마가 제대로 줄 거야."

마찌꼬는 담배를 비벼 끄고서 말을 계속했다. "하지만 마마의 본심은 너를 고고걸로 만들고 싶은 거야. 가게의 간판 말이야. 닉슨이 달러 방위를 하잖아. 그래서 요즘 많이 어려워."

"잠깐이면 되는데……"

"뭐라고?"

"돈 말이야."

"그걸 다 쓰면 또 어쩔 셈인데. 또 빌릴 거니? 어차피 일을 하지 않으면 생활이 안되잖아."

"………"

"예전엔 돈은 있지만 여자가 없는 미군 병사가 있고, 남자는 있지만 돈이 없는 여자가 있어서 알맞게 균형을 이루고 있었어. 그런데 요즘엔 어찌된 일인지…… 우찌난쭈(오끼나와인)를 상대로 매춘하는 미국 여자도 있단다."

마찌꼬가 나에게 들으란 듯이 빗대어 말하고 있는 거라고 미찌꼬는 생각했다.

"마찌꼬는 돈을 벌려고 호스티스 일을 하는 거야?"

"부모님에게 매달 등기우편으로 돈을 보내드리고 있어. 요즘에 함께 있는 밀러라는 장교가 용돈을 듬뿍 줘서 송금 액수를 이번 달부터 늘렸어…… 하지만 난 자유로워."

역시 마찌꼬와 재키는 아무런 사이도 아니었구나.

"……소학교 때는 내가 너보다 경제적으로 좋았지. 넌 학교의 단체 영화관람도 못 갔고."

마찌꼬는 고개를 숙여 테이블 위에 놓인 레몬스쿼시를 빨대로 빨았다.

"A싸인 바에는 오끼나와 사람은 오지 않아. 그러니까 좀스럽게 살지 않을 수 있어."

돈을 빌리는 것과 카바레 근무가 교환조건이 된 것 같은 느낌이 들었다. 미찌꼬는 이야기를 딴 데로 돌리려고 했다.

"생리를 시작하던 무렵이었어. 소학교 5학년 때였을 거야. 그 무렵에 나는 외할머니의 손베개에서 자는 게 제일 마음이 놓였어. 주름이 자글자글한 손이었지만……"

미찌꼬는 식은 커피를 홀짝거리며 마셨다.

"나도 말이야."

마찌꼬는 왼손을 펼쳐서 내밀었다. "평소에 관리를 받지만 어릴 때 거칠게 살아서 지금도 이 모양이야."

마찌꼬의 손가락은 울퉁불퉁하고 단단해 보였다. 마찌꼬는 미군 병사와 여관 이층에서 자고 있을 때 아래에 있는 뒷골목에서 백인과 흑인이 다툼을 벌이던 일을 이야기해줬다. 갑자기 한발의 총성과 함께 쩅강 하고 유리 깨지는 소리가 나서 불을 켜려고 스위치를 눌렀지만 불이 들어오지 않아 라이터에 불을 붙이고 둘러보니 방안의 알전구가 산산조각이 나 있더라는 이야기를 흥미롭게 해줬다. 그러고 나서 카바레에 출근하기 전에 끝내야 할 자수 일이 있다고 하며 전표를 쥐고 일어났다. 함께 밖으로 나갔지만 방향이 반대여서 바로 헤어졌다.

해질녘에 바람은 불지 않았지만 추위가 뼛속까지 파고들었다. 미찌꼬는 목도리를 입언저리까지 둘둘 감고 스리시즌three season 코트에 양손을 깊이 찔러넣고서 걸었다. 상점가는 연말 대매출이라고 적어놓은 드림을 도로까지 내놓고 있었다. 「징글벨」이나 「거룩한 밤」이나 「기쁘다 구주 오셨네」를 영어와 일본어로 끊임없이 반복해서 틀어댔다. 오년 전 이 거리에는 영어로 된 캐롤송만 흘러나왔다. 종이봉투를 든 미군 병사 두명이 서로 부딪치자 누가 먼저랄 것도 없이 사과를 했다. 미군 병사들도 드문드문 있었다. 허니honey와 팔짱을 끼고 걷는 미군 병사는 거의 없었다. 작은 잡화점에서 온주귤을 샀다. 이 귤은 비타민 C가 풍부해 재키의 재채기를 낮게 할지도 모른다. 재키는 사과를 싫어하는 걸까. 언젠가 커다란 스타킹Starking[22]을 사놓은 뒤 일을 마치고 왔더니 두어번 베어 먹은 자국이 있을 뿐 선반 구석에 던져져 있었다. 건너편 햄버거 가게에서 특대 햄버거를 두개 샀다. 큰길로 나왔다. 덮개를 씌운 대형 군용트럭 세대가 지나갔다. 트럭에 탄 미군 병사들은 위장 재킷을 입었고 철모를 깊게 눌러쓰고 있었다. 미군 병사들은 지쳐서인지 미동도 하지 않았으며 눈에는 핏발이 서 있었다. 화로에 넣을 숯이 슈퍼마켓에도 없어서 이웃마을의 가게에까지 갔다. 짐이 많아 양손에 여유가 없었다. 그런데 택시비조차 남아 있지 않았다. 마찌꼬는 헤어지면서 "아르바이트로라도 좋으니 생각이 바뀌면 바로 전화해"라고 했다. 목덜미에 한기가 느껴지고 몸이 떨렸다. 나도 마리처럼 벌거벗고 미군 병사들 앞에서 춤출 결심을 할 수 있을까? ……내 몸도 남에게 뒤떨어지지 않을 만큼 예쁜데.

어느새 캄캄한 밤이 되었다. 삼층 창문을 올려다봤다. 재키가 커튼 구석에서 얼굴을 내밀고 있었다. 미찌꼬는 짐을 바닥에 내려놓고 손을 흔들었다. 재키가 어린아이처럼 손짓을 했다.

재키는 문을 열고 기다리고 있다가 곧바로 미찌꼬를 부둥켜안았다. 미찌꼬는 피곤했다. 옷을 갈아입겠다고 하고서 재키를 밀어냈다. 재키의 기분이 나빠지지 않았을까 하고 우려했다. 교대로 욕조에 들어갔다. 미찌꼬는 수프와 우유를 데우고 채소를 잘게 썰었다. 그러고 나서 둘은 식탁에 앉았다.

---

22 사과의 한 품종인 스타킹 딜리셔스를 가리킨다. 미국 뉴저지 주 과수원에서 딜리셔스의 변종으로 발견돼 명명됐는데, 과육이 단단하고 짙은 홍색이다.

"햄버거로 괜찮겠어?"

미찌꼬가 포장을 열며 말했다.

"최고지."

재키는 과장되게 손가락으로 딱딱 소리를 냈다.

"군인은 모두 부적을 지니고 전쟁터로 가. 맥스의 부적이 뭔지 아니?"

재키가 햄버거를 베어 먹으면서 갑자기 물었다.

"부적? 음…… 그런데 맥스가 누구야?"

"밴드 친구야."

"음…… 혹시 로켓locket[23] 아니야."

"틀렸어. 어디서 손에 넣었는지조차 모르는 포르노 사진이야."

재키는 우스워 죽겠다는 듯이 웃어댔다. "애인도 부모도 아이도 없으면서."

좀처럼 웃음을 멈추지 않기에 미찌꼬가 물어봤다.

"재키의 부적은 뭐야?"

"흔해빠진 묵주야."

누가 줬어? 하고 갑자기 물어보려 했지만 입을 다물었다. 아내가 줬다고 재키가 대답할 것 같았다. 재키는 미찌꼬가 우유 마시는 모습을 가만히 바라봤다.

"맥스는 복화술이 전문이야. 우유를 마시면서 인형을 노래하게

---

[23] 사진 등을 넣어 목걸이에 다는 작은 갑.

한다니까. 그게 또 얼마나 묘한 가락인지 몰라. 아직도 기억이 생생한데 이런 노래야. '두둥둥둥 아이가 태어나면 하나 줄 테니 구멍을 가져와라, 술을 가져와라.' 딱따구리가 이렇게 노래해. 게다가 딱따구리는 원래 섹시한 새라고 하니 모두 웃음보가 터지지."

재키는 이번에는 크게 웃지 않았다. 미찌꼬가 미소를 지어 보이며 말했다.

"정말 재밌어."

"마리 아버지랑 내기를 했지. 우유를 마시면서는 절대 노래할 수 없다고 해서 말이야. 맥스는 날 위해서 노력하더니 성공을 했어. 난 마리 아버지의 얼굴에 우유를 뿌렸지. 내기에서 이겼으니까."

"미국 사람은 참 재밌어. ……재키는 왜 나한테 미국에 가자고 말하지 않아?"

미찌꼬는 엉겁결에 말해버렸지만, 빛에 약해서 자주 내리까는 재키의 눈을 보고 이야기를 딴 데로 돌렸다.

"미국에서 닭은 캐클^{cackle} 하고 울지만 여기 닭은 코께꼿꼬 하고 울어."

쿠끼꿋꾸. 재키는 묘한 억양을 붙여서 닭 우는 흉내를 냈다.

"숫자를 셀 때에는 접은 손가락을 하나씩 편다면서?"

재키는 양손의 손가락을 하나씩 펴 보였다. 무척 빨랐다. 그 외에 또 뭐가 있을까 하고 미찌꼬는 생각했다.

"양치질을 할 때 칫솔을 움직이지 않고 이만 움직여."

재키가 이렇게 말하자 미찌꼬는 크게 웃었다.

탁자의 전기스탠드를 켜고 침대에 누운 채 이야기를 나눴다.

"베트콩은 지혜로워. 나 같은 사이비 아티스트가 전혀 알 수 없는 여러 특수장치를 만들어놓았어."

미찌꼬는 재키의 머리로 손을 뻗었다. 짧았던 군인 머리가 자라서 어느새 부드럽고 곱슬곱슬한 머리로 변해 있었다.

"우리 할아버지는 조금도 겁먹지 않으셨어. 그 무엇에도 말이야. 위풍당당하셨지. 나라를 만들기 위해서였어."

"………"

"나는 고향에 있을 때 진심을 다해 살았더라면 좋았을 거라고 생각하고 있어."

"………"

"벌써 자는 거야? 아깝잖아. 나한테 이야기를 들려줘야지."

재키는 미찌꼬의 손을 만지작거리다가 꽉 움겨잡았다. 세주 가까이 군사훈련을 받지 않아서일까, 아니면 방에 틀어박혀 있어서일까, 재키의 손바닥은 다소 부드러워져 있었다.

"나 솔직히 말할게. 재키와 어떤 생활을 하게 될지 잘 생각이 나지 않지만, 재키가 전에 이야기해준 미국 집과 어릴 적 우리 집은 꽤 비슷해."

"………"

"하얗고 긴 의자에 재키와 어깨동무를 하고 앉아 있었다면서. ……우리 아빠도 곧잘 나를 무릎 위에 올려놓고 안아줬던 것 같아. 으음."

미찌꼬는 눈을 감았다. "우리 머리 위로 유우나ユウナ24 꽃이 한가 득 피어 있었어. 정말 멋있는 꽃이지. 여름에 조금 강한 남풍이 불 면 팔랑팔랑 떨어져내렸어. 뜰 한가득 노란색 꽃이, 노랗기는 한데 약간 칙칙한 노란색 꽃이 흩날렸지. 나는 열심히 그 꽃을 모은 뒤 실로 꿰어 목걸이나 머리에 쓰는 관을 만들었어. 아빠에게도 씌워 드렸던 것 같아. 내가 아직 네다섯살 무렵의 일인데 어쩌면 꿈이었 는지도 몰라."

"꿈이 아닐 거야."

"그래, 꿈이 아닐 거야. ……아빠도 엄마도 분명히 행복하시겠 지. 그렇겠지? 내가 이렇게 행복한데."

"우리 아빠와 엄마도 행복하게 살고 계셔…… 불행하게 해드릴 수는 없어."

미찌꼬는 재키의 손가락에 자신의 다섯 손가락을 끼우며 말했다.

"있잖아, 재키. 유우나 꽃을 함께 보러 가지 않을래? 한창때는 여 름이지만 좀 이르면 3월부터 피기도 해. 응, 약속해줄래?"

재키는 미찌꼬를 부둥켜안았다. 목소리가 상기돼 있었다.

"꼭 데려가줘."

미찌꼬는 재키의 등을 어루만졌다. ……점퍼 그림은 유우나 꽃 이 좋았을지도 모르겠다. 어렴풋이 그런 생각이 들었다. 독이 없는 꽃이니까.

―――――――――――――
24 오끼나와에서 히비스커스(Hibiscus)를 일컫는 별칭.

오늘까지 23일 동안 재키는 미찌꼬의 방에 틀어박혀 지내고 있다. 23일 동안 숨어 있었던 것이다. 그사이에 미찌꼬는 가끔 불안한 마음이 들기도 했다. 일부러 며칠이라도 탈영하게 만든 후 돌아온 날에 탈영한 날수를 분으로 바꾸어서 그 수만큼 즐겁게 펀치를 날리는 상관이 있다는 이야기를 언젠가 누군가로부터 들은 기억이 있다. 또한 탈영병은 금고형이나 본국 송환이 아니라 격전지 최전선으로 가게 된다는 말도 들었다. 하지만 어느 쪽이든 간에 이삼일 탈영을 했든 몇개월 탈영을 했든 군대의 처리는 같을 것이라고 미찌꼬는 생각했다. 미군 병사의 탈영은 흔해빠진 일이라고 자신을 타일렀다. 오후 3시 지날 무렵, 미찌꼬는 시계와 반지를 전당포에 잡히고 식료품을 사왔다.

재키는 커튼 구석에 손으로 무릎을 감싼 채 앉아 있었다. 평상시처럼 미찌꼬가 안고 있는 종이봉투를 받아주거나 코트를 벗겨주지 않았다.

"재키."

재키가 고개를 들었다.

"케이크 사왔어. 이쪽으로 와. 같이 먹자."

미찌꼬는 소리 나게 종이봉투를 식탁에 내려놓았다. 일부러 쾌활한 척했다.

"……바깥은 날이 개었어?"

재키는 쳐놓은 커튼의 끝자락을 잡고 갓난아기처럼 흔들며 말했다. "도둑고양이가 밖에서 쳐다보고 있어."

"재키."

미찌꼬는 재키의 옆에 쪼그리고 앉아서 어깨에 손을 올렸다.

"지난 네주 동안 적이 늘어났다는 생각이 들어."

"……자, 탁자로 와. 케이크 먹자."

재키의 손을 잡아끌었지만 재키는 뿌리치며 말했다.

"너희 아빠도 전쟁에 나가셨다면서."

"엄마와 나는 다르고, 아빠와 재키도 달라."

"너한테는 고마움을 느끼고 있어. 덕분에 친구가 누구인지 확실히 알게 됐어."

"………"

"이 즐거운 생활이 언제 무너져내릴까 걱정하는 사람은 나밖에 없어."

"무슨 소리를 하는 거야, 재키. 난 도무지 알지를 못하겠어."

"나는 뭔가 모든 인간이 잊어버릴 정도의 굉장한 사건을 원해왔어."

재키는 세운 무릎에 턱을 올리고 말했다.

"왜, 왜 잊어야 하는데."

미찌꼬는 재키의 어깨에 올렸던 손을 내리면서 말했다.

재키는 가볍게 고개를 저었다.

"있잖아, 무엇이든지 잊게 돼. 재키가 생각한 만큼 친구들은 재키를 생각하지 않아."

"네가 하는 말은 아마 틀리지 않을 거야. 하지만 분명히 후회하게 될 거야."

"뭘 후회해? 나랑 함께 있는 걸?"

재키는 고개를 세게 저었다.

미찌꼬도 고개를 세게 저었다. 미찌꼬는 재키를 가만히 바라보았다. 재키는 눈을 돌리려 했다. 미찌꼬는 그래도 계속 바라보았다. 재키가 일어나서 유리문을 열었다. 남향으로 난 창이지만 북동쪽의 차가운 바람이 불어왔다. 커튼이 격렬하게 흐트러졌다.

"바깥바람이 참 좋구나……"

재키가 중얼거렸다. 그러고 나서 곧바로 뒤를 돌아보더니 경례를 했다. 미찌꼬는 엉거주춤 일어난 상태에서 재키를 올려다봤다. 재키는 정면 벽을 가만히 보면서 빠르게 말했다.

"경례! 잭 매클레인 상병의 본국 귀환을 명한다. 나이브해서 군인으로 실격이다. 잭 매클레인 상병은 아티스트다. 색소폰으로 나라를 위해 헌신하도록. 그럼 한곡 불어보라. 명령이다. 이상."

재키는 방향을 바꾼 뒤 뺨에 바람을 넣고 양손으로 색소폰 모양을 만들더니 손가락을 번갈아가며 교묘하게 움직였다. 좀처럼 멈추지 않았다. 가슴을 젖히고 허리를 구부린 채 상상의 색소폰을 계속 불었다. 미찌꼬는 재키의 목을 껴안았다. 재키의 가슴에 얼굴을 비비며 흘러나오는 눈물을 닦았다. 오랜 시간 선 채로 껴안고 있었다.

"재키, 춤추자."

미찌꼬는 레코드플레이어에 블루스 곡 LP를 올렸다. 몸을 거의 움직이지 않으면서 춤을 췄다. 때때로 색소폰 소리가 흘러나왔다.

"나라면 더 잘 불 수 있어."

재키가 말했다. 미찌꼬는 재키의 어깨에 올려놓았던 뺨을 움직였다.

"너 돌아가면 군사재판에 회부될 거야."

"난 개의치 않아."

"……왜 결심한 거니?"

"모두가 가잖아."

"모두는 아니지 않아? ……재키는 재키잖아?"

"……맥스도 죽었어."

"맥스?"

"그래 맥스."

"누군데?"

"복화술을 잘하는 밴드 친구. 너와 처음 만났던 날, 기억하지? 그 전날에 맥스는 베트남으로 갔었어."

"맥스는 죽지 않았을 거야."

"거짓말이 아니야."

"어떻게 알아?"

"마리가 전화해줬어."

"……마리는 정직해?"

"부대에도 확인해봤어."

"여기에 있다고 말한 거야?"

미찌꼬가 고개를 들고 말했다. 재키는 고개를 저었다.

"재키는 맥스와 달라."

"알아. 맥스의 복수를 생각하고 있진 않아. 하지만 맥스는 내 라이벌이었어."

"………"

미찌꼬는 재키의 목덜미를 만졌다. 머리카락이 더 자라 있었다. 치맛자락이 자꾸 펄럭였다. 음악이 끝나자 미찌꼬는 유리문을 닫은 후 재키의 손을 잡아끌어 의자에 앉혔다.

"식사 준비할게. 기다려."

미찌꼬는 부엌에서 햄에그를 만들었다. 기름이 튀었다. 오늘 새벽에 꿈을 꿨다. 비로야자 삿갓을 깊이 눌러쓴 어부의 그물에 무언가가 걸렸다. 그물을 끌어올렸다. 젊은 미군 병사였다. 불에 태웠다. 주위를 둘러싼 사람들이 큰 소리로 웃었다. 나도 거기에 있었다. 나도 웃고 있었던 것 같다. 재키를 혼자 차지하려고 해서 괴로운 거야. 미찌꼬는 자신을 타일렀다. 모두와 함께 공평하게 재키를 사랑해야 한다. 아니야, 나만이 재키를 사랑하고 있어. 마리와는 달라. 하지만 만일 마리가 재키를 사랑하고 있다고 해도 전혀 질투심이 솟아나지 않는다. 정말 이상한 일이다.

갑자기 어깨에 손이 올라왔다. 가슴이 뛰었다. 돌아다보니 재키가 서 있었다. 입 주위에 흰 크림을 묻힌 채 웃고 있었다. 미찌꼬는 웃으며 티슈페이퍼로 닦아주었다.

"내가 끝내고 올게."

재키의 눈이 날카로워졌다.

"………"

"내일 부대로 갈 거야."

미찌꼬는 햄에 그를 접시에 담았다. 몸을 움직이고 싶었다. 기름이 튀어서 한순간 손등에 날카로운 통증이 느껴졌다.

"누군가를 죽였다면, 도망쳐 숨더라도 난 개의치 않아."

"………"

재키가 탁자로 돌아갔다. 미찌꼬는 접시를 탁자 위로 날랐다.

"만약에 누군가가 죽어야 결말이 난다면…… 무정하지만 나와 미찌꼬를 위해 누군가가 죽기를 간절히 바랄게. 역시 신은 허락해주시지 않을까."

미찌꼬는 가슴에 묵직한 압박감을 느꼈다. 접시가 미끄러져 떨어져서 깨졌다. 미찌꼬는 엎드린 다음 얼굴을 탁자에 갖다댔다.

재키는 미찌꼬의 어깨에 손을 살며시 올리고 말했다.

"지금까지 내가 보여준 참을성을 칭찬해줘."

"………"

미찌꼬가 얼굴을 들자 재키가 윙크를 했다.

"………"

재키는 미찌꼬의 어깨를 두드리고는 의자에 앉았다. 미찌꼬가 일어났다.

"부대에 몇번이나 전화를 하려다 결국 하지 않았어. 너에 대한 성의라고 생각해줘."

미찌꼬는 재키의 머리를 어루만졌고, 재키는 미찌꼬의 왼손을 꽉 쥐었다.

재키는 저녁밥을 남기는 버릇이 있었지만 오늘은 전부 다 먹었다. 식후에 재키의 무릎 위에서 안겨 영화음악 LP를 들었다. 반시간 정도 서로 말을 하지 않았다.

"……뉴올리언즈에서 아버지가 작은 목화농장을 하고 계셔. 그래서 내가 송금할 필요가 없었어…… 달러를 조금 모았어…… 너에게 주고 갈게."

재키는 거의 몸을 움직이지 않으면서 말했다.

"난 괜찮아, 재키."

미찌꼬도 움직이지 않고 말했다.

"……요즘 고향이 선명히 잘 보여. 눈이 녹으면 투명한 물이 되어 강가의 바위 사이로 아주 빨리 흘러가. 키 큰 나무가 새싹을 내미는가 싶으면 곧 짙은 녹색 잎으로 변하는데, 숲속이 약동하는 거지. 이 섬에는 없을 거야."

"맞아. 하지만 여기에는 바다가 있어. 산호초가 정말 아름다운 곳을 내가 알고 있어. 조그만 열대어가 많이 있는 곳이야. 여름이 되면 바다에……"

"………"

"나 전화해볼게."

미찌꼬는 자리에서 일어났다. 쉰 목소리의 남자가 전화를 받더니 마리를 부르러 갔다. 록 음악과 뒤섞여 가끔 여자들의 기이한 소리가 들려왔다. 이윽고 마리가 전화를 받았다.

"나 미찌꼬야. 마리에겐 오래전부터 고맙다는 말을 하고 싶었어. 이유는 모르겠지만 말하고 싶었어."

"별말을 다 하네."

"재키를 어떻게 하면 좋을까?"

"………"

"마리와 사랑하고 있었을 때에는 베트남에서 도망치려고 했잖아…… 왜 지금은 베트남에 가려고 하는 걸까?"

"………"

"나는 재키에게 사랑받을 만한 일을 했을까? 사랑받을 만한 일이 있을까? 알려줄래."

"………"

"마리는 재키에게 무슨 바람을 넣은 거야?"

"너는 다정하게 대해줬어."

"다정하게? 아니야. ……그저 조금이나마 좋은 추억을 만들고 싶었을 뿐이야."

"그걸로 충분해."

"나 어떻게 하면 좋을까? 아흔이 된 할망구처럼 노망이 난 것 같아."

"……내가 스트리퍼가 되기로 결심한 것은 말이야, 큰길에 면한 병원 현관에서 한낮인데 노파가 엉덩이를 까고 오줌 누는 걸 본 때부터야. ……그걸 보자 나 자신이 왠지 한심스러웠고 젊은 미군 병사들이 참을 수 없을 정도로 불쌍해 보였어. 하지만 진짜 이유는 지금도 잘 모르겠어."

"나도 마리처럼 하면 좋을까?"

"넌 너야."

재키가 등 뒤에서 미찌꼬의 어깨에 양손을 올렸다. 미찌꼬는 한순간 깜짝 놀랐다.

"한밤중에 아주 작은 소리에도 가슴이 두근거려. 어째서 이렇게 약해진 걸까?"

"베트남도 그렇게 무서운 곳은 아니라고 생각해봐. 인간은 언제나 나쁜 쪽으로만 생각하는 버릇이 있어."

"그렇게 말하지 마. 어떻게 무섭지 않아? 그 말 취소해. 그러지 않으면 난 밤새도록 잠을 이루지 못할 거야."

하지만 문득 마리의 애인이 얼굴이 날아가 전사했다는 이야기가 떠올라 황급히 말을 이었다.

"마리가 말한 그대로야. 나쁜 쪽으로만 계속 생각하잖아, 사람은."

어깨에 손을 뻗어 재키의 손을 꽉 쥐었다.

"좋은 쪽으로만 생각하는 사람도 있어…… 우리 아빠가 그래. '사랑스러운 마리야, 나는 네가 있어서 비가 쏟아지는 정글 속에서 전투하게 되더라도 괴롭지 않단다'라는 말을 입에 달고 살았지만 제대를 하더니 내가 스트리퍼가 됐는데도 전혀 상관하지 않아. 손님이 기다리고 있어. 이제 끊을게."

"기다려. 아직 할 말이 두마디 더 있어. 첫째로 난 더 예뻐질 거야. 화장을 해서 재키가 곧바로 돌아오고 싶어지게 할 거야. 그리고 재키의 상관에게 불평을 한마디 하고 올 거야. 그래, 너도 재키와 함께 바닥 모를 늪에서 베트콩과 싸우게 하라고 말할 거야."

"난 재키의 유품으로 그 반지를 받았거든."

"………"

"이제 끊을게."

"……안녕."

미찌꼬는 재키의 손을 잡아끌었다. 그리고 플레이어에 LP 레코드를 올린 뒤 껴안고 춤을 췄다.

"나…… 섹스를 할 수 없어. 이 섬에 온 후부터 불능이 돼버렸어. 뉴올리언즈에는 아내와 아이도 있어. 터무니없는 거짓말을 했어."

"……그래. 하지만 힘을 내야 해. 아내와 아이 그리고 나를 위해서라도. 조금만 기다려봐, 재키."

미찌꼬는 장신구 함을 열어서 아버지의 유품인 로켓을 꺼내 재키의 목에 걸어줬다.

"우리 아빠는 분명 베트남에 있을 거야. 찾아줄래?"

재키는 한동안 미찌꼬를 바라보다가 겨우 고개를 끄덕였다.

"하지만 이 로켓은 이제 재키 거야."

"고마워."

"빨리 돌아와야 해. 우물쭈물하다간 재키 것을 다른 사람이 다

가져갈 테니까 말이야."

　아무 말도 하지 않고 계속 춤을 췄다. 색소폰 소리가 유달리 크게 들렸다. 유리창에 두 사람의 모습이 비쳤다. 창밖의 어둠은 보이지 않았다.

제 '참회'를 들어주시겠어요?

「돼지의 보복(豚の報い)」은 일본과 오끼나와에서 비극적인 사건이 벌어진 1995년에 발표됐다.

'세계 최고의 일본'(Japan as Number One)이라는 말이 당연시됐던 1980년대를 끝으로 버블경제가 무너져내리면서 일본인은 불안한 1990년대를 보내고 있었다. 그런 와중에 1995년 3월 20일에 터진 옴진리교(Aum眞理教)가 벌인 토오꾜오 지하철 사린 사건은 안정과 번영의 시대에 종지부를 찍었다. 전대미문의 사건 앞에서 미디어와 대중은 옴진리교를 자신들과는 무관한 타자의 자리로 옮겨놓기에 바빴다. 옴진리교의 교주 아사하라 쇼오꼬오(麻原彰晃) 또한 한때 자신들에게 친숙한 종교인이었다는 사실은 대중의 기억 속에서 봉인됐다. 불길한 예감을 품고 사는 사람은 그리 많지 않다는 점에서 이러한 망각은 어쩌면 당연한 것인지도 모르겠다. 전전(戰前)의 일본 전체가 "옴진리교와 같은 상태였다"라고 말하며 이를 일본인들과 완전히 절연된 것이 아니라 대단히 익숙한 대상으로 위치시킨 마루야마 마사오(丸山眞男, 1914~96)의 통찰력이야말로 그런 의미에서 오히려 충격적이다.

1995년은 오끼나와 사람들에게도 악몽의 한해였다. 1995년 9월 4일, 미군 세명이 열두살밖에 되지 않은 오끼나와 소녀를 성폭행한 사건이 일어났다. 미군 범죄는 어제오늘의 일이 아니었지만 그 대상이 초등학교 여자아이였기에 섬의 분노는 최고조에 이르렀다. 사건 이후 '섬 전체의 투쟁'이 전개됐다. 독일이 통일되고 냉전체제가 해체된 상황에서 새로운 변화를 기대했던 오끼나와 사람들은 이 사건을 통해 현실의 엄혹함을 몸서리칠 만큼 느끼게 되었다. 오끼나와 사람들은 세계의 변화 속에서 오끼나와만 홀로 동떨어져 미군기지의 일상적인 폭력과 미·일 안보체제의 군사기지로 살아야 한다는 답답함을 느끼고 있었는데, 그러한 현실을 뼈아프게 깨닫게 해준 사건이 바로 오끼나와 소녀 성폭행 사건이었다. 초등학교 여자아이조차 미군의 폭력에 떨며 평화롭게 살 수 없다는 현실에 대한 분노가 들불처럼 번져나갔다.

오끼나와 문화를 상징하는 '돼지'와 '풍장(風葬)', 그리고 민간신앙의 성소인 '우따끼(御嶽)'를 테마로 한 「돼지의 보복」은 오끼나와 사람들이 미군기지 철수를 소리 높여 외치는 와중에 발표됐고,

발표 직후인 1996년 1월에 제114회 아꾸따가와상(芥川龍之介賞) 수상작으로 선정됐다. 이 작품을 쓴 마따요시 에이끼(又吉栄喜)는 전후 오끼나와 문학을 대표하는 작가 중 한명으로 오끼나와 남부의 우라소에(浦添)에서 태어나 지금까지 그곳에서 살고 있다. 우라소에는 류우뀨우 왕국의 능묘와 오끼나와 전투 당시의 방공호, 그리고 미군기지인 캠프 킨저(Camp Kinser)까지 오끼나와의 전근대와 근대 그리고 현대를 상징하는 다양한 장소가 혼재돼 있는 곳이다. 이들 장소는 마따요시가 어린 시절 뛰어놀던 곳으로 그곳에서의 삶은 이후 마따요시의 문학세계를 채색하게 된다. 오끼나와 남부는 류우뀨우 왕국의 슈리성(首里城)이 있던 곳으로 예나 지금이나 오끼나와의 중심부에 해당된다. 마따요시가 오끼나와 북부가 아니라 남부의 문화와 언어 속에서 자라났다는 점은 그의 작품세계를 이해하는 데 빼놓을 수 없는 요소이다. 이는 오끼나와 북부의 나끼진(今歸仁)이 고향인 메도루마 슌(目取眞俊, 1960~)의 작품과 비교해보면 명확해진다. 오끼나와 북부는 예로부터 왕국의 중심과는 거리가 멀어 문화와 말씨가 달랐으며, 남부 사람들에게 일상적인 차별을 받던 곳이었다. 지금도 오끼나와의 중심은 남부 지역이며 북부는 문화적으로나 경제적으로나 낙후돼 있다. 두 작가의 문학세계를 이해할 때 오끼나와 북부와 남부의 오랜 역사적 굴곡을 이해하는 것은 필수라 하겠다.

그러나 미군이 오끼나와를 점령한 이후 지형적 특성 등으로 많은 미군기지가 중부와 남부에 집중됐다. 이는 우라소에 출신의 마

따요시가 일상적으로 미군기지와 인접해 살아갈 수밖에 없었던 이유이기도 하다. 이 책에 실린「등에 그려진 협죽도(背中の夾竹桃)」는 마따요시 에이끼가 오랫동안 탐구해온 미군기지와 오끼나와인의 관계를 다룬 많은 작품 중 하나이다.

『돼지의 보복』에는 오끼나와인의 정신세계와 현실세계를 상징하는 '돼지'와 '미군기지'라는 두가지 테마가 함께 실려 있다. 이는 오끼나와인이 '일본 복귀'(1972)를 이룬 이후 가장 치열하게 고민했던 오끼나와의 현실이기도 하다. "외부 세력인 일본과 미국에 침윤된 가운데 오끼나와인의 정체성을 어떻게 이어나갈 것인가?" 하는 질문은 오끼나와의 자립과 독립을 둘러싼 오래된 물음이다. 마따요시 에이끼는 전후 오끼나와의 복잡한 현실 속에서 살아가는 사람들인 오끼나와인, 조선인, 아메리시안, 미군에 초점을 맞춰 다양한 인간의 내면을 그려왔다.

이러한 마따요시 에이끼의 작품은 동시대 일본 작가인 무라까미 하루끼(村上春樹, 1949~)의 작품과는 꽤나 다른 풍경을 보여주고 있다. 하루끼 소설『바람의 노래를 들어라(風の歌を聽け)』의 주인공 '제이'는 1970년대 또오꾜오의 술집에 놓인 주크박스에서 흘러나오는 음악을 들으며 무료한 일상을 보내고 있다. 이와는 대조적으로 1970년대 오끼나와를 배경으로 하고 있는 마따요시 에이끼의「조지가 사살한 멧돼지(ジョージが射殺した猪)」의 주인공 '조지'는 베트남전쟁에서 죽을지도 모른다는 두려움에 떨고 있다.

무엇보다 여기 있는 호스티스는 조금 만졌다고 해서 꺅꺅 소란을 피우고 몸을 꼬고 도망칠 리 없는데도 말이다. 조지는 일어서서 주크박스에 다가가 25센트를 넣고 시끄러워 보이는 노래를 다섯곡 찾아서 스위치를 눌렀다. 천장이라도 무너졌으면 하고 생각했다. 어떻게 저렇게 까무잡잡하고 자그마한 현지인 여자 따위와 함께 걸어다닐 수 있지? 존은 무슨 기분일까. 그가 한낮에 쇼핑이나 영화를 보러 오끼나와 여자와 팔짱을 끼고 다니는 기분을 알 수 없다. 누가 보더라도 이상해 보일 것이다. 키는 존의 가슴팍밖에 오지 않는다. (마따요시 에이끼 「조지가 사살한 멧돼지」)

'조지'에게 술집의 주크박스는 무료한 일상을 달래주는 것이 아니라 전쟁과 죽음의 공포를 잊게 해주는 것이다. 하루끼의 『바람의 노래를 들어라』가 파편화된 개인이 도시에서 겪는 무료한 일상을 담고 있는 데 비해, 에이끼의 「조지가 사살한 멧돼지」에는 베트남전쟁 참전을 앞둔 미군들의 공포에 가득 찬 내면 풍경이 드러나 있다. 전공투 학생운동이 괴멸된 이후의 무료한 토오꾜오의 일상과 전쟁에 휘말린 오끼나와의 일상은 두 작가에 의해 이처럼 다르게 표현돼 있다. 하지만 평온한 토오꾜오의 일상이 오끼나와의 희생에 의해 담보된 것이라고 한다면 두 소설은 완전히 다른 현실을 그린 것이 아니라 미·일 안보체제가 토오꾜오와 오끼나와에서 얼마나 다르게 기능하고 있는지를 보여주고 있다고도 할 수 있다. 한쪽에는 막대한 경제적 부와 평온한 일상을, 다른 한쪽에는 전쟁의 상흔과 차별을 말이다.

'보복'에서 '보답'으로

「돼지의 보복」의 일본어 제목 중 '報い'는 '보복'이나 '보답'의 뜻을 가지고 있다. 애써 옮기자면 '응보(應報)'나 '과보(果報)'가 될 것이다. 갚을 보(報) 자이니 무엇을 갚느냐에 따라 의미가 달라지기에 두가지 뜻으로 쓰이는 것도 이상하지는 않다. 그렇다면 이 소설에서 그것은 '보복'일까 '보답'일까? 결론부터 말하자면 '보복'으로 시작돼 결과적으로 '보답'으로 나아가는 내용이다.

우선 스토리를 살펴보자. 「돼지의 보복」은 도살장으로 향하던 돼지가 트럭에서 빠져나와 스낵바(술집) '달빛 해변'으로 난입하는 사건이 벌어지면서 시작된다. 스낵바에서 일하던 류우뀨우 대학 신입생 쇼오끼찌는 혼비백산한 스낵바의 여자들에게 "우따끼에 가서 빌면 액운이 떨어질지도 몰라"(22면)라고 했고 결국 자신의 고향인 마지야섬으로 그녀들을 안내하게 된다. 여자들은 돼지가 난입했을 때 떨어뜨린 넋(마부이)을 다시 넣고 액운을 없애기 위해 쇼오끼찌를 재촉해 마지야섬으로 출발한다. 스낵바의 마담 미요와 호스티스 와까꼬, 요오꼬는 쇼오끼찌만을 믿고 마지야섬으로 가게 되는데, 마지야섬으로 가는 쇼오끼찌의 속셈은 그녀들과 많이 다르다. 쇼오끼찌는 마지야섬 해안가에 풍장된 상태로 있는 아버지의 유골을 수습해 문중묘에 납골하려는 또다른 목적을 숨기고 있는 것이다. 마지야섬에 도착한 일행은 쇼오끼찌가 아는 민박집에 묵게 된다. 민박집에 묵으면서부터는 사건의 연속이다. 여주인이 창가에서 달을 쳐다보다 밖으로 떨어져 섬의 진료소에 입원하고, 여주인의 남편이 가져온 돼지고기를 먹고 여자들은 설사를 심하게 한다. 여주인의 남편이 가져온 돼지고기는 장례식에 다녀오는 길에 친척집에서 죽어 있던 돼지를 잡은 것이었다. 여자들 모두 설사를 해서 우따끼로 가려던 계획은 차질을 빚게 된다. 홀로 돼지고기를 먹지 않은 쇼오끼찌는 상태가 악화된 마담을 업고서 진료소에 입원시킨다. 여자들은 저마다의 굴곡진 삶을 어린 쇼오끼찌에게 고백하고 그의 사랑을 갈구한다. 그런 상황에 부담을 느끼면서도 쇼오끼찌는 여자들을 외면하지 못한다. 쇼오끼찌는 풍장 상태인 아버지의 유골을 수습하러 해안가로 찾아간다. 쇼오끼찌는 아버지의 유골을 발견하고 그곳에 새로운 우따끼를 만들기로 결심한다. 쇼오끼찌는 속병이 나은 여자들의 동의를 구해 자신이 만든 우따끼를 참배하게 하면서 소설은 끝을 맺는다.

스토리만 놓고 보면 돼지는 쇼오끼찌 일행에게 보복을 하고 있는 것처럼 보인다. 스낵바에 난입을 하거나, 돼지고기를 먹고 속병이 난 것 등을 보면 그렇다. 하지만 표면적인 인과관계만이 아니라 내용을 좀더 전체적으로 보면, 돼지가 스낵바에 난입한 까닭에 쇼오끼찌 일행은 마지야섬에 갈 수 있게 되고, 그곳에서 각자의 불운한 운명을 떨쳐낼 수 있게 된다. 그리고 그 덕에 여자들은 과거를 고백·참회할 수 있게 되고, 쇼오끼찌는 아버지의 유골을 찾아서 우따끼를 만들 수 있게 된다. 여자들이 돼지고기를 먹고 속병이 나면서 쇼오끼찌가 우따끼를 만들 수 있는 시간을 가진 것은 '보답'이라고 할 수 있다. 돼지는 표면적 보복을 함으로써 쇼오끼찌 일행에게 보답을 안겨준 셈이다. 「돼지의 보복」은 그런 의미에서 절망에서 구원으로 이어지는 이야기 구조를 보여주는데, 이는 오끼나와 사회 내의 숨 막히는 현실이나 전통으로부터의 일탈에서부터 시작된다.

「돼지의 보복」은 '돼지' '우따끼' '풍장'이라고 하는 오끼나와의 민간전승 및 민간신앙, 장례의식이 기저에 깔려 있는 작품이다. 그렇기에 아꾸따가와상 심사 당시에도 오끼나와의 전통이나 민화적 요소가 유머러스하게 잘 표현돼 있는 작품이라는 평가를 받았다. 특히 오오에 켄자부로오(大江健三郎, 1935~)는 매력적인 여성 인물들이 잘 구현됐다고 하면서 "현대생활에 밀착된 민속적"요소가 마따요시 소설의 장점이라고 말하고 있다. 돼지는 오끼나와 사람들이 애착을 가지는 동물로서 오래전부터 사랑받아왔으며 인간에게 보복을 하거나 보답을 줄 수 있는 양의(兩意)적인 존재로 인식돼왔다. 이러한 인식은 일본 본토에는 잘 없는 것이다. 일본 본토에서는 전근대 시기에 오랫동안 네발짐승을 불길하다는 이유로 잘 먹지 않았고, 네발짐승을 도살하는 일을 부락민에게 일임하면서 그 일을 천시했다. 일본 본토와 오끼나와의 식문화를 둘러싼 이러한 차이는 두 지역이 서로 다른 역사시간을 통과해왔음을 보여준다.

「돼지의 보복」에서 돼지고기를 먹은 여자들이 설사를 하고, 나중에 현실의 고뇌에서 해방돼 쇼오끼찌가 만든 우따끼로 향해가는 것은 그런 의미에서 리얼리티가 결여된 것이라고는 할 수 없다. 돼지가 난입한 후 마지야섬으로 가게 되고, 그곳에서 다시 돼지고기를 먹고, 결국 고뇌에서 해방된다는 이야기 구조는 오끼나와인들의 돼지 관련 민간전승을 이해하지 않고서는 쉽게 해명되지 않는다. 와까꼬가 민박집 여주인을 향해 "이렇게 좋은 날이 온 것은 아저씨가 돼지고기를 가져온 덕분이에요"(123면) "배탈이 나서 모두 도움을 받게 됐다는 의미예요"(같은 곳)라고 말한 것은 오끼나와 문화에서 돼지가 차지하는 역할을 이해한다면 더 쉽게 이해할 수 있다.

쇼오끼찌가 아버지의 유골을 수습하려다 자신만의 '우따끼'를 만드는 것은 이 소설의 가장 중요한 부분이다. 일반적으로 우따끼는 한 마을의 성소로 산속에 있는 커다란 돌이나 해안가의 돌 등 자연을 숭배하는 민간신앙이다. 그런데 「돼지의 보복」에서 쇼오끼찌는 공동체에서 일탈해 자신만의 성소를 만들려고 한다.

이 섬은 신의 섬이어서 여기저기에 우따끼가 있다. 몇십년, 몇백년 동안 사람들이 참배해온 우따끼가 있다. 진짜 우따끼로 여자들을 데려가야 하는 것은 아닐까? 우따끼를 만들다니 애당초 터무니없는 일이다. 여자들과 마찬가지로 돼지고기를 먹고 탈이 나서 움직일 수 없었더라면 좋았을 텐데. ……하지만 유골이 있는 장소는 성스러운 장소이다. 몇십년 전, 몇백년 전의 우따끼라 해도 처음에는 누군가가 만들었을 뿐이다. 내가 만든 우따끼라고 털어놓으면 여자들이 참배할까? 아니면 끝까지 거짓말을 해야 할까? (115면)

우따끼의 기원을 둘러싼 쇼오끼찌의 '반전통적인 사고'를 잘 보여주는 부분이다. 주인공은 단순히 오끼나와의 전통이나 민간전승을 따르는 것만이 아니고 그것을 현대적으로 혁신하고 있다고 할 수 있다. 아꾸따가와상 심사에서 높은 평가를 받은 것 또한 바로 이와 관련된다. 더구나 쇼오끼찌는 풍장된 아버지의 유골을 문중묘로 가져가는 것이 아니라 자신이 만든 우따끼에서 새로운 신으로 모신다. 마지야섬에는 "비명횡사한 사람은 십이년 동안 무덤에 납골하지 못하는 풍습"(29~30면)이 남아 있는데, 십이년이 되자 문중 사람들은 쇼오끼찌에게 아버지 유골을 문중묘에 납골하라고 계속 압박한다. 쇼오끼찌는 씨족공동체의 문중묘로 아버지의 유골을 납골하길 거부하고 자신만의 우따끼에 아버지의 유골을 모시는 것으로 문중에 정면으로 맞선다. 섬이라는 폐쇄된 환경 속에서는 공동체의 압력이 무척 거센 법이고, 그중에서도 씨족공동체의 규율은 어기기 힘든 힘을 지닌다. 쇼오끼찌는 풍장된 아버지의 유골을 자신만의 우따끼에 모심으로써 공동체로부터의 일탈을 완성한다. 그리고 가족이 아닌, 스낵바에서 굴곡진 삶을 살아가는 연상의 여자들과 자신이 만든 우따끼로 참배하러 간다. 쇼오끼찌와 여자들의 참회는 새로운 우따끼를 만들고 그곳으로 참배하러 가면서 비로소 받아들여진다고 할 수 있다. 미요는 돼지의 액화(厄禍)를 두번이나 입은 후에 쇼오끼찌에게 참회한다.

"나 여기에 참회하러 왔어. 내일 신에게 해야겠지만 오늘밤 쇼오끼찌에게 하면 안될까?"

어두워서일까, 목소리가 쇼오끼찌에게 선명히 들렸다.

"참회하려고. 참회는 누군가에게 말을 해야 하는 거잖아?"

쇼오끼찌는 대답을 하지 않고 고개를 작게 끄덕였다.

"나 혼자 가슴에 담아두고 살 수는 없어. 매일 마음속으로 몇번씩이나 말했어. 이제 말을 입 밖으로 뱉고 싶어." (51~52면)

돼지의 보복은 인간에게 절망한 미요가 다시 신뢰를 회복하도록 만들었다. 신뢰할 수 없는 사람에게는 참회할 수 없는 법이다. 그런 의미에서 보면 「돼지의 보복」은 고통스러운 현실을 껴안고 있는 쇼오끼찌와 미요를 비롯한 여자들이 구원을 얻고 치유해가는 이야기라고 할 수 있다. 다시 말하면 이 소설에서 고통스러운 삶의 기억은 '돼지'와의 인연을 거쳐 부드럽게 정화된다. 돼지의 '보복'은 인간에게 '보답'으로 귀결되는 것이다.

지금부터 참회할게

마따요시 에이끼가 오끼나와 문학의 차세대 작가로 등장한 때

는 1975년이다. 1975년은 오끼나와가 '일본 복귀'를 한 지 3년째로, 미군이 베트남에서 철수한 때로부터는 2년이 지난 시점이다. 마따요시는 1975년에 「바다는 푸르고(海は蒼く)」라는 작품으로 제1회 신오끼나와 문학상 가작(대상작 없음)에 뽑힌 이후 줄기차게 미군기지와 오끼나와인의 관계를 작품으로 그려왔다. 마따요시 에이끼만큼 미군기지 관련 소설을 많이 쓴 작가는 일본만이 아니라 시야를 세계로 돌려도 아마 없을 것이다. 「등에 그려진 협죽도」는 마따요시의 미군기지 관련 소설 중 하나로 처음에는 「아티스트 상등병(アーチスト上等兵)」이라는 제목으로 1981년 8월에 발표됐다. 이후 「돼지의 보복」이 아꾸따가와상을 받은 후 출간한 단행본 『돼지의 보복』(1996)에 제목이 바뀌어 실렸다.

마따요시의 작품 중 베트남전쟁이 소설의 배경이 되는 대표적인 작품은 「조지가 사살한 멧돼지」(1978), 「창문에 검은 벌레가(窓に黒い蟲が)」(1978), 「낙하산 병사의 선물(パラシュート兵のプレゼント)」(1978), 「셰이커를 흔드는 남자(シェーカを振る男)」(1980), 「아티스트 상등병」(1981) 등이다. 이들 작품의 공통점은 베트남전쟁 참전을 앞두거나 전쟁에 다녀온 후에 정신적 고통을 받는 미군 병사가 중요하게 그려진다는 점이다. 마따요시는 베트남전쟁 관련 작품에서 백인 병사만이 아니라 흑인이나 푸에르토리코인 등 다양한 병사를 등장인물로 삼아서 그들이 안고 있는 내면의 고통을 그리고 있다.

「등에 그려진 협죽도」는 일본 복귀 전인 베트남전쟁 시기의 오끼나와를 배경으로 하고 있다. 오끼나와는 베트남전 당시 폭격기 B52가 베트남을 폭격하기 위해 이륙했던 곳이다. 그뿐만이 아니라 많은 오끼나와 사람들은 돈을 벌기 위해 미군의 군사 업무에 협력하고 있었다. 이 작품은 베트남전쟁이 한창인 시기에 자신의 의지와는 상관없이 오끼나와에서 살아갈 수밖에 없던 젊은 남녀를 주인공으로 하고 있는데, 미군 아버지와 오끼나와인 어머니 사이에서 태어난 아메리시안 미찌꼬와 미군 병사 재키가 그들이다. 소설은 미찌꼬가 카데나(嘉手納) 공군기지 앞에서 협죽도를 그리던 중 미군 병사 재키를 만나면서 시작된다. 재키는 미군기지에서 밴드 활동을 하고 있고, 미찌꼬는 백인 여자와 똑같은 피부색을 하고 있지만 미국 군인이었던 아버지가 한국전쟁에서 사망한 후 외할머니 밑에서 오끼나와인으로 자랐다. 한편 결혼해 아이가 있는 열아홉살의 재키는 징병돼 오끼나와로 온 후 A싸인 바(미군으로부터 영업 허가를 받은 술집)에서 술을 마시고 난동을 부리는 등 극심한 불안감 속에 살고 있다. 그가 불안에 떠는 이유는 언제 베트남에 가서 죽을지 모르기 때문이다. 존재의 불안에 떨고 있던 미찌꼬와 재키는 서서히 가까워지고, 미찌꼬는 재키와 재키의 밴드 동료 딸인 마리 사이를 의심하고 질투하기도 한다. 미찌꼬는 자신의 속내를 재키에게 털어놓는다. 그것은 '참회'라는 형식으로 재키에게 전달된다. 재키는 미군의 수영장 파티에서 물에 빠져 죽는 척하는 소동을 벌이는 등 베트남전 참전을 앞두고 온갖 기행을 벌인다. 그러다 발을 다쳐서 차딴(北谷)에 있는 미 육군병원에 입원하게 된다. 그 병원 지하에는 시체보관소가 있고 그곳에는 베트남전쟁에서 죽은 미군의 유해가 보관돼 있다. 마리는 미찌꼬와 재키 사이가 가까워지자 둘을 카바레 '문라이트'로 초대하고 그 자리에서 스트립쇼를 벌인다. 재키는 마리의 스트립쇼가 있은 직후 탈영해 미찌꼬의 집에 머문다. 미찌꼬는 재키가 베트남전에 참전하더라도 무사할 수 있기를 바라며 점퍼 자수용 협죽도를 그려준다. 협죽도는 오끼나와에서 악운이 제일 센 꽃이니 재키가 전쟁터에 가더라도 무사할 것이라고 믿는다. 재키는 부대에 복귀하기 전 미찌꼬에게 자신이 성적(性的)으로 '불능'임을 고백한다.

「등에 그려진 협죽도」의 줄거리에서 확인할 수 있는 것처럼 작가인 마따요시 에이끼에게 미군기지는 이미 존재하고 있는 현실이다. 마따요시의 미군 관련 소설은 미군기지와 오끼나와인의 관계 양상을 그리거나 전쟁을 앞둔 미군의 심리상태를 그리는 방식을 취하고 있다. 이는 마따요시 에이끼의 후속세대 작가라고 할 수 있는 메도루마 순이 미군기지를 철폐해야 할 대상으로 그리는 것과는 대조적이다. 마따요시 소설에서 미군과 직접적으로 접촉하는 인물은 주로 십대 초중반의 소년·소녀 혹은 A싸인 바에서 일하는 호스티스나 종업원 들이다. 그중 소년·소녀는 오끼나와 전투 이후 형성된 우찌난쮸(오끼나와인)의 역사적 트라우마를 물려받은 인물로서 등장하기보다는 미군과의 접촉을 통해 궁핍한 삶을 타개하면서 살아가는 인물로 나타난다. 이를 그린 대표적인 작품으로 「낙하산 병사의 선물」이 있다.

"어쩌면 받을 수 있을지도 몰라."

야찌는 지금까지 미군으로부터 받았던 것을 득의양양하게 공표했다. 나는 귀까지 덮을 수 있는 모자가 갖고 싶다. 확실히 저 낙하산 병사는 모자를 쓰고 있다. 아마도 가죽으로 만든 것이니 부드럽겠지. 소가죽이다. (…) 하지만 파편이 철조망을 넘어서 날아오지는 않는다. 나는 폭발음이 크면 클수록, 폭발이 많으면 많을수록, 폭발하는 장소가 가까우면 가까울수록 가슴이 두근거린다. 오늘은 스크랩(파편)을 꽤 많이 주울 수 있을 테니까. (…)

챔버스는 튼튼하게 만든 불빛이 센 회중전등을 가져왔다. 나는 그것이 갖고 싶었다. 회중전등이 있으면 밤도 낮과 다르지 않다. (「낙하산 병사의 선물」)

「낙하산 병사의 선물」에 등장하는 중학생 소년들은 낙하산 훈련 중 궤도를 이탈한 미군 병사 챔버스를 부대까지 배웅해주고, 그 댓가로 불발탄이나 포탄 파편을 요구한다. 이 소년들은 훈련의 부산물인 불발탄을 수집해 어른들(중개상)에게 싼값에 넘기는 일에 혈안이 돼 있다. 소년들이 오끼나와 전투를 상기하지 않는 것에서도 드러나듯이, 화자는 '지금 이곳'의 현실에만 초점을 맞추고 있다. 게다가 이 소년들은 큰 이득을 취하기 위해 친구인 마사꼬의 육체를 교환조건으로 삼으려고 하는데, 이는 오끼나와에서 기지경제에 의존하는 어른들의 생활방식을 그대로 재현하는 것이다.

여성의 신체야말로 기지경제로 돈벌이하는 어른들이 달러를 벌 수 있는 최상의 '상품'이며, 이는 소년들의 세계에서도 반복해 나타난다.

마따요시가 쓴 대부분의 미군 관련 소설이 미군과 오끼나와인들의 '거래'와 '교섭'을 다루는 데 비해 「등에 그려진 협죽도」는 미찌꼬와 재키가 안고 있는 내면의 고통과 고통로부터의 해방을 그리고 있다. 요컨대 미찌꼬의 '참회'와 '고백'을 통한 갱생과 치유의 이야기인 것이다. 그런 점에서 이 소설은 「돼지의 보복」에 이어지는 이야기 구조를 보여준다. 그러하기에 같은 단행본에 수록될 수 있었을 것이다.

「등에 그려진 협죽도」에서 미찌꼬는 재키에게 다음과 같이 참회한다.

"재키, 나 지금부터 참회할게. 그저 들어주기만 하면 돼. 참회니까 말이야. 우선 우리 아빠는 미국 군인이야. 백인이지. 군인이었다고 할까, 이십년이나 전에 한국전쟁에 참전한 병사였으니까. ……우리 아빠는 전쟁에 나갔으니 여자를 버릴 자격이 있는 걸까. ……재키는 아직 전쟁터에서 싸운 적이 없으니 여자를 버릴 자격이 없겠지? 맞아, 참회할게. 나는 말이야, 한번은 엄마가 아빠를 죽였다고 생각했어. 다양한 살해방법을 굉장히 자세하게 상상했었지. 그러자 기분이 굉장히 편해졌어. 그래도 표정은 여전히 굳어 있었나봐. 지금도 그렇지만 말이야. 이제 그런 무서운 생각은 안하지만 양손으로 뺨과 눈을 필사적으로 문지를 때가 있어. ……아빠는 날 좋아했을 거야. 이렇게 귀여운 딸을 어떻게 싫어하겠어. 아니, 농담이야…… 태어나서 처음 참회해 보는 거라 무슨 말을 하면 좋을지 모르겠어. (…)"(167면)

「돼지의 보복」에 나오는 미요처럼 미찌꼬도 참회함으로써 자신의 가장 어두운 부분을 세상에 드러낸다. 억압된 기억과 정신은 고백 혹은 폭로라는 형태로 세상에 드러나게 된다. 물론 폭로보다 고백과 참회는 인간관계나 사회에 덜 위험한 온건한 방식이라고 할 수 있다.

마따요시는 기본적으로 국가나 민족을 단순화해 말하는 것에 부정적이었고 다양한 인간 군상의 내면을 그려왔다. 그래서 그는 미군 관련 소설에서 오끼나와인만이 아니라 유약한 백인 병사나 흑인 병사, 푸에르토리코인, 아메리시안 소녀 등을 초점 화자로 내세우고 있다. 「등에 그려진 협죽도」는 그 대표적인 작품이라고 할 수 있다. 참회는 「돼지의 보복」과 「등에 그려진 협죽도」를 읽을 때 빼놓을 수 없는 키워드이다. 미요와 미찌꼬의 참회는 어두운 내면을 드러냄으로써 자신을 치유하고 존재를 회복하는 중요한 의례라고 할 수 있다. 이 소설집에 실린 두 작품은 참회를 통한 내면의 구원을 그리고 있는 것이다.

다시 이야기를 1995년으로 돌려보자. 1995년, 오끼나와 전체는 미군의 소녀 성폭행 사건으로 분노에 떨고 있었다. 의도했든 그렇지 않았든 고통과 분노가 치유되는 이야기인 「돼지의 보복」은 오

244

끼나와의 현실이나 정치를 직접적으로 형상화하는 것은 아니었다. 그보다는 오끼나와의 민간전승 및 민간신앙과 관련된 전통을 잘 담아냈다고 하겠다. 전후 일본에서 아꾸따까와상이 오끼나와 문학을 호출한 것은 오끼나와의 '일본 복귀'를 앞둔 시점(1967, 1971)과 1996년, 이렇게 두 차례였다. 두 시기 모두의 공통점은 미·일 안보체제가 크게 요동치고 있었다는 점이다. 미군을 향한 섬의 분노는 임계점에 도달해 있었고, 일본 본토인들의 오끼나와에 대한 관심 또한 그 어느 때보다도 높았다. 그런 시기에 아꾸따가와상을 받은 「돼지의 보복」은 오끼나와를 둘러싼 언설(言說)의 수용과 소비의 방식을 보여준다.

마따요시는 「돼지의 보복」과 「등에 그려진 협죽도」에서 참회를 통해 내면을 치유하는 이야기를 그려 호평을 받았다. 작가는 이 작품들에서 상처투성이이긴 하지만 아름다운 오끼나와에서의 삶을 그려놓았다. 이 작품들에서 독자들은 고통 속에서 희망을, 절망 속에서 구원의 가능성을 엿볼 수 있을지도 모르겠다. 참회는 감정을 정화하고 새로운 삶을 가능케 한다. 하지만 참회는 내면의 고통을 만들어낸 현실에 대한 분노 또한 정화할 위험이 있다. 이는 우찌난쭈의 독자가 「돼지의 보복」을 읽고 구원을 얻었는가 그렇지 않은가와는 다른 차원의 이야기이다. 「돼지의 보복」은 오끼나와를 둘러싼 일본 본토와 오끼나와 사이의 교차하는 시선과 자기재현 방식의 한 양식을 그 어떤 작품보다도 선명히 문학사에 새겨놓고 있다. '참회'로 치유되는 것은 우찌난쭈인가 야마똔쭈(본토 일본인)인가? 아니면 우리들인가?

　가장 중요한 질문이 아직 남아 있다. 누가 이들의 '참회'를 듣고 있는가?

곽형덕(명지대 일어일문학과 교수)

작가연보

1947년   7월 15일 미군이 오끼나와현(沖繩縣) 우라소에시(浦添市) 출신자를
수용하고 있던 야외 천막 안에서 경찰관인 아버지 마따요시 히또에
(又吉仁榮)와 어머니 마따요시 미쯔꼬(又吉光子) 사이에서 태어남.
유년 시절 뛰어놀았던 우라소에요오도레(浦添ようどれ: 류우뀨우 왕
국의 능묘), 방공호, 소싸움장 등은 후일 작품의 무대가 됨.

1960년   4월 나까니시 중학교(仲西中学校)에 입학해 배구부 활동을 시작함.
슈리 고등학교(首里高等學校) 때까지 배구부 활동을 함.

1966년   3월 동생 쓰또무(努)가 병사함. 4월 류우뀨우 대학(琉球大學) 법문학
부 사학과에 입학. 오끼나와 본섬의 북부를 비롯해 먼 섬을 자주 여
행함.

1970년   3월 류우뀨우 대학 졸업.

1973년   4월 우라소에 시청에 채용되어 이후 복지사무소, 문화과, 중앙공민
관, 시민과, 시립도서관, 국제교류과, 시립미술관 등에서 근무함. 5월
폐결핵으로 약 1년간 류우뀨우정부설립 긴요양소(琉球政府立金武療
養所)에 입원함. 평소 문학이나 글쓰기에 관심이 없었지만 입원 중에
무료함을 달래기 위해 독서를 하다 소설 습작을 하기 시작함.

1975년   11월 「바다는 푸르고(海は蒼く)」로 제1회 신오끼나와 문학상 가작
에 뽑히고 『신오끼나와 문학』(30호)에 작품이 실림.

1976년   11월 「카니발 소싸움 대회(カーニバル闘牛大会)」로 제4회 류우뀨우
신보 단편소설상을 받았으며 『류우뀨우신보』에 작품이 실림.

1978년   1월 「조지가 사살한 멧돼지(ジョージが射殺した猪)」로 제8회 큐우슈
우예술제 문학상 최우수상을 받았으며 3월 『분가꾸까이(文學界)』에
작품이 실림. 8월 「창문에 검은 벌레가(窓に黒い蟲が)」가 『분가꾸까
이』에 실림.

1980년   6월 「셰이커를 흔드는 남자(シェーカを振る男)」가 『오끼나와타임스』
에 연재됨. 8월 「셰이커를 흔드는 남자」 삽화 전시회가 개최됨. 10
월 위안부 피해자와 조선인 군부에 대한 오끼나와인의 가해자 의
식을 파헤친 「긴네무 집(ギンネム屋敷)」으로 제4회 스바루 문학상을
받았으며 12월 『스바루(すばる)』에 작품이 실림.

1981년   1월 『긴네무 집』 단행본이 슈에이샤(集英社)에서 출간됨. 2월 연극
「긴네무 집」이 오끼나와에서 공연됨. 8월 「아티스트 상등병(アーチ
スト上等兵)」이 잡지 『스바루』에 실리는데, 이 작품은 1996년 『돼지

의 보복(豚の報い)』에 수록될 때 「등에 그려진 협죽도(背中の夾竹桃)」로 제목이 변경됨.

1982년 5월 연극 「긴네무 집」이 쿄오또, 오오사까, 토오꾜오 등지에서 공연됨. 9월 치넨 에이꼬(知念榮子)와 결혼함.

1984년 아버지가 지병으로 세상을 떠남.

1985년 러시아 레닌그라드에서 '도스또옙스끼 초상화'를 관람함.

1988년 첫 창작집 『낙하산 병사의 선물(パラシュート兵のプレゼント)』이 카이후우샤(海風社)에서 출간됨.

1989년 1월 네덜란드에서 안네 자료관을 관람함.

1990년 8월 「카니발 소싸움 대회」 「조지가 사살한 멧돼지」가 『오끼나와 문학전집』에 수록됨.

1991년 4월 우라소에 시립도서관으로 전근. 이후 1997년 3월까지 자료 담당자, 오끼나와학 연구실 책임자로 일함.

1995년 11월 「돼지의 보복」이 『분가꾸까이』에 발표됨.

1996년 1월 「돼지의 보복」이 제114회 아꾸따가와상에 선정됨. 오끼나와 출신 작가로는 1967년에 수상한 오오시로 타쯔히로(大城立裕), 1971년에 수상한 히가시 미네오(東峰夫)에 이은 세번째 수상임. 히가시 미네오 이후 25년 만의 아꾸따가와상 수상으로 오끼나와 언론에 대대적으로 보도됨. 당시 전업작가로 나서면 어떻겠느냐는 질문에 마따요시는 "그렇게는 못할 것 같습니다. 붓 하나로 먹고살려면 아무래도 질보다는 양이라서 많이 써야 합니다. 전 그런 방식을 좋아하지도 않고, 그럴 능력도 없습니다. 밥벌이는 공무원 월급으로 하고 양은 많지 않지만 시간을 충분히 들여서 좋은 작품을 쓰고 싶습니다"
라고 대답함. 3월 단행본 『돼지의 보복』이 분게이슌주우(文藝春秋)
에서 출간됨.

1998년   3월 미야모또 아몬(宮本亞門) 감독의 영화 「BEAT」에 조연으로 출연
함. 같은 날 「돼지의 보복」을 영화화하기 위해 최양일 감독 및 스태
프가 오끼나와의 섬들에서 로케이션 헌팅을 함. 8월 영화 「BEAT」
의 원작인 『나미노우에의 마리아(波の上のマリア)』(마따요시 에이끼
작)가 카도까와쇼뗀(角川書店)에서 출간됨. 9월 우라소에미술관에
서 영화 「돼지의 보복」 제작발표회가 열림. 영화 감독·스태프와 함
께 우라소에시와 쿠다까섬(久高島) 등지를 답사함.

2000년   2월 『인과응보는 바다에서(果報は海から)』가 분게이슌주우에서 출
간됨. 이 소설은 이후 영어로 번역돼 『서던 익스포저』(SOUTHERN
EXPOSURE)에 실림. 12월 「긴네무 집」이 카또오 타다시(加藤直)에
의해 연극으로 공연됨.

2001년   4월 싸우디아라비아를 방문해 역사자료관을 관람함. 12월 베트남
전쟁자료관을 관람함.

2002년   6월 『인골전시관(人骨展示館)』이 분게이슌주우에서 출간됨. 중국 우
한(武漢)을 방문해 한시의 무대인 황학루를 구경함. 9월 구 만주 영
화자료관에서 '리샹란(李香蘭)' 관련 전시를 관람함.

2003년   7월 인도 부다가야의 보리수나무를 찾음. 후일 이 경험으로 「부처
님의 작은 돌(佛陀の小石)」을 씀.

2006년   『인골전시관』이 프랑스어로 번역돼 출판됨.

2008년   『돼지의 보복』이 이딸리아어로 번역돼 출판됨.

2009년   오끼나와를 다룬 NHK(토오꾜오) 프로그램에 출연.

2013년   한국의 '오키나와문학연구회' 멤버들이 인터뷰를 하러 방문함.

2014년   10월 한국에서 중편소설을 모은 『긴네무 집』이 번역돼 출판됨. 제
         주대학에서 오끼나와 문학에 관한 심포지엄에 초청돼 발표함.

2015년   3월 첫 에세이집 『시공을 초월한 오끼나와(時空を超えた沖縄)』가 산
         요오출판사(燦葉出版社)에서 출간됨.

2017년   9월 일본 펜클럽대회 대표자와 함께 오끼나와 현청에서 기자회견을
         가짐. 우라소에 시립도서관에 마따요시 에이끼 문고(상설관)가 개설
         되고 마따요시 에이끼의 애장품과 육필원고, 출판물 등이 전시됨.

고전의 새로운 기준, 창비세계문학

오늘날 우리는 인간의 존엄과 개성이 매몰되어가는 시대를 살고 있다. 물질만능과 승자독식을 강요하는 자본주의가 전지구적으로 확산되면서 현대사회는 더 황폐해지고 삶의 질은 크게 훼손되었다. 경제성장만이 최고의 선으로 인정되고 상업주의에 물든 문화소비가 삶을 지배할수록 문학은 점점 더 변방으로 밀려나고 있다. 삶의 본질을 성찰하는 문학의 자리가 위축되는 세계에서는 가진 자와 못 가진 자 할 것 없이 모두가 불행할 수밖에 없다.

이 시대야말로 인간답게 산다는 것의 의미가 무엇인지 근본적인 화두를 다시 던지고 사유의 모험을 떠나야 할 때다. 우리는 그 여정에 반드시 필요한 벗과 스승이 다름 아닌 세계문학의 고전이라는 점을 강조한다. 고전에는 다양한 전통과 문화를 쌓아올린 공동체의 경험이 녹아들어 있고, 세계와 존재에 대한 탁월한 개인들의 치열한 탐색이 기록되어 있으며, 새로운 세상을 꿈꾸는 아름다운 도전과 눈물이 아로새겨 있기 때문이다. 이 무궁무진한 상상력의 보고이자 살아 있는 문화유산을 되새길 때만 개인의 일상에서 참다운 인간적 가치를 실현하고 근대적 삶의 의미와 한계를 성찰하는 지혜를 얻을 수 있을 것이다.

'창비세계문학'은 이러한 문제의식에서 출발한다. 세계문학의 참의미를 되새겨 '지금 여기'의 관점으로 우리의 정전을 재구성해야 할 필요성이 그 어느 때보다 절실하다. '정전'이란 본디 고정된 목록으로 존재하는 것이 아니라 그때그때 주어진 처소에서 새롭게 재구성됨으로써 생명을 이어가는 것이다. 우리는 먼저 전세계 문학들의 다양성과 차이를 존중하면서 국가와 민족, 언어의 경계를 넘어 보편적 가치에 기여할 수 있는 가능성에 주목하고자 한다. 근대를 깊이 성찰한 서양문학뿐 아니라 아시아와 라틴아메리카, 중동과 아프리카 등 비서구권 문학의 성취를 발굴하고 재평가하는 것 역시 세계문학의 지형도를 다시 그리려는 창비의 필수적인 작업이 될 것이다.

여러 전집들이 나와 있는 세계문학 시장에서 '창비세계문학'은 세계문학 독서의 새로운 기준이 되고자 한다. 참신하고 폭넓으면서도 엄정한 기획, 원작의 의도와 문체를 살려내는 적확하고 충실

한 번역, 그리고 완성도 높은 책의 품질이 그 기초이다. 독서시장을 왜곡하는 값싼 유행과 상업주의에 맞서 문학정신을 굳건히 세우며, 안팎의 조언과 비판에 귀 기울이고 독자들과 꾸준히 소통하면서 진정 이 시대가 요구하는 세계문학이 무엇인지 되묻고 갱신해나갈 것이다.

1966년 계간 『창작과비평』을 창간한 이래 한국문학을 풍성하게 하고 민족문학과 세계문학 담론을 주도해온 창비가 오직 좋은 책으로 독자와 함께해왔듯, '창비세계문학' 역시 그러한 항심을 지켜나갈 것이다. '창비세계문학'이 다른 시공간에서 우리와 닮은 삶을 만나게 해주고, 가보지 못한 길을 걷게 하며, 그 길 끝에서 새로운 길을 열어주기를 소망한다. 또한 무한경쟁에 내몰린 젊은이와 청소년들에게 삶의 소중함과 기쁨을 일깨워주기를 바란다. 목록을 쌓아갈수록 '창비세계문학'이 독자들의 사랑으로 무르익고 그 감동이 세대를 넘나들며 이어진다면 더없는 보람이겠다.

2012년 가을
창비세계문학 기획위원회
김현균 서은혜 석영중 이욱연 임홍배 정혜용 한기욱

창비세계문학 67

돼지의 보복

초판 1쇄 발행/2019년 1월 25일

지은이/마따요시 에이끼
옮긴이/곽형덕
펴낸이/강일우
책임편집/오규원·김성은
펴낸곳/(주)창비
등록/1986년 8월 5일 제85호
주소/10881 경기도 파주시 회동길 184
전화/031-955-3333
팩시밀리/영업 031-955-3399 편집 031-955-3400
홈페이지/www.changbi.com
전자우편/lit@changbi.com

한국어판 ⓒ (주)창비 2019
ISBN 978-89-364-6467-7 03830